불량소년 육아 일기

이 알바 실화냐?

세오 마이코 지음 | 고향옥 옮김

팀

1

"뭐라고요?"

너무 놀라 소리를 높이는 나에게 선배는 태연하게 말했다.

"그러니까, 한 달간 이 애를 좀 봐 주면 좋겠다고."

"이 애라니……."

눈앞에는 여자아이가 오도카니 앉아 장난감 자동차를 가지고 놀고 있다. 머리고 손이고 발이고 모든 게 다 자그마해서 영락없는 인형이다.

"스즈카라고 해요. 지금 22개월이고, 9월이면 만 두 돌이 돼요. 부탁할게요."

아이를 멀뚱히 보고 있는 내게 선배 부인이 아이 머리를 손으로 눌러 꾸벅 숙이게 하면서 말했다. 아이의 가느다란 갈색 머리카락이 봉긋 흔들렸다. 두 돌도 안 된 아이를 가까이서 보기는 처음인데, 이렇게 작구나. 아직도 솜털이 보송한 갓난아기 같은 아이를 내가 돌보다니, 당치도 않은 일이다.

"아니, 아니, 못해요. 전 선배 회사 일을 돕는 알바인 줄 알고 한다고 한 건데."

어젯밤에 나카다케 선배에게 알바를 하지 않겠느냐고 전화가 왔다. 나보다 세 살 많은 선배는 내가 다니는 고등학교를 1학년 때 중퇴하고, 그 뒤로 한동안 빈둥거리며 지내다 지금은 건축 자재를 취급하는 회사에 다니고 있다.

"별로 어려운 일 아냐. 너 동아리 활동도 안 하는 것 같던데, 그럼 어차피 시간도 남아돌 거 아니냐."

선배는 전화로 그렇게 말했다. 기말고사 끝나고 맞은 첫 휴일을 어떻게 보낼지 몰라 시간을 주체하지 못하고 있었던 나는 순순히 오케이해 버렸다. 선배가 다니는 직장은 오며 가며 몇 번 본 적이 있다. 그곳은 작은 사무실과 창고가 있었고, 종종 철판과 지주 같은 자재가 들어오곤 했다. 아마도 짐을 싣고 부리거나 포장 작업을 거들게 될 거라고 생각했다. 그런 일이라면 나도 할 수 있을 것 같았다.

"간단한 일이야. 아침 9시 넘어서부터 저녁때까지 함께 놀아 주기만 하면 돼. 그치, 스즈카?"

"놀다니, 뭐 하면서……."

장난감 자동차에 싫증 난 아이는 이번에는 장난감 프라이팬을 연신 흔들어 댔다. 죽어도 못할 것까지야 없지만 아이와 함께 놀 수 있을 것 같지는 않았다.

"스즈카는 혼자서도 잘 노니까, 넌 옆에 있어 주기만 하면 돼. 텔레비전 보면서 뒹굴뒹굴해도 되고."

선배는 태평하게 웃었지만 그렇게 간단한 문제가 아니다. 머저리 같은 나도 아이를 돌보는 일이 얼마나 책임이 막중한지는 족히 알고 있다.

"미안해요. 무리한 부탁이란 거 알아요. 근데 갑자기 조산기가 있어서 급하게 입원하게 됐거든요. 어제 진단받고 오늘 하루는 어떻게 미뤄 봤는데, 내일 아침에는 꼭 입원해야 해서요. 너무 갑작스러워서 어린이집이나 놀이방을 찾을 시간 여유도 없고, 또 우린 몰래 도망쳐서 결혼한 거나 다름없는 처지라 부모님한테는 부탁할 수도 없네요……."

선배 부인이 커다란 배를 문지르면서 말했다. 선배 부인, 그러니까 사쓰키 누나와는 첫 대면이다. 선배와는 전혀 다른 성실한 사람과 결혼했다는 소문이 사실이었던지, 하나로 묶은 검은 머리칼이며 화장기 없는 윤기 나는 얼굴이 건강하고 맑고 깨끗한 인상이었다. 임산부이기 때문인지 아이를 키우는 엄마라서 그런지 누나의 말투와 동작은 느긋했고, 입원 얘기를 할 때조차 초조한 기색이 없었다. 듣고 있는 내 마음까지도 절로 편안해졌다. 누나는 그 정도로 상대를 안심하게 만드는 구석이 있었다.

"베이비시터나 어린이집에서 어린애들을 학대하는 사건, 심심찮게 들잖아. 난 그런 얘기 들을 때마다 너무 겁나거든. 사랑하는 딸을 생판 모르는 남한테 맡기는 게 무섭지 않겠냐. 그렇다고 빌어먹을 우리 꼰대들한테 맡기고 싶진 않고. 사쓰키 부모님이랑은 완전히 연이 끊겼고…… 그럼 어떡하나 머리 터지게 고민하는데, 뿅 하고 네 생각이 나잖냐. 그래서 부랴부랴 부탁한 거야. 내가 근무하는 동안만 봐 주면 돼. 우리 회사, 바로 옆이잖아. 무슨 일 생기면 후다닥 뛰어올게. 어때? 좋은 생각이지?"

선배는 무지 좋은 생각이라도 되는 양 자신만만하게 말했다. 사회인이 되고 나서 성실해졌다곤 하지만 선배의 외모며 말 한 마디 한 마디에는 예전 양아치 짓 하고 다닐 때의 인상이 고스란히 남아 있었다. 그런 선배는 그렇다 쳐도 견실해 보이는 누나는 나 같은 사람에게 아이를 맡기는 게 걱정도 안 되나. 후진 어린이집이나 생판 모르는 베이비시터 쪽이 나보다 백배는 나을 거고, 친구들 중에 마땅한 사람이 있을 법도 한데.

"이왕 애를 맡길 거면 여자가 더 낫지 않아요? 전요, 어린애들이랑 같이 있어 본 적도 없고, 진짜 어린애들에 대해선 아무것도 모른다고요."

"걱정 붙들어 매. 난 어린애에 대해선 모르는 정도가 아니라 되게 싫어했다. 근데 스즈카가 태어난 지 사흘 만에 이 녀석이 세상에서 가장 소중해지더라. 그리고 곧 두 아이의 아빠야."

선배는 뿌듯한 듯 말했지만, 지금은 그런 얘기를 하고 있을 때가 아니다.

"정말로 말도 안 되는 부탁이란 건 잘 알아요. 스즈카에 대해서는 대충 설명드릴게요. 그리고 필요한 것들은 되도록 준비해 둘게요. 그러니까 아기 낳을 때까지 한 달 정도만, 어떻게 좀 부탁할 수 없을까요?"

노랗게 염색한 머리칼을 쥐어뜯는 내게 누나가 미안한 듯이 깊숙이 고개를 숙였다. 선배를 봐 와서 익숙해졌다고는 해도, 노랑머리에 귀를 두 군데나 뚫은 껄렁해 보이는 나에게 자기 아이를 부탁하다니, 이 누나 제정신인가.

"솔직히 입원시키고 싶지 않지. 근데 위험하다는데 어쩌겠냐. 당장 입원해서 계속 링거 맞으면서 누워 있어야 된대. 내가 휴가를 내는 게 맞는데, 아무튼 갑작스럽기도 하고 코딱지만 한 회사라 방법이 없다. 나 잘리면 우린 다 굶어 죽어. 최대한 일찍 퇴근할 생각이다, 눈치 봐서 휴가도 낼 수 있으면 내려고. 진심 부탁한다."

선배는 정색하고 무릎을 꿇더니 두 손을 모으고 넙죽 머리를 조아렸다. 그 옆에서 놀던 아이가 손을 멈추고 내 얼굴을 올려다보았다. 부모가 뭔가를 진지하게 부탁하는 모습이 아이 딴에는 의아했던지 나를 말똥말똥 바라보았다. 선배를 닮아 커다란 눈은 검은자위와 흰자위가 선명했고, 아직 거의 쓰지 않아서 그런지 눈망울이 놀랄 만큼 맑았다. 그 눈이 나를 바라보는데, 상대가 아직 어린아이인데도 왠지 속을 들킨 것 같아 뜨끔했다.

뭘 그렇게 보냐? 너도 그렇게 생각하지? 나 같은 놈이 돌봐 주는 건 싫다고 말이야. 그렇게 생각하며 맞받아 바라보자 아이가 얼굴을 획 돌렸다.

"선배 사정이 딱한 건 알아요. 근데 저한테 아이를 맡기는 건 너무 위험하다고요. 주위에 나보다 괜찮은 사람, 널렸잖아요."

9

"너 말고 부탁할 만한 사람이 없으니까 이러는 거 아니냐."

"설마."

선배 주위에 그렇게 사람이 없었나. 고개를 갸웃거리는 나에게 누나가 쭈뼛쭈뼛 입을 열었다.

"내가 이런 말을 하는 게 어떨지 모르겠네요. 근데 오늘 오타 군을 만나고 보니까, 나도 진심으로 오타 군이 맡아 줬으면 하는 생각이 드네요."

아이에 대해서는 쥐뿔도 모를뿐더러 학교도 제대로 나가지 않을 정도로 무책임하고, 장래는 물론이거니와 오늘 당장 하고 싶은 일이 뭔지도 모른다. 요란뻑적지근한 차림으로 싸돌아다니면서 거들먹거리고 빈둥빈둥할 뿐이다. 그게 나다. 아이를 안심하고 맡길 만한 구석은 눈 씻고 봐도 없단 말이다. 나는 얼굴을 찡그릴 수밖에 없었다.

"어제 입원이 결정되고 나서, 스즈카를 어떻게 할지 둘이 얘기해 봤어요. 그때 남편이 한 치의 망설임도 없이 오타 군한테 부탁해 보자고 하더군요. 이런 일을 맡길 사람은 오타 군뿐이라고. 남편이 평소에는 좀 엉뚱한 구석이 있긴 해도, 이런 중요한 순간에 내리는 판단은 정확해요. 게다가 오타 군 얘기는 예전부터 많이 들어와서 좋은 인상이 박혀 있었거든요. 그리고 오늘 실제로 보니까, 이기적이라고 생각할지 모르지만 오타 군이라면 걱정 안 해도 될 것 같네요. 꼭 좀 부탁할게요."

누나는 그렇게 말하고 "부탁할게요."라고 다시금 깍듯이 머리를 숙였다. 오늘 처음 본 나를 좋은 사람이라고 생각하다니, 선배가 무슨 이야기를 지어냈기에……. 눈앞에서 나를 보면서도 걱정 안 해도 될 것 같다니, 사람 보는 눈이 없어도 너무 없는 거 아냐? 누나를 속이는 것 같아 괜히 찔렸다.

"나 말이야, 너만큼 의리 있는 놈을 또 모르걸랑. 진짜 부탁 좀 하자."

선배도 진지한 얼굴로 누나 옆에서 똑같이 고개를 숙였다.

"하지만 전 어린애는……."

"우리 애는 남편이 회사에 자주 데리고 다녀서 그런지 낯은 안 가려요. 거기서 이 사람 저 사람이 놀아 준 덕분이겠죠. 틀림없이 오타군도 금세 잘 따를 거예요. 그치, 스즈카."

누나는 아이를 내 쪽으로 살짝 밀어 줬다. 머리카락 색깔이 묘한 데다 왼쪽 귀에는 피어스. 눈썹도 밀어서 없고, 눈매도 험상궂다. 낯을 가리지 않는다는 아이는 그런 내 몰골을 보자 칭얼대기 시작했다.

"아니, 아니, 아니에요. 못해요."

나는 절레절레 고개를 흔들었다.

"겁나 엄청난 부탁이란 거 알아. 나 완전 이기적 인간이지? 근데 우리가 방법이 없다. 너도 알다시피 내 부모란 사람들은 노답이고, 내가 생각 없이 세상을 살아와서 연락할 만한 친척도 없어. 한심해 죽을 지경이다. 이럴 때 내 자식을 맡길 사람조차 없다는 게."

선배는 절절한 얼굴로 부탁했다.

"입원하지 않을 방법이 없는지, 의사 선생님한테 물어도 봤어요. 그런데 뾰족한 수가 없어서……."

누나도 몇 번이나 머리를 숙이면서 "부탁 좀 할게요."라고 말한다.

이건 말이 안 돼도 너무 안 되는 부탁이다. 이 부탁을 받아들인다면 반드시 후회할 거다. 나만이 아니라 선배도 누나도, 이 아이도 말이다. 하지만 내일 당장 입원할 사람의 부탁을 거절할 수 있을까. 나를 내내 귀여워해 준 선배가 간곡히 부탁하는데 냉정히 무시해 버릴 수 있을까.

중학교 때 어떤 교사가 했던 말이 떠올랐다.

"흔히들 실패가 중요하다고 말하지만 판단을 잘못해선 안 될 때도 있다."

지금 내려야 할 올바른 판단이 무엇인지는 알 수 없다. 하지만 여기서 내가 낼 수 있는 답은 하나뿐이다.

"으음……. 그럼 일단 어떻게 하면 되죠?"

나는 그렇게 묻고 있었다.

2

"오, 왔구나! 진짜로 와 줬구나. 오타, 완전 고맙다야."

이튿날, 선배 집에 가자 선배는 문을 열자마자 내 손을 꼭 잡았다.

"아아, 예에."

"정말 부탁한다. 사쓰키 병원에 데려다주고 난 바로 회사로 갈 거야. 오늘은 될 수 있는 대로 일찍 올게, 점심때까지는."

시계는 오전 9시를 지나고 있었다. 점심때까지 약 세 시간. 그 정도야 대충 때울 수 있겠지. 일단 오긴 했지만, 이미 울음을 터뜨린 아이의 얼굴을 보자마자 불안해진 나는 그렇게 스스로를 안심시키면서 "알았어요." 하고 고개를 끄덕였다.

스즈카가 훌쩍훌쩍 우는데도 선배는 아랑곳하지 않고 차에 짐을 옮기기 시작했다. 누나는 집 안을 정리하면서 한번씩 스즈카를 달랬다. 엄마가 집을 비우기 전의 공간은 이렇게 분위기가 어수선해지는구나. 나는 뭘 어떻게 거들어야 할지 몰라 꿔다 논 보릿자루마냥 멀

거니 서 있었다.

"정말로 고마워요. 잘 부탁할게요."

얼추 정리를 마친 누나는 다시 깍듯이 고개 숙여 인사했다.

"아니에요."

"그리고 말예요, 몇 번이나 들어서 지겨울 테지만……."

누나는 그렇게 미리 양해를 구하고 나서 다시금 스즈카에 대해서 들려줬다. 하루를 보내는 방식, 기저귀 가는 법, 준비해 둔 유아식. 좋아하는 장난감, 어디에 무엇을 뒀는지, 또 근처 소아과에 대해서. 어제 오후에 죄다 들은 것들이다.

"공책에도 적어 뒀으니까 보면 알 거예요. 병원에서 자주 전화할 게요."

"알겠습니다."

"스즈카, 오빠 말 잘 들어야 돼. 스즈카, 착하게 지내야 돼. 씩씩하게 지내는 거야. 스즈카, 건강해야 돼."

누나는 몇 번이고 몇 번이고 스즈카를 끌어안고 그렇게 되풀이했다. 스즈카는 심상치 않은 일이 시작될 거라는 걸 눈치챘는지 "시더 시더시더."라고 떼를 쓰면서 울부짖었다.

"이제 그만 출발해야 돼."

선배의 말에 누나는 다시 스즈카를 꽉 끌어안았다.

"괜찮아. 스즈카, 울지 마. 오빠랑 재밌게 놀고 있어."

스즈카는 한층 더 큰 소리로 울부짖으며, 세차게 고개를 흔들면서 제 엄마에게 매달렸다. 눈물뿐 아니라 콧물과 침도 폭포처럼 흘렀다. 작은 몸으로 이토록 힘차고 격렬하게 막무가내로 울부짖을 수 있다니. 그 모습을 보고 있자니 기가 꽉 꺾였다.

"지금 안 가면 늦는다니까. 그만 가자고. 오타, 진짜 미안하다. 부탁한다."

선배가 현관으로 향하자 누나는 스즈카를 가만히 떼어 놓고 나에게 말했다.

"한동안은 막무가내로 울다가 곧 포기할 거예요. 걱정 마세요. 정말로 잘 부탁할게요."

이렇게 된 이상 마음을 굳게 먹을 수밖에 없다.

"걱정 마십쇼."

쥐뿔도 자신 없으면서 나는 그렇게 말하고 둘의 등을 바라보았다.

그 정도가 울음의 최고치인 줄 알았는데, 현관문이 닫히자 스즈카는 한층 더 큰 소리로 울부짖으며 몸을 홰홰 비틀고 데굴데굴 굴렀다. 방바닥에 머리까지 쾅쾅 찧어 대면서.

"야, 괜찮은 거야?"

"스즈카."

말을 건네 봐도 울음소리에 지워져 버린다.

"있지, 야아, 좀 진정해라. 머리 아프잖아."

안아 일으키려고 스즈카의 팔에 살짝 손을 댄 나는 그 뜨거움에 화들짝 놀라고 말았다. 울며 떼를 쓰는 탓도 있을 테지만 체온이 나보다 훨씬 높았다. 누나한테서 "이쯤 되는 아이의 체온은 어른보다

1도 정도 높으니까, 37도 초반 정도면 걱정 안 해도 돼요."라는 말을 들긴 했지만, 1도 차이는 확실하게 체감할 정도로 컸다.

"야아, 좀."

일단은 바닥에서 데굴데굴 굴러 대는 스즈카를 일으켜 앉히려고 손을 뻗었다. 하지만 스즈카의 팔이 어찌나 말랑말랑하던지, 손에 힘을 얼마나 주고 들어 올려야 할지 가늠이 안 됐다. 울퉁불퉁한 손으로 잡으면 아파하지 않을까 싶어 머뭇거리는데, 스즈카가 내 손을 있는 힘껏 뿌리쳤다. 작고 말랑한 팔은 보기와 달리 힘이 셌다.

"그래 봐야 소용없으니까 포기하라고. 울어 봐야 지치기만 하지."

지금 손을 대면 스즈카가 더 난리를 칠 것 같았다. 나는 내밀었던 손을 거두고 조용히 말을 건네 봤다.

"으음, 그럼 물 마실래? 목마르지?"

"그렇게 몸을 쾅쾅 찧어 대면 아프잖아? 암튼 일단 좀 앉자."

무슨 말을 해도 통하지 않았다. 스즈카는 그저 울고 떼쓰면서 방바닥을 구를 뿐이었다. 눈물과 콧물이 흘러 바닥까지 적셨고, 마구 굴러 대는 탓에 땀에 젖은 머리칼이 엉망으로 헝클어졌다. 에어컨 바람이 나오는데도 방 안은 후덥지근했다.

어떡하지. 누나한테 들은 설명을 이것저것 머릿속에 떠올려 봤다. 누나가 한 말이 생각났다.

"스즈카는 스티커를 좋아해요. 떼를 쓰다가도 스티커만 주면 금세 기분이 좋아져서 다시 놀아요."

그래, 스티커야! 나는 서랍에서 스티커를 꺼내 와 그중 토끼 그림을 떼어서 여전히 방바닥을 구르고 있는 스즈카의 손등에 붙여 줬다. 스티커를 붙이는 내 손가락 끝에 몰캉한 감촉이 느껴졌다. 자그마한 몸은 구석구석까지 통통했고 탄력이 있었다. 손가락 끝에 남아 있는 감각에 감탄하고 있는데, 스즈카는 스티커를 흘끗 보고는 정말로 딱 한순간 잠잠해지더니 다시 원상태로 되돌아가 울기 시작했다.

"어, 안 그치는 거야? 이거 봐, 고양이랑 강아지 스티커도 있는데?"

다양한 모양의 스티커를 보여 줘도 스즈카는 막무가내로 울기만 할 뿐 돌아보지도 않았다. 스티커는 아무런 효과도 없었다.

"한 시간까지도 울 수 있어요. 근데 걱정 안 해도 돼요. 달래 주려고 하다가는 되레 오타 군이 나가떨어져요. 우는 게 어린아이의 일이라고 생각하세요."

누나는 그렇게 말했지만 눈앞에서 이렇게까지 큰 소리로 우는 아이를 내버려 두기는 쉽지 않았다. 벌써 30분이 지났는데 스즈카의 울음이 잦아들 기미가 없다. 이대로 두면 몸에 무슨 이상이 생기지나 않을까 걱정이다. 하지만 내가 안으려고 하면 불에 덴 듯 더 크게 울부짖었고, 콧물만 닦아 줘도 발을 바동바동하며 거세게 거부했다.

스즈카의 마음을 조금이라도 돌려 볼까 하고 평소에 좋아한다는 DVD를 틀어 봤다. 그러나 커다란 복슬복슬한 개 인형 탈이 춤추는 영상이 나오자 텔레비전 쪽을 한 번 흘끔 쳐다볼 뿐이었다. 스티커와 마찬가지로 스즈카의 마음을 빼앗은 것은 딱 한순간이었다.

"야아, 이제 그만 좀 울어라. 제발 좀 부탁한다."

"알았어, 알았어."

"스즈카, 괜찮은 거냐?"

스즈카는 하도 울어서 얼굴과 팔다리가 새빨개지고, 하얀 이마에는 혈관이 툭툭 불거져 나왔다. 이렇게 격렬하게 울어 대다가 병이라도 나면 어쩌지. 대체 어떻게 해야 좋단 말인가. 병원에 갈 정도는 아닌 것 같고……. 아래층 요시다 씨 집에 또래 아이가 있으니 많이 도와줄 거라는 말은 들었지만 첫날부터 도움을 청하는 것도 민망한 노릇이다. 게다가 완전 양아치같이 생긴 내가 가면 우는 아이가 하나 더 늘어날 뿐이다. 선배한테 전화를 할까도 싶었지만 아직 병원에 있다면 누나한테 걱정거리를 제공하는 셈이다.

그래! 과자야! 다시 누나가 한 말을 머릿속으로 떠올려 보고 생각해 냈다. 외출해서 울음을 그치지 않아 난감할 때면 늘 먹이는 비상용 과자가 있다고 했다.

"막무가내로 떼를 쓰다가도 비스코를 주면 얌전해져요. 하지만 아무 때나 먹이면 정작 필요할 땐 효과가 없으니까 주의해야 돼요."

나도 옛날에 먹었던 비스코. 그게 스즈카가 좋아하는 과자인 모양이다. 지금이 바로 긴급 사태다. 나는 부엌에 있는 바구니에서 비스코를 가져와 스즈카에게 하나를 내밀어 봤다. 하지만 울고 떼쓰는 스즈카는 알아차리지 못한다.

"야아, 비스코라고. 너 이거 좋아하잖아."

입 옆에 바짝 들이밀어 줘도 스즈카는 "시더시더시더."라며 고개를 휘휘 저을 뿐이다.

"제발, 이거라도 먹고 기분 좀 풀어 주라."

먹여 주면 울음을 그칠까 싶어 비스코를 스즈카의 입안에 밀어 넣었다. 그 순간, 스즈카는 놀랐던지 "으아앙." 하고 팔과 다리를 격렬하게 바둥거리며 어디 한번 해보라는 듯이 집이 떠나가라 울부짖기 시작했다. 허리를 비틀어 대며 온몸을 바닥에 쿵쿵 찧어 댔다.

"대체 왜 그러는데. 비스코라고. 너 이거 먹으면 얌전해지는 거 아냐?"

막무가내로 울어 대는 통에 나는 비스코를 손에 든 채 슬그머니 스즈카에게서 떨어질 수밖에 없었다. 좋아하는 장난감도 과자도 소용없다. 내가 뭔가를 하면 더 거세게 운다. 그렇다면 나는 불에 기름을 붓고 있을 뿐인 거다. 불현듯 초등학교 때 선생님에게 들었던 말이 생각났다.

"넌 사람을 화나게 하는 데는 천재야."

아무래도 그 천재적 성향이 지금도 역력히 남아 있는 모양이다. 스즈카는 여전히 몸에서 힘을 빼지 않고 자그마한 몸을 흔들어 대면서 필사적으로 울고 있다. 그 울음소리를 듣고 있자니 더더욱 속이 탔다. 에이 씨 돌겠네, 대체 어쩌라고. 도무지 손쓸 방법이 없는데.

나는 방구석으로 가서 주저앉았다. 아이 하나를 맡아 돌보는 일이다. 무지 힘들 거라고 예상은 했다. 쉽지 않을 거고, 나 따위가 할 수 있는 일도 아니다. 그건 이미 아는 바다. 하지만 마음 한편에서는 어떻게든 되겠지 하고 낙관하고 있었다. 대부분의 일은 그럭저럭 할 수 있을 거라고 믿었다. 하지만 막상 뚜껑을 열고 보니 그렇지가 않다. 그렇게 만만할 리가 없다. 어울리지 않는 일을 하면 반드시 실패하게 마련이다. 어째서 그걸 잊었단 말인가. 그때도 그랬다. 중학교 3학년 여름, 반강제적으로 참가한 릴레이 마라톤 대회. 그날들이 지금의 나를 이토록 단단히 사로잡고 있는 것이다.

초등학교 시절부터 수업도 제대로 받지 않고, 담배를 피우고, 머리칼을 염색하고, 교사에게 반항했던 나는 중학교에 들어갈 무렵에는 이미 구제불능 상태였다. 하지만 발은 어느 누구보다 빨랐다. 체육 수업도 빼먹기 일쑤였고, 동아리 활동도 하지 않았지만 달리기 실력만큼은 교내에서 상위로 꼽힐 정도였다. 그 실력을 믿었는지, 아니면 인원수가 모자라서 어쩔 수 없었던지 중학교 3학년 때 나는 릴레이 마라톤 대회 출전 멤버로 영입됐다. 마지못해 나갔지만, 아니 일부러 싫은 티를 팍팍 내며 참가했지만 마라톤 대회는 즐거웠다. 단순히 뛰는 것이 좋았고, 그간 뭐 하나 제대로 한 게 없었던 내게 릴레이 마라톤 연습만은 유일하게 몰두할 수 있는 것이었다.

나는 지역 대회에서는 구간 2위의 성적을 거둘 정도로 활약했고, 현 대회에도 출전했다. 뭔가를 진지하게 한다는 것, 누군가와 함께한다는 것이 즐거웠다. 인정하고 싶지 않지만 그걸 깨닫게 됐다. 물론 지치고 힘들었다. 하지만 몸 구석구석까지 피가 통하는 것 같았다. 그건 끝내주게 기분 좋은 느낌이었다.

대회가 끝난 뒤에도 이대로 지내고 싶다. 이대로의 나로 있어야한다. 지금의 나라면 뭐든 할 수 있다. 그렇게 생각했다. 마라톤으로 묘한 자신감이 붙은 나는 얼마 남지 않은 중학교 시절 동안 악착같이 공부했다. 그간의 시간을 만회할 생각으로 누구보다도 열심히 노력했다. 하지만 고등학교 입시는 실패했고, 가까스로 들어간 고등학교는 나의 바람과는 완전히 다른 곳이었다.

나는 시로바네가오카고등학교에 입학했다. 이름은 그럴싸했지만 거기는 문제아들 집합소에, 매력이라곤 눈 씻고 찾아봐도 없는 학교였다. 학생 절반이 졸업하기 전에 그만둔다는 소문은 중학교에도 자자했다. 그럼에도 마라톤 대회에서 뛴 뒤로 내친김에 공부에 힘을 쏟은 나는 여전히 가슴 한편이 고양된 상태였다. 교복을 단정히 차려입고 아침부터 등교했고, 육상부에도 가입했다.

하지만 예전의 나 같은 녀석들이 제멋대로 날뛰는 교실에서 제대로 된 수업이 이루어질 리 만무했다. 태반이 빈자리인 교실에서는 착오로 입학하지 않았을까 싶을 정도로 착실해 보이는 애들 대여섯 명만이 한 귀퉁이에서 공부를 할 뿐이었고, 나머지 애들은 담배를 피우거나 게임을 하면서 멋대로 떠들어 댔다. 동아리는 더욱 비참했다. 말이 육상부지 다섯 명 있다는 부원은 코빼기도 볼 수가 없었다.

중학교 때와는 달리 고등학교에 들어올 때 우리는 일단 한 번 걸러진다. 그리고 고등학교 안에서도 학급 편성으로 다시 갈라진다. 이런 학교에도 특별 진학 코스라는 게 있고, 거기에서는 우리 반과는 다른 수업이 이루어지는 것이다.

우리 반 애들은 거의가 예전의 나와 비슷한 녀석들이었다. 공부 따위는 털끝만큼도 관심 없이 그날그날을 단지 노닥거리며 지내는 애들. 조금만 열 받는 일이 있으면 길길이 날뛰며 난동을 부리고, 뭔가 마음에 들지 않는 게 있으면 짜증 내며 집에 가 버린다. 그리고 그런 행동에 대해 야단치는 교사도 없다.

그런 곳에서 어쩌라는 건가. 아무리 마음을 굳게 먹어 봐도 할 수 있는 게 없었다. 나는 입학한 지 석 달 만에 고교 생활을 포기했고, 동아리를 그만뒀고, 교복을 벗어던지고 사복 차림으로 점심때쯤 돼서야 어슬렁어슬렁 등교했다. 재미있는 게 없었다. 이 학교에 와 버린 시점에서 나의 고교 생활은 이미 끝장나고 만 것이다.

비슷한 애들이 많기 때문에 학교생활은 편하다. 욕망이 이끄는 대로, 하고 싶은 대로 하면 된다. 아무것도 힘들 게 없으니 끝내주는 학교가 아닌가. 몇 번을 그렇게 스스로에게 들려줘도 마음 한구석에서는 늘 공허함이 떠돌았다. 이게 다 몰입해서 달렸던 그날들 때문이다.

필사적이 돼 버리는 충동. 누군가를 위해 마구 내달리는 기분. 나의 온몸과 마음을 움직이는 쾌감. 눈앞에 있는 것 하나하나를 누군가와 더불어 극복해 감으로써 채워져 가는 시간. 그것을 알아 버린 이상, 나는 더는 예전의 나로 돌아갈 수 없다. 그것은 몹시 괴로운 일이다.

그 기분을 알고 고민할 수 있다는 건 행복한 일이다. 적당한 선에서 좌절을 맛본 사람들은 그렇게 주장할 수도 있을 거다. 아무 생각 없이 바보같이 지낼 수 있으면 얼마나 행복할까. 그 여름에 달리지만 않았어도 나는 이 학교에서의 생활을 즐기고 있었을 터다. 예전의 나로 돌아가지도 못하고, 그렇다고 견실하게 살아가지도 못하는 이도 저도 아닌 상태. 그래서 출구도 그 너머도 보이지 않는 나날. 어떻게 살아야 할지 막막한 상황. 그런 고교 생활을 나는 벌써 1년 반이나 이어 오고 있다.

"그럼 그렇지."

소리가 나서 얼굴을 들어 보니 선배가 서 있었다.

"어?"

"둘 다 자고 있을 줄 알았다니까."

선배는 웃으며 방바닥에서 곤히 잠든 스즈카를 안아 구석에 깔아 놓은 이불로 옮겨 뉘고는 커다란 타월로 덮어 주었다.

"스즈카는 울다 지쳐서, 넌 그런 스즈카 때문에 녹초가 돼서, 분명 둘 다 푹 잠들었을 거라고 사쓰키랑 얘기했는데, 적중했네."

"언제 잠들었지."

나는 얼굴을 벅벅 문질렀다. 그토록 울어 대던 스즈카는 거짓말처럼 조용히 잠들어 있었다. 집이 떠나갈 듯한 울음소리를 들으면서 나도 까무룩 잠이 든 모양이었다.

"피곤하지? 우는 소리만 들어도 신경이 곤두서거든."

"전 그냥 옆에서 보기만 했지 아무것도 안 했는데요, 뭐……. 아, 스즈카 점심 준비해야지."

시계를 보니 11시 30분이 돼 가고 있었다. 얼른 부엌으로 가려는데 선배는 "어렵사리 잠들었으니까, 그냥 자게 두자. 겨우 평화가 찾아왔잖아." 하고 어깨를 으쓱했다.

"그럼 밥은요?"

"아, 괜찮아. 나도 처음엔 꼬박꼬박 안 먹이면 큰일 나는 줄 알았는데 말이지, 이게 밥때를 좀 넘겨도 별일 없더라. 가끔은 저녁 먹기 전에 잠들어서 그대로 아침까지 잘 때도 있어."

"아, 예에."

방 한구석에서 스즈카는 아무 일 없었던 듯이 자고 있다. 아이의 몸은 의외로 튼튼한 모양이다.

"그나저나 네가 배고프겠다. 밥 먹자. 나도 아침을 안 먹었더니 허기진다."

선배는 편의점에서 사 온 것들을 식탁 위에 늘어놓았다. 선배 나름으로 신경 써 주는 것이리라. 빵과 주먹밥, 도시락에 샐러드까지. 구색 맞춰서 여러 종류를 사 온 것 같았다.

"누나는 어때요?"

"진통이 오지 않게 링거 맞고 있어. 벌써부터 진통이 시작되면, 자궁 파열 위험이 있대. 그래서 24시간 계속 링거 꽂고 있어야 한대. 절대 안정을 취해야 하니까, 꼼짝 않고 있어야 하는 게 힘들다고 하더라."

"고생하네요."

"애 낳는 건 완전 고생이지. 나한테 절대 안정을 요구한다면, 30분도 못 견딜걸. 그러고 보면 여자는 참 위대해. 갑자기 입원하는 상황인데도, 뭐 별수 없잖아, 그러면서 순순히 받아들이고 말이지."

선배는 빵 꾸러미를 집어 들면서 말했다.

"스즈카 걱정도 많이 될 텐데. 저 같은 게 스즈카를 보고 있으니, 누나가 얼마나 불안할까 싶네요."

나는 아침에 몇 번이고 스즈카를 안아 주던 누나의 모습을 떠올렸다.

"그게 말이지, 차 안에서는 내내 걱정하면서 울더니만, 막상 병원에 도착하니까 각오가 딱 되나 보더라. 어쨌거나 부탁했으니까 온전히 맡기지 않으면 너한테도 실례고, 부탁한 의미도 없다고 대담하게 나오더라고. 엄마는 강하다고 하던데, 진짜더라. 그나저나 넌 괜찮았냐?"

"뭐 저야 괜찮았지만, 울음을 그치지 않아서요."

나는 힘없이 삼각 김밥을 입에 넣으면서 스즈카 쪽으로 눈길을 돌렸다. 예쁘게 감긴 눈, 숨 쉴 때마다 희미하게 흔들리는 어깨. 바로 전까지 이렇게 조용히 자는 모습이 상상이 안 될 만큼 울고 떼를 썼는데.

"이만한 어린애들은 우는 게 장땡이지. 내가 처음 스즈카랑 둘이서 집에 있었을 때도 세 시간 동안 주야장천 울기만 했걸랑."

"세 시간요?"

"그래. 대박이지? 울다가 결국에는 지쳐서 쓰러져 자는 게 스즈카의 단골 패턴이야. 그러니까 말이야, 넌더리가 나겠지만 잘 좀 부탁한다. 직장 생활 해 보니까 생각보다 휴가 내기가 쉽지 않아. 내 입장에서야 뭐 완전 중대한 긴급 사태지만, 상식적으로 보면 회사를 못 나갈 정도는 아니지, 이게. 고등학교 때는 가기 싫으면 안 가도 됐는데 말이야."

선배는 빵을 내려놓고 차를 한 모금 마셨다. 아직 아무것도 입에 넣지 못하고 있다. 말은 쾌활하게 하지만 분명 모든 게 다 불안할 거다.

"그야 뭐, 선배가 멋대로 학교에 가지 않은 거죠. 다른 애들은 안 그래요."

"그랬나. 뭐, 네가 아직 학교에 다니는 게 더 기적 아니냐?"

선배는 이렇게 대꾸하며 웃고는 다시 내게 머리를 숙였다.

"고등학교 생활을 1년밖에 못 버틴 내가 말하는 것도 좀 그렇다만, 딱 한 달이야. 부탁한다."

3

이튿날. 그래도 좀 따라 주겠지 하고 은근히 기대를 품어 봤지만 생각대로 될 리가 없었다. 스즈카는 나를 보자마자 언제 봤냐는 듯이 또 "시더시더시더."라고 소리치며 울음을 터뜨렸다. 선배가 "그럼 부탁한다." 하고 집을 나가자 더 자지러지게 울었다.

"야아, 어제도 나 봤잖아?"

"스즈카, 이제 그만 상황 파악 좀 해라."

무슨 말을 해 봐도 바다에 돌멩이 하나 던지는 격으로 스즈카는 아랑곳없이 마구 뒹굴면서 울 뿐이었다.

"스티커 놀이 할까?"

울고 떼쓰는 스즈카를 달래 보려고 했지만 역부족이었다. 아무튼 울다 지쳐 잠들 때까지 스즈카가 좋아할 만한 것을 계속 권해 볼밖에 도리가 없었다. 어제 하루 만에 알게 된 사실이다.

"자, 코끼리랑 리본이랑 하트야. 와우, 스티커 되게 많다!"

내가 스티커를 손 가까이 가져가자 바닥에서 뒹굴던 스즈카는 벌떡 일어나 현관 쪽으로 울면서 뛰어갔다.

"왜 그래. 무슨 일인데?"

내가 쫓아가자 스즈카는 문을 향해 "붐부―."라고 소리쳤다.

"밖에 나가고 싶어?"

"아빠가 빨리 왔으면 좋겠어?"

뭘 물어도 들리지 않는다는 얼굴로 스즈카는 문에 딱 붙은 채 "붐부―."를 외쳐 댔다.

"붐부가 뭔데?"

"붐부가 어부바야? 어부바할까? 자, 업혀."

내가 앞에 가서 등을 내밀고 앉아 봐도 스즈카는 눈길도 주지 않았다.

"부―니까, 맞아, 물이구나? 목마른 거야?"

"아니구나. 그럼, 맞다, 비스코지? 가져다줄게."

이것도 저것도 아닌지 스즈카는 물을 가져다줘도, 비스코를 보여 줘도 "붐부―."를 연호할 뿐이다.

"아, 참 나, 무슨 말인지 알아야 말이지. 붐부가 뭐냐고. 그래! 공책이 있었지, 공책."

누나가 준 공책에는 스즈카가 하는 말이 뭘 가리키는지 정리해 둔 부분도 있을 것이다.

"으음, 잠깐만."

나는 공책을 펼쳤다. B5 사이즈 공책 한 권에 온통 스즈카에 관한 것들이 빼곡히 적혀 있었다. 아픈지 아프지 않은지 구별하는 방법, 이물질을 잘못 삼켰을 때의 대처법. 항상 가는 놀이터 지도, 스즈카가 좋아하는 노래 가사에 곁들인 율동 그림 등등이 알아보기 쉽게 또박또박 쓰여 있었다. 하지만 그걸 다 읽으려면 반년은 족히 걸릴 것 같다.

"있다, 있다! 스즈카, 이제 알았어."

마지막 페이지에서 스즈카의 말 변환표를 발견했다. 냔냐는 고양이, 멈머는 개, 삐삐는 새. 의외로 소리 나는 그대로였다. 이 정도는 나도 안다 싶었는데, 악어는 핫하라고 적혀 있었다. 왜지, 악어가 그렇게 운다고? 다그는 당근이고, 사과는 사아이고, 바나나는 나나. 참 많이도 생략하네. '다—'는 '잘 먹겠습니다'이고, '습다—'는 '잘 먹었습니다'라니 과연. 그런데 정작 중요한 '붐부'는 어디 있는 거야. 스즈카는 이 말만 외쳐 대는데 왜 없는 거야. 그때 마지막 한 줄이 눈에 들어왔다.

"스즈카, 찾았다. 으음, 붐부는……. 어?"

'붐부'는 그 밖의 여러 상황에서 쓰는 말. 배고플 때나 졸릴 때, 뭔가를 해 달라고 요구할 때나 하지 말라고 할 때 쓰는 말입니다.

"뭐야 이게. 그렇게 편리한 말이 어디 있어."

'붐부'란 한마디로 모든 걸 표현하다니 정말 제멋대로군. 난감해하는 내 옆에서 스즈카는 여전히 "붐부—."를 외치며 울고 있다. 의미는 알 수 없지만 뭔가 해 달라고, 아니면 뭔가 하지 말라는 거다.

"알았어, 알았다고. 일단 다시 방으로 가자."

현관은 에어컨 바람도 닿지 않을뿐더러 좁아서 매우 불편하다. 게다가 여기서 울고 있으면 이웃집까지 고스란히 들린다.

"스즈카, 저기 말이야. 어제 봤던 DVD 볼까? 털이 복슬복슬한 강아지 녀석 말이야. 그거 재미있잖아."

나는 그렇게 말하면서 거실로 가서 텔레비전을 켰다. 하지만 스즈카는 여전히 현관에서 꼼짝도 하지 않았다.

"그래, 뭐 다 싫을 거다. 아, 저거 봐. 시작됐다! 강아지가 또 춤을 추는데."

"붐부ー!"

"붐부는 그만하고 이리 와. 함께 보자."

"붐부ー. 붐부ー."

문을 열고 싶은지 스즈카는 울면서 손잡이에 손을 뻗었다. 하지만 아직 키가 7, 80센티미터 정도밖에 안 되기 때문에 제아무리 몸을 늘여 본들 손잡이에 닿을 리 만무하다. 내 한쪽 손바닥으로도 감쌀 수 있을 듯한 작은 머리를 흔들어 대며, 내 한쪽 팔로 들어 올릴 수 있을 것 같은 자그마한 몸을 쭉 뻗고는 무모한 시도를 되풀이하고 있다. 그 뒷모습을 보고 있자니 왠지 나까지 슬퍼졌다. 엄마는 사라져 버렸고, 노랑머리 양아치 같은 게 돌봐 준답시고 옆에 있는 거다. 뜻 모를 소리를 외치고 싶은 심정도 이해한다. 아직 두 돌도 안 된 어린애한테 지금 이 사태를 이해하라는 게 오히려 가혹한 거다.

"사흘만 지나면 적응할 거예요."

어제 스즈카 집을 나오기 직전에 누나가 전화를 걸어 말해 줬다. 병실 침대에서 몰래 거는 거라 금방 끊어야 한다면서도 누나는 스즈카의 상태를 자세히 물었다. 우는 게 예사롭지 않다고 했더니 "역시 그랬군요." 하고 쓸쓸히 웃으면서도 힘주어 말했다.

"그래도 사흘만 지나면 그동안 운 게 뭐였나 싶을 정도로 스즈카도 잘 적응할 거예요. 그러니 조금만 더 견뎌 줘요."

누나 말을 들어 보면 어린아이는 뭐든 대개 사흘이면 순응하는 모양이다. 젖을 끊을 때도, 선배와 단둘이 지냈을 때도, 사흘째에는 잠잠해지더라고 했다. 하지만 이번에는 몇 달이고 계속될 것만 같았다.

누나와 이야기하는 중에 그만 "제가 스즈카를 맡은 게 정말 잘한 일일까요?"라고 물을 뻔했다. 나 같은 놈이 옆에 있어서 스즈카가 불쌍하다고. 누나가 그걸 눈치챈 모양이었다.

"나는 이제 침대에서 꼼짝할 수 없는 몸이에요. 오타 군한테 온전히 맡길 수밖에 없잖아요. 잘 부탁해요."

수화기 너머로도 머리를 조아리는 게 느껴질 정도로 정중한 말투였다. 누나의 목소리는 나긋나긋 부드러운데도 절절한 심정이 곧장 전해져 왔다. 나와 선배와는 사뭇 다른, 삶을 반듯하게 살아온 사람이 제대로 생각해서 하는 말. 누나의 말에는 그런 무게가 있었다.

그렇다. 이미 시작됐다. 누나의 입원 생활도 나의 알바도. 그 여름의 릴레이 마라톤 대회와 함께. 배턴을 받아 든 이상, 이제는 잘되든 안 되든 넘어지더라도 앞으로 나아가는 선택지밖에 없다. 나는 크게 심호흡을 해 보았다. 뭘 하자고 해도 스즈카는 울 뿐이다. 그렇다면 느긋한 마음으로 상황을 봐 가면서 할 수 있는 걸 하는 수밖에 없다.

"야아, 붐부―. 강아지가 종이접기로 뭐 만드는데. 아, 꽃을 만드는구나! 저거 봐, 스즈카. 대박! 졸라 재밌겠다."

나는 텔레비전 앞에 앉아 몇 번이나 "와우, 졸라 재밌다." 하고 과장되게 말해 봤다. 하지만 스즈카는 들은 척도 안 하고 고집스레 문을 향해 "붐부―." 하고 소리쳤다. 그래도 나는 계속해서 말을 건넸다.

"오, 꽃 예쁘다. 붐부―, 어, 이번엔 병아리 같은 게 나왔다. 병아리 귀여운걸."

"병아리가 붐부 하면서 춤을 추네. 저거 봐, 스즈카. 삐악이야, 삐악이."

스즈카가 하는 말을 하도 많이 들어서 전염됐는지 나도 엉겁결에 '붐부'라는 말이 입 밖으로 튀어나왔다. 두 돌도 안 된 어린아이가 계속 외쳐 댈 정도로 쉽고 유쾌한 울림이 있는 말, 붐부.

"야, 붐부―. 삐삐삐 하고 노래 부르는데. 붐부, 좀 봐 봐, 재미있잖아."

"다음은 뭐지, 아이가 나왔네. 너 같은 붐부―야."

나는 괜히 신이 나서 무슨 구호처럼 붐부, 붐부를 연발했다.

"붐부―, 야, 이리 오라니까. 거기서 붐부 하는 것보다 여기서 붐부 텔레비전 보는 게 재밌잖아."

"스즈카 붐부, 어때, 현관은 붐부 덥지?"

'붐부'라는 말에 이끌렸는지, 아니면 '붐부'에는 어린아이만이 알 수 있는 특별한 의미라도 있는지 스즈카는 서서히 내가 있는 쪽을 힐끔힐끔 살피기 시작했다.

"오, 붐부, 재미있는걸. 다음은 붐부, 사자가 나왔다."

"붐부, 여러 동물들이 붐부 하면서 행진하는데. 저거 봐."

스즈카는 우는 기세가 조금 누그러져 내 쪽을 보고 있다.

"이번엔 고양이가 나오네. 냐냐다. 붐부— 귀여운데."

"오옷, 저건 뭐지, 그래, 붐부— 코알라다. 동물 붐부— 다 모였네."

조금만 더 나가면 된다. 나는 바지런히 붐부를 외치면서 스즈카에게 말을 건넸다. 스즈카는 더는 문을 보지 않고 완전히 몸을 이쪽으로 돌리고 있다. 지금이 기회다.

"야, 붐부! 먹자, 붐부."

나는 비스코의 포장지를 뜯어 스즈카에게 보여 줬다. 그만큼 기를 쓰고 울부짖었으니 배가 고플 법도 하다. 스즈카는 비스코를 보자 "붐부—!"라고 외치면서 쪼르르 내 앞으로 달려와 손바닥을 펼쳤다.

"오오, 먹을래? 자."

내가 손바닥에 비스코를 올려 주자 스즈카는 냉큼 입안으로 밀어 넣었다.

"뭐야, 그 날랜 동작은 원숭이도 아니고 말이야. 고맙습니다, 라고 하든지, 잘 먹겠습니다, 라고 해야 할 거 아냐."

어찌 됐든 마침내 비스코의 효력이 발휘된 모양이다. 잠시만이라도 울음을 그쳐 준다면 땡큐인 거다. 결국 스즈카는 "붐부!"를 외치면서 비스코를 세 개나 먹었다.

"맙소사, 붐부네."

기분이 완전히 좋아진 건 아니지만 비스코를 먹고 난 스즈카는 훌쩍훌쩍 울면서도 누워서 뒹굴뒹굴하기도 하고, 때로는 앉아서 DVD를 보기도 했다. 화면에서는 강아지가 〈주먹 쥐고 손을 펴서〉를 부르고 있다. 나도 아는 노래다. 어린아이들은 지금도 옛날 노래를 부르는구나 생각하며 스즈카 쪽을 보자, 보일락 말락 하게 손을 꼬무락거린다. 울면서도 춤을 추는 모양이다.

"이 노래, 좋아해?"

다시 한번 〈주먹 쥐고 손을 펴서〉를 보여 주자 스즈카는 아까보다 확실하게 손을 쥐었다 폈다 하는 동작을 했다. 소리에 맞추려고 자그마한 손가락을 꼬물거리는 모습에 나는 그만 푹 빠져들고 말았다. 노래가 끝나자 스즈카는 '주먹 쥐고'에 맞춰 주먹을 쥔 채로 내 얼굴을 빤히 보았다.

"알았어, 알았다고. 붐부란 말이지?"

나는 몇 번이나 〈주먹 쥐고 손을 펴서〉를 다시 틀어 주었다. 스무 번 가까이 보여 줬을까. 과연 스즈카도 싫증을 내기 시작했고, 더 이상 들으면 나도 머리가 돌아 버릴 것 같다고 생각하며 시계를 보니, 벌써 11시 30분이 다 됐다. 스즈카에게 점심을 먹일 시간이었다.

나는 스즈카를 텔레비전 앞에 남겨 두고 슬그머니 부엌으로 향했다. 자지러지게 울고, 무슨 말인지 알 수 없는 소리를 지르고, DVD를 보고, 그리고 점심밥. 어린아이의 일상이 다 그런지는 알 수 없지만 울고, 놀고, 먹으며 하루를 보내다니 참 속 편한 존재다.

부엌에는 스즈카에게 먹일 인스턴트 유아식이 준비돼 있었다. 스무 개가 넘는 컬러풀한 패키지. 죽 나열된 그것들을 보자 여기서 보낼 앞날이 참 길다는 걸 실감할 수 있었다.

"날생선하고 자극적인 것만 아니면 잘 먹으니까, 직접 만들어 둬야 하는데 요리는 젬병이라……. 이건 간편하기도 하고, 내가 만든 것보다 영양가도 있을 거 같아서요."

누나는 어깨를 으쓱하며 그렇게 말했다. 카레, 짜장밥, 돼지고기 감자볶음. 어린이용 인스턴트식품도 별의별 종류가 다 있구나 싶었다. 스즈카가 뭘 좋아할까 생각하다가, 그중 제일 많은 영양밥 하나를 접시에 담아 전자레인지에 데웠다. 30초 만에 완성. 정말 간편하다. 내가 먹을 냉동식품이며 인스턴트 라면도 잔뜩 쟁여져 있었다. 배는 고팠지만 스즈카에게 밥을 먹이는 일은 험난할 거다, 안 봐도 뻔하다. 스즈카의 점심을 처리하는 게 먼저다.

나는 스즈카의 숟가락과 물을 영양밥과 함께 식탁에 차려 놓고, 텔레비전 앞에 누워 뒹굴뒹굴하는 스즈카를 안아 키티 그림이 그려진 나직한 비닐 시트 의자에 앉혔다. 10킬로그램쯤 나갈 것 같은데 몸이 보들보들해선지 그 정도 무게감은 느껴지지 않았다. 옆구리 밑에 손을 넣고 들어 올리자, 늘 그런 식으로 옮겨졌는지 스즈카는 옹알옹알하면서도 떼쓰지 않고 순순히 의자에 앉았다. 어린아이를 이렇게 쉽게 옮겨 놓을 수 있다니. 나는 묘하게 감탄하면서 스즈카 옆에 앉았다.

"자, 점심 먹자. 봐, 영양밥이야."

나는 스즈카 대신 "잘 먹겠습니다."라고 말하고, 아직 제 손으로 먹지 못한다는 스즈카를 위해 숟가락으로 밥을 떠서 입 앞으로 가져 갔다. 하지만 스즈카는 입을 앙 다문 채 얼굴을 돌려 버렸다.

"어, 배 안 고픈 거야?"

나는 다시 입 옆에 숟가락을 대 줬다. 그래도 마찬가지. 스즈카는 얼굴을 옆으로 휙 돌릴 뿐이다. 밥이 너무 뜨거운가 싶어서 확인해 봤지만 그렇지도 않았다.

"영양밥 싫어? 맛있어 보이는데."

말은 그렇게 했지만, 내 눈에도 도무지 맛있어 보이지 않았다. 어린아이가 먹기 좋게 하기 위해서였는지 밥은 죽처럼 걸쭉했고, 흐물흐물해진 당근과 닭고기는 형체를 알아보기 힘들었다.

"맛은 어떨지 모르겠지만 조금이라도 먹어 봐."

"스즈카, 아, 해 봐."

몇 번을 도전해 봐도 스즈카는 도무지 입을 벌리지 않았다. 선배는 밥 좀 안 먹는다고 당장 어떻게 되는 건 아니라고 했지만 스즈카는 어제도 점심밥을 먹지 않았다. 아무리 그래도 이틀 연속으로 점심을 거르면 좋지 않을 거다.

"안 먹으면 기운 없어져."

"한 입이라도 먹어 봐."

"부—!"

"자, 입 좀 벌려 봐."

"부!"

내가 끈질기게 숟가락을 들이대자 스즈카는 손을 바동바동 내저
으며 저항하더니 끝내는 입 앞에 있던 숟가락을 힘껏 뿌리쳤다. 그
바람에 숟가락이 방바닥에 구르면서 걸쭉한 밥이 사방으로 튀었다.

"앗, 무슨 짓이야!"

내가 방바닥에 흩어진 밥알을 허둥지둥 닦는데, 스즈카는 "붐
부─."라고 소리치며 이번에는 손을 휘휘 저어 식탁 위에 있는 밥그
릇을 떨어뜨렸다. 밥그릇이 거꾸로 뒤집히면서 방바닥에 밥이 쏟아
졌다.

"야, 인마, 이게 무슨 짓이야!"

참다 못한 내가 큰 소리로 야단치자 스즈카는 스위치가 켜진 듯이
의자에 앉은 채로 몸을 젖히고 울기 시작했다.

"아이 씨, 진짜! 알았어, 알았으니까 울지 마. 아침에 울 만큼 울었
잖아."

내가 그렇게 달래도 아랑곳하지 않고 스즈카는 몸을 비틀어 가며
울다가 그만 의자에서 꽈당 떨어지고 말았다. 나지막한 의자라 별로
아프지도 않을 테지만 스즈카는 방바닥에 드러누워 과장되게 으앙
아앙 소리 지르며 울었다.

"너, 진짜 제멋대로구나. 야, 좀! 몸에 다 묻잖아."

막무가내로 바닥을 구르는 스즈카의 몸에 밥알이 달라붙었고, 몸
에 붙었던 밥알이 또 바닥에 처덕처덕 묻었다.

"나 좀 봐주라."

식탁과 바닥과 스즈카의 몸. 거기에 붙어 있던 질척한 밥알을 닦

아 내면서 내가 중얼거렸다.

"하아, 울고 싶은 건 난데."

이런 일은 아무리 알바비를 두둑이 받아도 채산이 안 맞는다.

스즈카는 막무가내로 울고 떼쓰면서 나를 방해해 놓고는 더러워진 방바닥을 거의 치우자 때맞춰 허무하게 잠이 들었다.

"뭐야, 자는 거냐. 너 끝내 한 입도 안 먹었잖아. 아, 뭐 아무렴 어떠냐."

점심밥을 한 입도 안 먹은 게 마음에 걸렸지만 마침내 평화가 찾아온 것이다. 이렇게 잠을 자 주지 않으면 나도 속수무책이다. 나는 스즈카를 조심스레 거실 구석에 깔아 놓은 이불 위로 옮겨 눕히고, 행여 잠이 깰세라 숨죽인 채로 꼼짝 않고 선배가 돌아오길 기다렸다.

4

알바 사흘째 되는 날은 월요일이었다. 주말 이틀간 보지 못한 탓인지 스즈카는 이틀째 이상으로 울고 떼를 쓰다가 점심밥도 먹지 않은 채로 녹초가 되어 내리 잠만 잤다.

하지만 나흘째, '사흘이면 적응한다'는 말이 아주 거짓말은 아니었던지, 스즈카는 선배가 집을 나가자 여전히 뒹굴면서 울긴 했지만 20분쯤 지나자 울음을 그치고 일어나 거실 한가운데에 오도카니 앉았다.

"와아, 진짜 이런 상황에도 적응하는구나."

스즈카는 그렇게 감탄하는 나를 의아한 듯이 바라보더니, 방 한구석에 있는 장난감이 가득 든 상자에서 당근이며 삼각 김밥 같은 장난감 음식을 꺼내 왔다.

"이제 좀 울음을 그쳤나 했더니, 다짜고짜 노는 거야?"

"오, 소꿉놀이하려고?"

내 말 따위는 싹 무시해 버리고, 스즈카는 장난감 채소와 프라이
팬을 하나씩 하나씩 거실 한가운데로 날랐다.

"상자째 들고 오면 빠른데. 아니지, 왜 가운데서 노는 거야. 장난
감이 있는 구석에 가서 놀면 편하잖아."

바쁜 듯이 장난감을 나르는 모습에 절로 웃음이 나왔다. 손발을
바지런히 움직이는 스즈카는 볼수록 작은 인형 같았다. 딴에는 뭔가
체크하는지 장난감을 들고는 심각한 얼굴로 물끄러미 바라보고 있
다. 그동안 울어 대기만 하는 통에 제대로 얼굴을 볼 여유도 없었는
데 찬찬히 뜯어보니 어린아이란 재미있는 존재인 것 같다.

얼추 장난감들을 옮겨 놓은 스즈카는 "따이.", "사아.", "삐마." 등
등 식재료의 이름을 일일이 소리 내어 말하고는 장난감 프라이팬에
넣고 "치이—치이—." 하고 중얼거리면서 숟가락으로 젓기 시작했다.

"뭐 만드는 거야?

"맛있겠는걸."

내 말은 완전히 무시하고 제 식대로 놀았다.

"치이—치이—, 토—마. 치이—치이—, 따이."

아직 제 손으로 밥을 먹을 줄도, 제대로 말을 할 줄도 모르는데 요
리 흉내는 제법 그럴듯하게 냈다. 어린아이는 대체 어떤 순서로 일
을 익혀 나가는 걸까. 살아가는 데 필요한 순서도 아닌 것 같고, 주변
에 가까이 있는 것부터도 아닌 듯하다. 내가 처음 할 수 있었던 건 뭘
까. 그것은 기억나지 않지만 할 일을 처음 내팽개친 것은 기억한다.
초등학교 3학년 2학기, 수학이었다. 분수를 전혀 이해하지 못한 나

는 교과서는 보지 않고 창밖만 바라보았다. 그때 조금만 더 버텨 냈더라면 지금의 나는 달라졌을까. 그런 생각을 하고 있는데 스즈카가 장난감 아이스크림을 프라이팬에 넣고 젓기 시작했다.

"야야, 아이스크림을 볶으면 녹아 버리잖아. 아니지, 이건 벌써 다 만들어진 거니까, 요리하지 않아도 돼."

내가 아이스크림을 프라이팬에서 꺼내자, 스즈카는 "시더시더시더!"라고 소리치고는 다시금 아이스크림을 넣었다.

"고기나 양배추, 그런 걸 볶아 봐. 자."

내가 당근 장난감을 줘도 스즈카는 관심도 보이지 않고 "붐부ㅡ!"라고 말하며 뿌리쳤다.

"난폭한 녀석이네. 아이스크림을 프라이팬에 볶는 게 무슨 요리야. 당근이 싫으면, 자 이거 뭐지, 소시지인가. 이거 볶으면 되잖아."

소시지도 당근과 마찬가지로 뿌리쳤다. 내가 억지로 들이밀자 스즈카는 얼굴을 옆으로 휙 돌리고 프라이팬을 흔들어 속에 든 바닐라 아이스크림콘을 이리저리 굴렸다.

"아 진짜, 왜 그래. 하긴, 소꿉놀이인데 뭘 볶든 무슨 상관이야."

설마 커서 실제로 아이스크림을 프라이팬에 넣는 일은 없겠지. 내가 너무 진지하게 생각하는 거야. 씁쓸하게 웃고 있는데, 이번에는 작은 장난감 코끼리를 프라이팬에 넣었다. 미안한 기색도 없이 새침한 얼굴로 "뿌우ㅡ." 하고 말하면서 프라이팬을 흔들고 있다. 아이스크림은 그렇다 쳐도 동물을 불에 굽는 건 안 된다.

"야! 코끼리는 못 먹잖아? 아니 그보다 코끼리가 뜨거워하잖아!"

내가 코끼리 장난감을 빼앗자 스즈카는 "붐부—!" 하고 소리쳤다.

"스즈카, 아무거나 다 볶을 수 있는 게 아냐. 코끼리잖아, 코끼리. 이 녀석은 원래는 너보다 훨씬 크단 말이야. 오히려 네가 잡아먹힌다고."

스즈카는 내 논리 따위 귓등으로 흘려듣고, 코끼리를 빼앗았다고 골을 내며 울기 시작했다.

"야, 울지 마. 자자, 다른 거 구우면 되잖아? 구울 게 넘쳐나는구만. 고기에 생선에, 이거 봐, 치이—치이—."

나는 주변에 있는 적당한 장난감을 프라이팬에 집어넣고 흔들어 보였다. 가까스로 기분 좋게 놀고 있는데 여기서 울리면 골치 아프다.

"붐부—!"

"으음, 뭐 좋은 거 없나."

장난감 상자를 뒤집어 봤다. 바나나와 달걀과 스파게티. 그것들을 잇달아 프라이팬에 넣어 줘도 스즈카의 기분은 나아지지 않았다.

"이거 봐, 햄버그스테이크야. 치이—치이—, 맛있겠지?"

"붐부—."

스즈카는 앉은 채로 발을 바동거리고 눈물을 뚝뚝 흘리며 골을 냈다. 이게 울 일이냐고 다그치고 싶어도 상대는 두 돌도 안 된 어린애다. 꾹꾹 눌러 참을 수밖에 없다.

"아, 진짜. 할 수 없지. 스즈카, 그럼 아이스크림 또 구워 줘. 응?"

나는 그렇게 말하고 프라이팬을 쥐어 주려고 했지만 스즈카는 팩토라져 소리쳤다.

"시더시더시더."

어떡하지. 동물을 프라이팬에 넣게 할 수도 없고, 또 이전처럼 울음보가 터지는 건 막고 싶다. 재미있게 구울 수 있는 게 뭐 없을까. 프라이팬에 넣어서 재미있는 것. 볶기에 마땅한 것. 스즈카의 기분이 좋아질 만한 유쾌한 것……. 그렇다, 내가 제일 잘하는 요리다.

나는 부엌에 가서 쌀통에서 쌀을 한 줌 꺼내와 여전히 "시더시더시더."를 연발하는 스즈카의 눈앞에서 프라이팬에 사락사락 넣었다. 처음 보는 것이라 신기했는지, 소리에 끌렸는지 스즈카는 눈을 깜빡거리며 쌀알을 들여다보았다.

"이거, 진짜 쌀이야. 이렇게 볶으면 볶음밥이 돼. 장난감보단 볶은 보람이 있을 거야, 스즈카."

내가 말하면서 프라이팬을 흔들자 스즈카는 우는 걸 잊은 듯이 "와—." 하고 환호성을 질렀다.

"치이, 치이. 이건, 이렇게 재빨리 볶아야 돼."

장난감 프라이팬 안에서 쌀알이 기세 좋게 움직였다. 내가 숟가락으로 재빨리 저어 주자 스즈카는 두 손을 모으고 손뼉을 쳤다. 자그마한 손으로는 아무리 힘껏 손뼉을 쳐도 찰싹찰싹 소리밖에 나지 않았다. 하지만 박수를 받고 으쓱해진 나는 프라이팬 안의 쌀을 계속 흔들었다.

"좋아, 다 됐다. 스즈카, 너도 해 볼래?"

내가 프라이팬을 건네자 스즈카는 "붐부—!" 하고 힘차게 말하고 즉시 "치이—치이—." 하면서 흔들기 시작했다. 작고 하얀 쌀알이 움

직이는 것이 무척 재미있는지 스즈카는 프라이팬 안에 든 것을 뚫어
지게 들여다보았다.

"코끼리보다 더 재미있지?"

"치이―치이―."

"역시 일본인은 밥이지."

"치이―치이―."

"오오, 어디 보자. 딱 적당하게 볶아졌다."

쌀을 꺼내 온 건 난데, 내가 프라이팬을 잡으려 하자 스즈카는 자
기 쪽으로 휙 끌어당겼다.

"너무하네. 그냥 보기만 하는 건데. 너 말이야, 제멋대로 굴고, 게
다가 깍쟁이구나."

"치이―치이―."

"알았어, 알았어. 열심히 요리해."

스즈카는 입술을 조금 빼물고 눈을 크게 뜬 채 깜빡거리지도 않고
아주 진지한 얼굴로 프라이팬을 흔들어 댔다. 어린아이들은 무엇에
든 금방 몰두할 수 있나 보다. 코끼리도 구조했으니 스즈카의 기분
만 좋다면 잘된 거다. 겨우 한숨 돌릴 수 있게 됐다. 나는 크게 기지
개를 켜면서 자그마한 몸을 움직이며 볶음밥을 만드는 스즈카를 바
라보았다.

소꿉놀이하며 즐겁게 놀았고, 컨디션도 나쁘지 않은 것 같은데 스
즈카는 여전히 점심밥을 먹으려 들지 않았다. 조금 전에 스즈카가

쌀을 관심 있게 보기에 카레밥을 골랐건만 눈길도 주지 않는다. 옆에서 내가 먹으면 따라 먹을까 싶어 어른용 인스턴트 카레를 데워 스즈카 옆에 앉았지만 아무런 효과도 없었다.

다른 때와 마찬가지로 숟가락을 입 앞으로 가져가자 입을 앙 다물고는 고개를 옆으로 돌려 버렸다. 알바 나흘째지만, 스즈카가 비스코 이외의 다른 것을 먹는 걸 보지 못했다.

"아침저녁은 먹으니까, 점심 한 끼 걸러도 아무 문제없어. 걱정 마."

선배는 그렇게 말했지만 아침은 빵, 저녁은 선배가 먹는 라면이나 편의점 도시락 같은 걸 나눠 먹는다고 한다. 거기에 점심까지 제대로 먹지 못한다면 영양의 균형을 잃고 말 것이다. 인스턴트 음식 패키지에는 '철분과 단백질이 듬뿍'이라느니, '당신의 자녀가 하루에 필요한 채소의 삼 분의 일을 섭취할 수 있습니다.'라느니, 몸에 좋다는 글귀가 쓰여 있다.

"이거 먹으면 힘이 세져. 스즈카, 배고프지?"

"이거 봐, 맛있겠지? 좀 먹어 보라니까."

무슨 말을 해도 스즈카는 고집스레 거부했다. 함께 밥을 먹을 정도로 나에게 마음을 허락하지 않는다는 증거였다. 밥상은 차렸지만 나 혼자만 먹을 수도 없었다. 나는 스즈카 옆에 앉아 식어 가는 카레를 바라보며 한숨만 푹푹 내쉬었다.

5

"어, 오타잖아."

알바 5일째도 무사히 마치고 큰맘 먹고 밤에 쇼핑을 하러 나갔다. 쇼핑몰에서 어슬렁거리다가 우리 학교 녀석들과 딱 마주치고 말았다. 이런 촌구석에서는 양아치들이 갈 만한 데가 뻔하다. 이 부근에서 제일 큰 쇼핑몰에 가면 으레 누군가와 마주치게 된다.

"마침 잘 만났다야. 오타, 한번 땡겨 보자."

"나, 오토바이 개조했잖냐. 어때, 한번 타 보지 않을래?"

시미즈와 나카다이. 2학년에 올라와서 시도 때도 없이 엉겨 붙는 애들이다. 입학 당시만 해도 나는 착실한 학교생활을 해 나갔다. 하지만 난폭한 학교 분위기에서 자연스레 겉돌게 됐고 "오타 저 새끼, 별 볼일 없잖아."라고 조롱당하는 일마저 있었다. 하지만 2학년에 올라와 중학교 후배 야마네가 입학하고부터는 달라졌다. 자비심이라곤 털끝만큼도 없는, 뼛속까지 양아치인 야마네가 나와의 재회를 반

가위하며 존경의 눈빛을 보냈던 것이다.

조용히 숨죽이고 있을 뿐이지 오타는 대단한 놈이었어. 다들 그렇게 생각했던지 나를 보는 애들의 시선이 싹 달라졌다. 이따금 소년 감별소와 소년원을 들락거리며 학교에서 멀어졌던 야마네는 릴레이 마라톤 대회에서 뛰었던 나를, 착실하게 고교 생활을 해 보려는 나를, 모르고 있었던 것이다. 세상을 무시하듯 입가에 썩은 미소를 매단 채 남에게 상처 주는 것 따위에는 눈도 꿈쩍 않는 야마네. 그런 자식이 '오타 형, 오타 형' 하며 따른다 해도 등줄기가 오싹할 뿐이었다. 예전에는 나를 겁내는 놈들을 보며 쾌감을 느꼈다. 나를 보고 주눅 드는 걸 보면 은근히 뿌듯했다. 하지만 지금은 내 앞에서 모두가 굽실거려도, 입고 싶지 않은 의상을 억지로 입은 채 떠받들어지는 것 같아서 거북했다. 그렇다고 해서 속내는 다르다고 말할 수 있을 만큼 착실해진 것도 아니었다. 예전과 달라졌다고 큰소리칠 만큼 나 스스로 느낄 수 있는 변화도 없었다.

"오토바이?"

"어어, 너도 타고 왔을 거 아냐?"

시미즈는 실실 웃었다. 신나는 일이 일어난 것도 아닌데 불필요하게 몸을 흔들어 대며 웃는 게 이 자식의 버릇이다.

"아니."

"그럼 어떻게? 설마 버스로 온 거냐? 에이, 아니겠지."

나카다이가 말했다. 그러고 나서 둘은 "버스, 완전 구려."라면서 낄낄거렸다.

이 지역은 전철이 하루 몇 대밖에 안 다니기 때문에 버스 노선이 발달했다. 버스는 아주 일상적인 이동 수단이다. 하지만 나는 버스도 오토바이도 타지 않는다. 여기까지 내 두 다리로 뛰어왔다. 8킬로미터 조금 안 되는 거리. 게다가 여름밤. 이 정도라면 내 두 다리로 뛰는 게 훨씬 기분 좋다.

"오타는 뛰는 게 잘 어울려."

중학교 때 나를 릴레이 마라톤 대회에 끌어들인 애가 그렇게 말한 적이 있다. 그 말이 맞을지도 모른다.

"아니, 난 친구 오토바이 뒤에 타고 왔거든. 그래서 지금은 발이 없다. 집에 갈 땐 걔가 다시 태워 주기로 했고."

버스가 구리면 두 다리는 뭐란 말인가. 이 자식들이 어떻게 생각하든 상관없는데도 나는 그렇게 둘러댔다.

"에이 씨, 뭐냐. 김 팍 새 버리네."

"너랑 한번 땡겨 보고 싶었는데 말이야. 그럼 게임 센터에 안 갈래?"

시미즈가 반바지 주머니에 느슨하게 손을 찔러 넣은 채로 말하자 옆에 있던 나카다이도 거들었다.

"아까 가네다고등학교 새끼들 봤는데, 분명 게임 센터에 있을 거다. 잠깐 걔들이랑 시간이나 죽이자."

게임 센터에 가서 게임하고 놀면서 거기 있는 자기들과 비슷한 애들과 어울릴 거다. 하는 짓이 중학교 때나 별반 다를 게 없다.

"그럼, 가 볼까."

나는 게임 센터에도 오토바이를 타고 달리는 것에도 흥미가 없었다. 그렇다고 집에 일찍 들어가 봐야 할 일도 없고, 어울릴 만한 애들은 이 자식들 같은 부류뿐이다. 나는 둘의 뒤를 건들건들 따라갔다.

"완전 쫄았네."

"저 빙신 새끼들."

게임 센터에 들어가자마자 나카다이와 시미즈는 일부러 사람이 앉아 있는 게임기에 비집고 들어가서는 그렇게 낄낄대고 웃었다. 낯모르는 애들에게 시비를 걸고, 화난 것도 아닌데 화를 낸다. 좋은 사람이 되는 것도 어렵지만 사사건건 욕지거리를 퍼붓는 것도 그에 못지않게 참 성가신 일이다. 나는 아무것도 하지 않고 혼자서 게임 센터 안을 서성거렸다. 번쩍번쩍 빛나는 기계에 눈이 핑핑 돌았다. 고막이 터질 듯한 음악 소리며 게임기에서 흘러나오는 소리 때문에 귀가 마비될 지경이었다. 이 안에 있으면 지금이 낮인지 밤인지, 밖이 추운지 더운지조차 가늠할 수 없게 된다.

"어."

건들건들 걸어 다니다 인형 뽑기 기계에 눈이 멈췄다. 스즈카가 즐겨 보는 DVD에 나오는 강아지 인형이 들어 있는 게 아닌가. 이 북슬북슬한 강아지, 꽤 인기 캐릭턴가 본데. 하나 뽑아다 줄까. 나는 동전을 넣고 곧바로 도전해 봤다.

"에이 씨, 망할!"

북슬북슬한 강아지는 거의 마지막 단계에서 집게에서 떨어져 나갔다. 중학교 때는 게임 센터에 죽치고 살아서 이 정도는 식은 죽 먹기였는데.

"뭐야, 이거 못 뽑게 해 놨잖아."

나는 투덜투덜하면서도 다시 동전을 넣었다. 이 인형을 갖다 주면 스즈카가 조금은 웃어 줄지도 모른다.

"좋았어! 아, 이게 아닌데."

강아지가 걸린 줄 알았는데 옆에 있던 다른 캐릭터 인형이 떨어졌다. 내가 낙담하면서 상품 배출구에서 인형을 꺼내는데, 가까이서 보고 있던 남자애가 달려들었다.

"우아! 형, 대박! 이거, 진짜 잘 안 나오는 건데."

일곱 살쯤이나 됐을까. 스즈카에 비하면 몸도 꽤 크고, 걸음걸이도 말하는 것도 야무졌다.

"그래?"

"응. 레어야 레어."

남자애는 눈을 반짝반짝 빛냈다. 스즈카도 그렇지만 어린아이의 눈은 표정이 무척 풍부하다.

"레어는 영어잖아. 어려운 말도 아는구나."

스즈카보다 3, 4년 더 자란 만큼 사용하는 말이 전혀 다르다. 3년 후의 나는 딱히 변한 게 없을 것 같은데, 어린아이에게는 경이로운 시간인 모양이다.

"나, 그거 매주 보는데."

"얘도 텔레비전에 나오는 캐릭터야?"

인형은 새빨갰고, 고양이같이 생겼다.

"형은 안 봤어? 다들 보는데?"

"내가 니 친구냐? 그리고 너보다 훨씬 크잖아?"

남자애가 놀라는 모습에 나는 엉겁결에 웃고 말았다.

"이거, 저번에 우리 아빠한테 뽑아 달랬는데 못 뽑았어. 근데 형은 금세 뽑았잖아. 띠디디딕하고. 형, 짱 멋져."

"그래?"

"응. 다이랑 마사오랑 미카도 형을 보면 멋지다고 할 거야."

"겐토, 오래 기다렸지. 이제야 살 거 다 샀네."

흥분해서 이야기하는 아이 옆으로 엄마인 듯한 아주머니가 다가왔다.

"아, 엄마! 이거 봐, 저 형이 말이야."

"가자. 어서."

엄마는 나를 흘끗 보고는 재빨리 아이의 등을 밀었다. 그렇게 허둥댈 거 없는데, 하긴 당연한 반응이다. 노랑머리에 피어스. 웃고 있어도 눈빛이 무서운 양아치. 자기 자식이 그런 사람 옆에 있다면 당연히 떼어 놓고 싶겠지.

"이거, 너 가져."

나는 남자애 쪽으로 인형을 던져 주었다.

"우아! 신난다!"

던져 준 인형을 받은 남자애가 좋아하며 다시 나에게 다가오려는

걸 엄마가 억지로 손을 잡아 저지했다. 그러고는 나와 눈도 맞추지
않고 단호하게 등을 돌리고 걷기 시작했다.

'당신들 원숭이야? 고맙다는 말 한마디는 해야지.'

나는 마음속으로 중얼거리고는 다시 인형 뽑기를 시작했다. 레아
라는 빨간 고양이는 뽑았는데, 그 강아지는 좀체 걸리지 않았다. 맹
한 강아지 얼굴에 점점 열이 받기 시작했다.

"너희 말이야, 많이 들어 있으니까 한 마리라도 좀 나와 주라."

내가 다섯 번째로 동전을 넣었을 때 나카다이와 시미즈가 뒤에서
다가왔다.

"오타, 뭐 뽑게?"

"아, 이거? 이거 말이야, 아는 꼬맹이가 좋아하거든. 뭐 시간도 있
고, 그래서 뽑아 줄까 하고."

"야, 뭘 그렇게 죽기 살기로 매달리고 그러냐. 거기까지 왔으니까
기계를 움직이면 떨어지겠네. 좀 기다려 봐."

나카다이가 기계를 몸통으로 부딪쳐 기울어뜨리자, 시미즈가 주
먹으로 기계 한복판을 내리쳤다. 그러자 인형은 싱겁게 구멍으로 떨
어졌다.

"옜다, 오타."

"아, 어어, 땡큐."

"이 정도야 뭐, 식은 죽 먹기지. 이거, 꼬맹이가 좋아하겠다."

나카다이는 으쓱해서 내게 인형을 건네줬다.

"고맙다."

인형은 여전히 맹한 얼굴이었다. 하지만 방금 전까지 내가 뽑으려던 것과는 달라 보였다. 비겁한 수법을 써서 얻은 것은 더럽다거나, 양심적인 척하는 건 아니다. 정공법으로 뽑든 훔치든, 물건 자체는 전혀 달라질 게 없다. 다만, 어쩐지 스즈카가 기뻐하는 얼굴은 떠오르지 않았다.

"오타, 뭐냐 이거?"

이걸 어쩐다지. 인형을 든 채로 난감해하는데 등 뒤에서 "라이터 좀 쓰자." 하고 멋대로 가방을 뒤적이던 시미즈가 놀란 목소리로 물었다.

"어?"

"마카로니뿐이잖아, 이걸 어디에 쓰게?"

가방을 들여다본 나카다이도 미간을 찡그렸다. 내 가방에는 세 종류의 마카로니가 들어 있었다.

"아, 그거. 그거 말이야……."

"이걸로 뭐 만들어서 사람 패는 데 쓰려고?"

"아니, 그게 아니지. 마카로니 이게, 훅 보내 버리는 성분이 있잖냐. 이 구멍으로 시너를 흡입하면 더 찐해져서 뿅 가지 않겠냐?"

나카다이도 시미즈도 진지한 얼굴로 말했다. 제아무리 솜씨가 좋다 해도 마카로니로 사람 때릴 무기를 만들 수도 없거니와 시너의 농도를 조절할 수는 더더욱 없다.

"무슨 소리야, 아까 슈퍼에서 어슬렁거리다 바로 앞에 있기에 슬쩍한 거야, 딱히 쓸 데가 있었던 건 아니고."

"에이, 그런 거였어. 어? 오타, 라이터 없잖아."

시미즈는 몸을 흔들어 대며 웃고는 가방 주머니를 뒤졌다.

"미안, 사흘 전부터 금연 중이거든."

"진짜?"

"하도 피워 대서 목에 탈이 났나 봐. 지금 좀 따끔따끔하걸랑."

나는 시미즈가 도로 건네준 가방에 인형을 쑤셔 넣으며 둘러댔다.

"와아, 오타 너 쩐다. 초딩 때부터 줄담배였는데 말이야."

"근데 고딩 돼서 끊게?"

둘은 그렇게 말하고 머저리처럼 웃었다. 내 주위에 있는 애들은 나에 관해서 아는 게 없다.

목에 탈이 나긴! 담배는 중3 여름 이후로 딱 끊었는데. 그리고 그 이후로 가게에서 물건 하나 훔친 적 없고.

6

"치이―치이―치이―!"

예상대로 스즈카는 흥분해서 소리치며 열심히 장난감 프라이팬을 흔들어 댔다.

"맘에 들지? 잘 볶으면 맛있어."

장난감 프라이팬으로 볶아서 맛있는 것. 쌀과 비슷한 매력을 가진 것. 적당한 크기에 좋은 소리가 나고……. 그런 생각을 하다가 퍼뜩 떠올라서 어젯밤에 마카로니를 사러 뛰어나갔던 거다.

둥그런 모양, 꽈배기 모양, 알록달록한 것. 슈퍼에 별의별 색깔과 모양의 마카로니가 다 있어서 세 봉지나 사고 말았다. 마카로니는 하나같이 또르르또르르 잘 굴렀고, 프라이팬에서 나는 소리도 좋았다. 게다가 숟가락을 가지고 저으니 손에 전해지는 느낌도 있는 데다 장난감보다 실제 음식물을 볶는 게 더 재미있는 모양이었다.

처음 만났을 때 우는 모습을 질리도록 본 탓일까. 즐거워하는 스즈카의 모습에 진심으로 안도했다. 어쩌면 좋아할지도 모른다. 그 생각 하나만으로 마카로니를 사러 뛰어나갈 수 있다니, 어린아이의 웃는 얼굴이란 엄청난 위력이 있다.

"히익―."

구멍 뚫린 모양이 재미있는지, 한바탕 볶고 난 스즈카는 프라이팬 속 마카로니를 집어 들고 까르르 웃으며 말했다.

"치우기 힘드니까, 어지르지 마."

"히익―."

"휘익 던지면 안 되고, 네, 라고 해야지."

"히익―."

마카로니를 집어 올리는 자그마한 손가락. 그 손가락 끝을 바라보며 잇따라 표정이 변하는 얼굴. 그런 스즈카의 모습을 보는 게 재미있어서 나도 모르게 자꾸 눈으로 좇게 된다. 지금까지 아이가 좋다는 생각은 한 번도 해 본 적 없지만, 작은 것은 단순히 귀여웠다. 하염없이 보고 있어도 질리지 않을 것 같았다. 하지만 오늘은 할 일이 있다.

"자, 그럼 나도 슬슬 움직여 볼까."

스즈카가 다시 프라이팬을 흔들기 시작하는 것을 보고 나는 부엌에서 진짜 프라이팬을 꺼냈다.

어제 슈퍼에서 마카로니를 사면서 유아식 코너도 살펴봤다. 누나가 사 놓은 것과 똑같은 인스턴트식품이 빼곡히 진열돼 있어서 그와 다른 것을 살 생각으로 비교해 봤다. 하지만 패키지에는 하나같이 몸에 좋다느니, 먹기 쉽다느니, 조리가 간편하다느니 하는 따위의

문구가 적혀 있을 뿐 그 어디에도 맛있다는 말은 없었다.

평소와 같은 환경에서 사랑하는 엄마가 떠먹여 준다면 다소 맛이 없더라도 받아먹을 거다. 하지만 나 같은 놈과 둘이서 먹어야 한다. 먹고 싶어 안달이 날 정도로 맛있지 않고는 입을 벌리지 않을지도 모른다. 생각이 거기에 미치자 그 많은 인스턴트식품에 도무지 손이 가지 않았다.

"아, 돌겠네. 텅텅 비었잖아."

나는 냉장고를 열어 보고는 맥이 탁 풀렸다. 채소는 물론이거니와 하다못해 햄이나 소시지 같은 것도 없었다. 아무리 오랫동안 집을 비운다지만 떨어뜨리지 않고 항상 쟁여 두는 게 있을 텐데. 누나는 요리를 끔찍이 싫어하는 모양이었다.

있는 거라곤 고작 달걀과 유통기한이 다 되어 가는 어묵에 말라비틀어진 당근 쪼가리뿐이었다. 밥은 냉동실에 산더미처럼 쌓여 있었다. 이렇게 되면 볶음밥밖에 할 수 없겠군. 누나가 작성한 스즈카 공책을 확인해 보니, 이 중에 먹이면 안 되는 건 없는 것 같았다. 재료는 부족하지만 맛있는 점심밥을 만들어 줘야지.

어울리지 않는다고 비웃겠지만 나는 옛날부터 요리를 자주 했다. 우리 집은 모자가정인 데다 어릴 때부터 엄마가 밤늦도록 일했던 탓인지 초등학교 저학년 때부터 간단한 요리 정도는 했다. 대개는 재료를 잘라 볶기만 하면 그럭저럭 먹을 만했다. 맛은 내 입맛에 맞추면 됐기 때문에 전혀 어려울 게 없었다.

말라비틀어진 당근을 잘게 자르고 있자니, 마카로니 볶기에 싫증이 났는지 스즈카가 장난감 프라이팬을 들고 내 옆으로 왔다.

"붐부―."

"왜, 너도 해 보고 싶어?"

"붐부―."

"그럼 넌 이거 볶아 줘."

나는 당근 껍질을 스즈카의 프라이팬 안에 넣어 줬다.

"붐부―."

스즈카는 부엌 바닥에 오도카니 앉아 신기한 듯이 당근 껍질을 말똥말똥 바라보았다. 얇은 껍질은 마카로니와는 또 다른 재미가 있는지 푹 빠져서 조몰락거린다. 새로운 것을 보면 순간적으로 눈을 반짝이며 곧장 덤벼든다. 아직은 모르는 것투성이인 스즈카에게는 가슴 뛰게 하는 것이 여기저기에 널려 있는 모양이다.

"자, 추가로 이것도. 부탁할게."

나는 씻어서 잘게 부순 달걀 껍데기를 스즈카의 프라이팬에 조금 넣어 주고는 볶음밥을 하기 시작했다. 먼저 프라이팬에 기름을 두르고 당근과 어묵을 볶았다. 스즈카가 먹을 수 있도록 말랑해질 때까지 익히려고 약한 불에 올려놓고는 퍼뜩 생각났다.

"아니지, 너 비스코도 먹지?

비스코는 그 나름으로 씹히는 맛이 있다. 게다가 저녁에는 선배가 먹는 라면을 손으로 집어 먹는다고 했다.

"꼭 말랑하지 않아도 먹을 수 있지?"

나는 달걀 껍데기를 볶고 있는 스즈카에게 확인하고는 달걀물을 섞은 밥을 프라이팬에 쏟아부었다. 여기서부터는 재빨리 불에 올려 단숨에 볶아 내야 한다. 그런데 화력을 세게 올리자 불 소리에 이끌렸는지 스즈카가 장난감 프라이팬을 내려놓고 일어났다.

"붐부―."

"왜?"

"붐부―."

스즈카는 까치발을 들고 팔까지 쭉 뻗었다.

"안 돼. 나 지금 바쁘단 말이야."

"붐부―."

"왜 그래. 넌 네 거나 볶아."

"치이―치이―, 붐부―."

스즈카는 프라이팬 안을 보겠다고 온몸으로 주장했다. 불안정하게 흔들리면서도 까치발을 하고 있는 스즈카를 차마 거절할 수가 없었다.

"아이 진짜! 할 수 없지."

한 손으로 번쩍 안아 올려 프라이팬 안을 보여 주자, 스즈카는 몹시 흥분해서 "치이―치이―치이―!" 하고 소리쳤다.

"자, 이제 됐지?"

바닥에 내려놓자 스즈카는 "붐부―!" 하고 내 손을 잡아당겼다. 또 보여 달라는 거다. 이제부터는 속도전인데 참 성가신 녀석이다. 나는 왼팔로 스즈카를 다시 안아 올렸다. 팔 안으로 서서히 스즈카의 체온이 전해져 왔다. 그 적당한 온도 때문인지, 딱딱한 곳이 전혀 없는 몰랑거리는 몸 때문인지, 한 팔로 안고 있는데도 그 정도 무게는 견딜 만했다. 스즈카도 다행히 두 손을 빼고 다소곳이 안겨 있다. 이렇게만 얌전히 있어 준다면 한 손으로도 가능하다.

"만약 맛없으면 다 너 때문인 줄 알아. 자, 볶는다."

나는 스즈카를 단단히 고쳐 안고 오른손에 나무 주걱을 들었다.

"붐부ー, 치이ー치이, 치이ー치이."

"야, 움직이지 마. 프라이팬으로 떨어지면 어쩌려고 그래."

"치이ー치이치이ー."

스즈카는 프라이팬에서 이리저리 움직이는 밥을 재미있는 듯이 바라보면서 기분 좋게 소리쳤다.

"참 태평한 녀석이네. 너 때문에 볶음밥 퀄리티가 떨어지잖아. 영차. 간장을 슈욱슈욱 두르면 끝."

서기에 가다랑어를 얹어 볶음밥을 완성했다. 가다랑어포가 수분을 흡수할 테니까 밥이 다소 질척해도 고슬고슬해질 것이다. 뜨끈뜨끈한 볶음밥에서는 누른 간장 냄새가 구수하게 풍겼다.

"자, 먹자. 스즈카! 이건 무조건 맛있어. 그 질척질척한 인스턴트 밥보단 말이야. 아 참, 먹기 전에."

스즈카를 내려놓고 호기롭게 접시를 준비하려던 나는 손을 멈췄다. 식사 전에 마쳐야 할 일이 있다. 오늘 아침에 내가 여기에 왔을 때, 스즈카는 새침한 얼굴로 장난감 자동차를 가지고 놀고 있었다. 6일째가 되자 과연 이 상황에 익숙해졌는지 스즈카는 나를 보고도 울음을 터뜨리지 않았다.

"오오, 대단해. 오타, 스즈카가 벌써 너를 따른다야."

선배는 그렇게 감탄했다.

"뭐, 내일이면 일주일이나 되니까요."

"제법이다 너. 진짜, 너 아니었으면 어쩔 뻔했나 몰라. 자, 그럼 스즈카랑 친해졌으니까 어마 무시한 부탁을 해도 될까나?"

"뭔데 그래요?"

지금 상태만으로도 나로서는 아주 엄청난 부탁을 수행하고 있는 거다. 또 뭐가 더 있다는 거지?

"아, 그게 말이지. 할 수 있거든 해 달라는 건데, 기저귀 좀 갈아 줄 수 있을까 싶어서."

"기저귀요?"

"그래. 요즘 기저귀는 품질이 좋아서 말이야. 열 시간 정도는 안 갈아 줘도 아무 이상 없는데, 그래도 살이 짓무를 때도 있거든. 여유가 생기면 하고 아님 안 해도 되는데, 하루에 한 번 정도만 갈아 주면 완전 고맙겠다."

선배는 조심스럽게 부탁했다.

울고불고 떼쓰는 스즈카를 보느라 힘이 부쳐서 까마득히 잊고 있었지만, 누나한테 기저귀 가는 법도 배웠다. 그런데도 그동안 한 번도 갈아 주지 않았다니. 그간 스즈카가 얼마나 불쾌했을까. 제대로 의사 표현 못하는 아이라고 너무 무신경했다.

"밥 식는 게 좀 아쉽긴 한데, 볼일은 먹기 전에 마치는 게 좋겠지?"

나는 "아자, 아자!" 하고 기합을 넣었다. 아직 두 돌도 안 되었다지만 여자아이의, 아니 남의 바지를 벗기려니 당혹스러웠다. 나는 태어난 후로 한 번도 남의 배설물 같은 걸 손에 묻혀 본 적이 없다. 기합을 넣지 않고는 도저히 처리할 수 없을 것 같았다.

"자, 그럼 거사를 치러 볼까! 할 수 있다, 아자!"

누나가 설명해 준 방법을 떠올려 가며, 스즈카를 위로 향하도록 눕히고 쭈뼛쭈뼛 바지를 벗겼다. 싫다고 난리 치지 않을까 걱정했지만 태어났을 때부터 매일 당하는 일이라 완전히 익숙해졌는지, 스즈카는 손에 든 마카로니를 탁탁 치고 놀면서 거만하게 다리를 벌리고 느긋하게 있어 줬다.

"참, 어떡하는 거였지."

기합은 잔뜩 넣었지만 기저귀만 차고 있는 스즈카를 보자 손이 딱 멈춰 버렸다. 아무리 스즈카가 귀엽다지만 기저귀는 푹 젖은 것 같았고, 그걸 손으로 만지는 건 망설여졌다.

"역시 오줌 쌌구나. 그치?"

내 당혹스러움 따위 알 바 아니라는 얼굴로 스즈카는 바지를 벗어서 홀가분하고 기분 좋은지 다리를 살랑살랑 흔들기 시작했다.

"난 동물도 안 길러 봐서, 오줌 같은 거 만져 본 적 없는데."

"붐부."

"사람의 오줌을 처리하다니, 부모는 배짱이 되게 두둑해야겠구나."

"부아부아부아—."

스즈카는 이번에는 다리를 버둥버둥 크게 움직였다. 이대로 두면 바지를 벗은 채로 계속 놀 것 같았다. 이왕 시작했으니 재깍 처리해야 한다.

"아자! 괜찮아. 오줌은 오줌이지만 아기 거니까 물과 다를 게 없어. 하나도 안 더러워. 안 그래?"

나는 그렇게 이해할 수 없는 논리를 펴고는 스즈카의 다리에 손을 뻗었다. 다리를 잡은 손가락에 닿는 감각이 너무도 매끄러워서 나는 그만 "너 피부 되게 좋구나." 하고 감탄하고 말았다. 스즈카의 피부는 얼굴이며 팔다리 할 것 없이 매끈매끈해서 손끝에 거슬리는 게 하나도 없었다. 이렇게 감촉이 매끄러운 건 지금까지 한 번도 만져 본 기억이 없다.

"어, 이렇게 한가하게 있을 때가 아니지."

스즈카는 꺄아꺄아 떠들면서 내게 잡힌 다리를 흔들기 시작했다. 서둘러야 한다.

"으음, 이 테이프를 벗기는 거였던가. 그리고 이걸, 오오, 젖은 거 같은데. 헉, 손에 묻었다!"

그 감촉에 나는 기저귀를 만졌던 손을 엉겁결에 탈탈 털었다. 스즈카는 그렇게 야단을 떠는 나를 보고 까르르까르르 소리 내어 웃었다.

"뭐가 우습다고 그래. 방금 손에 오줌이 묻었단 말이다."

"부부부."

"부부부가 뭐야. 웃지 마."

"부부부."

"참 나, 이것 좀 보라고."

두 돌도 안 된 아이에게 웃음거리가 되다니. 기저귀 하나도 못 갈아서 어쩌게. 나는 숨을 크게 내쉬고 스스로에게 용기를 북돋워 줬다.

"좋아. 해 보는 거야. 단숨에 해치우겠어. 이런 건 시간을 끌면 더더욱 못하게 되거든."

"부—아아아—."

스즈카는 내가 결사의 각오를 하거나 말거나 아랑곳하지 않고 태평하게 다리를 흔들어 대며 놀았다.

"지 오줌은 남한테 치우게 하고, 참 속 편한 녀석이네. 자, 이제 휘리릭 갈아 줄게."

나는 숨을 멈추고는 테이프를 벗기고 얼른 스즈카의 엉덩이 밑에서 기저귀를 빼냈다.

"오오, 해냈어! 아니, 에에에엑."

기저귀를 빼내고 안도할 사이도 없이 나는 비명을 지르고 말았다. 손에 든 기저귀가 축축하고 묵직했다. 어린아이도 오줌을 잔뜩 누는구나.

"이거, 따뜻하긴 해도 금방 나온 오줌은 아니겠지. 으아아아악, 또 손에 묻었잖아. 으악."

"으아아아아—."

스즈카는 소란을 떠는 내 흉내를 내며 벌거숭이가 된 엉덩이와 다리를 호쾌하게 흔들어 댔다.

"야, 좋냐!"

이러고 있는 사이에 오줌이라도 눈다면 그야말로 끔찍한 상황이 벌어지게 된다. 기저귀를 빼냈으니 이제부터는 볶음밥을 마무리하는 것과 마찬가지, 우물쭈물해선 안 된다. 나는 오줌 기저귀를 겨우겨우 둥글게 말아 놓고, 스즈카의 엉덩이 밑에 새 기저귀를 넣어 주었다.

"자, 이 부분을 앞으로 가져오고. 너 넓적다리도 포동포동하구나. 다음은 다리가 이쪽으로 가는 건가……."

"붐부."

"여기를 똑바로 하고."

손끝이 야무진 편이긴 하지만 상대가 인간이다 보니 생각대로 잘 되지 않았다. 스즈카가 자꾸만 몸을 움직이는 통에 기저귀가 비뚜름 해질까 봐 흠칫거려졌다. 스즈카의 몸은 말랑말랑해서 잡아당기면 구불텅하니 휘어 버릴 것 같았다.

"이제 테이프로 고정하면 되는 거지."

넓적다리를 살짝 들어 올리고 신중하게 기저귀 채우기를 마치자, 스즈카가 허리를 조금 들어 올렸다. 어서 바지를 입히라고 재촉하는 모양이었다.

"너 진짜 넉살도 좋다. 알았어, 쫌만 기다려."

나는 땀을 닦고는 바지를 허리까지 올려 줬다.

"아, 성공이다, 성공!"

"성고ー."

떡하니 누워 있는 스즈카 옆에서 허둥거리며 법석을 떨긴 했지만, 나의 첫 기저귀 갈이는 그럭저럭 성공적으로 끝났다.

"엉덩이도 개운해졌으니, 자 이제 점심밥을 먹어 볼까."

나는 식탁에 볶음밥을 담은 접시 두 개를 나란히 놓았다. 들어간 재료는 적지만 달걀과 당근 덕분에 색깔이 예뻤다.

"스즈카, 자 먹어 봐."

숟가락에 떠서 입 가까이 대 주자 스즈카는 볶음밥을 똑바로 쳐다보았다.

"아까 치이—치이— 한 거야. 조금 식긴 했어도 냄새가 구수하지?"

스즈카는 얼굴을 흔들며 여러 각도에서 숟가락을 바라보기는 했지만 입을 벌리지는 않았다.

"그럼, 나 먼저 먹어 버려야지. 아, 맛있다."

나는 볶음밥을 입에 넣고는 과장되게 맛있다는 말을 연발했다. 스즈카를 위해 간을 싱겁게 했고, 재료는 너무 잘게 자른 탓에 씹히는 맛은 없었지만 맛이 없지는 않았다.

"자, 스즈카 너도 먹어 봐."

다시 숟가락을 얼굴 앞에 가져가자 스즈카는 쭈뼛쭈뼛 입을 벌리고 숟가락 끝에 있는 밥알만 조금 입에 넣었다.

"어때?"

"마이따—."

"그치? 맛있지?"

일단 한 입 먹자 그다음부터는 수월했다. 배도 고플 테고, 분명 어린아이의 하루 중에서 식사가 차지하는 비중은 클 것이다. 맛있다는 걸 알고 나면 먹지 않고는 못 배길 거다. 스즈카는 그동안 앙 다물고 있었던 입을 한껏 크게 벌리고 내가 볶음밥을 넣어 주기를 기다렸다가 받아먹고는 또 금세 입을 벌렸다.

"야아, 너무 빨리 먹는 거 아냐? 꼭꼭 씹어야지."

"붐부ㅡ."

"기다려. 난 아직 두 숟가락밖에 못 먹었단 말이야."

"아ㅡ앙, 아ㅡ앙."

"그렇게 크게 벌리지 않아도 넣어 줄 거야."

스즈카가 먹는 속도는 나보다 훨씬 빨랐다. 역시 내가 만든 볶음밥이 맛있는 거다.

"보채지 좀 마. 기다리래도."

나는 내 숟가락은 내려놓고, 스즈카의 입에 연신 볶음밥을 떠 넣어 주었다.

7

7월 17일 금요일은 종업식이었다. 기말고사가 끝나자마자 학교는 사실상 여름방학에 들어간 거나 다름없었지만, 그날 하루는 등교해야 했다. 하지만 학교에 가 봐야 어차피 성적표만 받고 따분한 이야기나 들을 게 뻔할 테니 갈 필요 없다고, 그러니 스즈카에게 가겠다고 했지만 선배는 극구 말렸다.

"학교를 결석하면 안 되지. 그리고 나 이미 유급휴가도 받았다."

예상대로 종업식은 전혀 의미가 없었다. 게다가 전교생 중 삼 분의 일은 나오지 않았다. 체육관에 집합하여 여름방학을 알차게 보내는 방법에 대해 듣고, 보충수업 일정에 대해 듣고, 몇몇 동아리가 활약하고 있다는 소식을 듣고, 도통 요점을 알 수 없는 교장의 장황한 설교를 들을 뿐인 종업식. 이런 장소에 전교생을 모아 놓으니 분위기에 쉬 휩쓸리는 건 당연한 일, 대부분은 멋대로 돌아다니며 떠들어 댔다. 교사도 따라서 주의를 주기 위해 돌아다녀야 했다. 체육관

안은 그야말로 난장판이었다.

체육관 안은 볕이 들지 않는 만큼 서늘하지만 사람이 모이면 금세 습해지면서 후덥지근해진다. 나는 서 있던 줄에서 뒤로 빠져나와 벽에 기대고 앉았다. 내가 기대고 앉은 벽에는 '야마다, 죽인다.'라고 쓰여 있다.

올려다보니 링이 비뚤어진 농구 골대가 있다. 무대 위에 쳐진 막은 쫙 찢어졌고, 2층 구석 쪽 창문은 깨친 채로 방치돼 있다. 주의를 주는 교사를 보고 일부러 큰 소리로 낄낄거리며 건들건들 걸어가는 애들, 단상에서 훈화하는 교장에게 폭언을 퍼붓는 애들.

나 역시 학교 유리창을 깬 적도 있고, 중학교 입학식 때 교장에게 "닥쳐, 대머리야."라고 소리친 적도 있다. 하지만 지금은 여기가 내가 있는 곳이라고 생각하니 미칠 것 같았다. 나 자신을 돌아보지 못하고 있다는 것도, 그동안 내가 걸어온 발걸음이 이곳으로 이어져 있다는 것도 잘 알고 있다. 하지만 여기서 정체돼 있다가는 숨 막혀 죽을 것 같았다. 뭔가를 쳐부수거나 누군가를 상처 주는 것으로는 더는 아무것도 채워지지 않는다. 그런 짓을 해 봐야 순간적인 후련함이나 쾌감조차 불러일으키지 못한다.

앞에서 학생 지도부 교사가 이야기하고 있는데, 체육관 한복판에서는 3학년 패거리들이 공을 꺼내 와서 피구인지 뭔지 게임을 시작했다. 하지만 교사는 딱히 놀라는 기색도 없다. 여기서는 흔한 일상적인 광경인 것이다. 이런 곳에서 뭘 할 수 있단 말인가.

"어, 오타 왔잖아. 같이하자."

누군가가 다가오는 기척을 느끼고 나는 슬그머니 체육관을 나와
버렸다.

교실로 돌아오자 성적표가 배부되어 있었다. 중학교 때 성적은 형
편없었지만, 고교 입시를 앞두고 악착같이 공부한 저금이 아직 남아
있는 건지, 아니면 다른 애들 수준이 너무 낮은 덕분인지 여기서는
공부하지 않아도 중간 정도의 성적은 유지한다. 성적 따위 관심 없
다고 했지만 일단 성적표는 훑어봤다.

"현대문 9, 고전 10, 수학 9, 음악 10."

어? 내가 이렇게 머리가 좋았나. 수업에 거의 안 들어간 것도 있는
데, 성적을 꽤 후하게 줬네. 이렇게 놀라는데 눈앞에 인기척이 느껴
졌다.

"저……."

머리칼을 허리께까지 기른 가즈네가 내 앞에 서 있었다. 치렁치렁
한 스커트에 교복 상의 단추를 맨 위까지 잠그고 있어서 보는 쪽이
답답할 지경이었다.

"이거, 바뀌었는데."

가즈네는 턱 선까지 길게 내려온 앞머리 때문에 얼굴이 잘 보이지
않았고, 목소리는 웅얼웅얼해서 알아듣기 힘들었다.

"뭐?"

"이거, 바뀌었는데."

가즈네는 목소리를 높이지도 않고 방금 전과 완전히 똑같은 어조

로 다시금 같은 말을 되풀이했다.

"아, 아아. 이거 말이야? 말도 안 돼."

오타 가즈네. 나와 성이 같아서 성적표가 바뀐 모양이었다. 나는 가즈네가 가만히 똑바로 내미는 성적표를 받아 들었다. 가즈네의 성적을 봐 버렸으니 칭찬해 줘야 할 것 같았다.

"너, 머리 좋은가 보다. 성적 좋던데."

가즈네는 고맙다고도, 너도 웬만큼 하던데, 라고도 하지 않았다. "아이 씨, 이렇게 중요한 걸 실수하면 어떡합니까!"라고 내가 담임한테 불평하는 사이에 가즈네는 여전히 고개를 수그린 채 내게서 성적표를 받아 들고는 홀연히 사라져 버렸다. 외모로 보나 움직임으로 보나 영락없는 유령이다. 이렇게까지 존재감을 드러내지 않는 것도 일종의 재능이 아닐까 싶었다.

"오타, 재수 없는 귀신한테 걸렸구나."

"뭐래, 아니거든."

"오타, 뭐 벌받을 짓 했나 본데."

주위에 있던 애들이 "저주받은 거야."라고 놀리며 웃었다. 아무리 그래도 '재수 없는 귀신'이란 말은 너무 심하다고 생각하면서 제자리로 돌아간 가즈네 쪽을 보았다. 하지만 가즈네의 얼굴은 머리카락으로 완전히 가려져 있어서 전혀 표정을 살필 수가 없었다.

여기는 나처럼 문제아에다 머저리 같은 애들이 대부분이지만, 등교 거부로 부족한 출석 일수 때문에 다른 학교에 가지 못한 애들도 몇 명 있다. 아마 가즈네는 후자일 거다. 설마 이런 고교 생활을 보낼 거라고는 예상하지 못했을 거다. 양아치가 얌전한 애와 얽힐 일은 거의 없을 테지만 나 따위와는 비교도 안 될 만큼 가즈네는 이 학교생활이 괴로울 거다. 함께 어울리는 애도 없는지 가즈네가 누군가와 이야기하는 걸 본 적이 없다. 학교에는 꼬박꼬박 나오는 것 같은데 가즈네의 목소리는 한 달에 한 번이나 들을까 말까다.

종이 울리자 가즈네는 그대로 교실 밖으로 나갔다. 바닥만 보고 걷는데도 용케 아무것에도 부딪히지 않는다. 보나마나 저 애 성적보다 한참 밑이겠지. 나는 성적을 확인해 볼 마음이 싹 가셔서 그대로 성적표를 가방에 집어넣었다.

학교를 나오자마자 스즈카 집을 향해 달렸다. 지금 가면 점심식사 시간에 늦지 않을 거다. 스즈카는 가까스로 어제서야 점심을 먹기 시작했다. 이 흐름을 놓치고 싶지 않다. 어쩌면 내가 만든 볶음밥을 먹고 싶어 할지도 모른다. 입을 쩍쩍 벌리던 스즈카의 얼굴을 떠올리자 자의식 과잉으로 그만 그런 생각까지 하기에 이르렀다. 게다가 내일부터 사흘 연휴에 들어간다. 오늘 하루 거르면 스즈카와 나흘이나 만나지 못한다. 사이가 그만큼 떠 버리면 눈곱만큼 다가간 거리가 다시 원위치로 돌아갈 것만 같았다.

"아, 왜 왔어?"

벨을 누르자 마침 점심을 먹고 있었던지 입을 우물우물하면서 선배가 문을 열어 주었다.

"종업식이 생각보다 빨리 끝나서요."

"으응, 그렇구나. 아, 들어와. 너도 뭐 먹어야지?"

집 안으로 들어가자 밥을 숟가락으로 처덕거리며 장난치던 스즈카가 얼굴을 들고 "치이—치이—." 하고 소리쳤다. 나를 보고도 울지 않고 맞아 주었다. 그것만으로 기뻤다. 어린아이는 상대방의 감정까지도 단순화시켜 버리는 모양이다.

"오, 스즈카, 제대로 먹고 있는 거야?"

스즈카의 밥그릇을 들여다보니 인스턴트 영양밥이 절반도 넘게 남아 있다.

"벌써 배불러?"

"치이—치이—."

스즈카는 더는 먹을 생각이 없는지 숟가락으로 남은 밥을 짓이기면서 놀았다.

"오타, 라면도 괜찮지? 것도 컵라면밖에 없다만."

선배가 부엌에서 내게 물었다.

"아, 죄송해요. 제가 뭐라도 좀 만들려고 했는데."

"됐어, 됐어. 오늘은 알바하는 거 아니니까 편하게 있어. 요놈, 스즈카, 먹는 거 갖고 장난치면 안 되지."

선배는 스즈카에게서 숟가락을 빼앗았다.

"요즘 스즈카 입이 짧아져서 고민이다. 밥을 반만이라도 먹으면 좋겠는데. 역시 엄마가 없어서 그러겠지."

선배는 한숨을 쉬면서 물과 젓가락 따위를 식탁에 가져다 놓았다. 엄마의 부재도 원인이겠지만 뭣보다 밥이 맛없는 탓이다. 질척한 갈색 밥. 새삼스레 자세히 보니 도무지 먹고 싶은 마음이 들 성싶지 않았다.

"자, 이제 다 됐다."

선배가 라면을 들고 오자, 스즈카는 "붐부―." 하고 내 손을 잡아 끌어 나를 제 옆에 앉혔다.

"널 되게 잘 따르는데? 스즈카, 오빠 오니까 좋은가 보구나."

"붐부―."

스즈카는 앉아 있는 내 손을 또 잡아끌었다.

"어어 이거 봐라, 격한 환영 분위긴데. 오타, 너 인기 끝내준다야."

"아뇨, 이건 아마…….'"

내가 라면을 먹기 시작하자 "붐부―." 소리가 커졌다. 그럼 그렇지. 스즈카는 내가 맛있는 걸 먹는다고 생각하는 거다.

"기다려. 아직 뜨겁대도. 식혀서 줄게."

나는 라면을 스즈카의 작은 그릇에 담아 젓가락으로 짤막짤막하게 잘라 줬다.

"스즈카는 어른이 먹는 것만 먹으려고 든다니까. 야, 너 때문에 오빠가 편하게 못 먹잖아. 이리 와."

선배가 손을 뻗어 안으려는 걸 무시하고 스즈카는 내 쪽을 향해 입을 벌렸다.

"그냥 둬요. 같이 먹을게요."

나는 스즈카의 입에 작게 자른 라면을 넣어 주었다.

"미안하다. 어린애랑 함께 먹으니까 먹은 거 같지 않지?"

"안 그래요."

"안 그렇긴, 맨날 그럴 테지. 어지럽히지, 먹기 싫으면 입도 안 벌리지, 떠들어 대지, 정말이지 밥 먹는 게 전쟁이라니까. 우유 먹을 때가 좋았지."

선배의 말투는 진지했다.

"뭐, 그만큼 자랐다는 말이겠죠."

"그렇겠지. 근데 스즈카가 할 수 있는 게 늘어날 때마다 우리 부담도 커지는 것 같거든."

"힘들겠네요."

라면을 입에 넣어 줄 때마다 "냠냠." 하고 말하는 스즈카를 보면서 내가 대꾸했다. 나 같은 사람이 봐도 어린아이는 귀엽다. 자그맣고, 미덥지 못하고, 그래도 바지런히 몸을 움직이는 모습을 보면 깨물어 주고 싶을 정도로 귀엽다. 하지만 아이와 보내는 시간은 한나절이면 족하다. 스즈카와 보내는 시간이 하루 온종일, 날마다 계속된다고 생각하면 끔찍하다.

"하긴. 즐거운 일에는 당연히 고통이 따르는 법이지. 그건 그렇고 오타 너, 무슨 일이든 뚝딱뚝딱 해내는구나."

"그래요?"

"그래그래. 너 중3 때, 갑자기 마라톤 대회에서 뛰었단 얘기 듣고 나 기죽었잖냐. 너 그때도 제법 뛰었잖아? 그리고 이번엔 어린애까지 돌보고 말이지."

"뭘요, 제대로 하는 건 하나도 없어요. 아, 알았어, 알았어. 좀 기다려."

팔을 잡아끄는 스즈카에게 나는 얼른 라면을 입에 넣어 줬다. 그 모습에 선배는 후후 웃고는 "내가 끼어들 여지가 없네. 아 참, 성적표 받아 왔지? 좀 보자." 하며 내 가방을 집어 들었다.

"보지 마요."

"어디 보자. 이거 진짜냐? 너 생각보다 머리 좋은가 보다."

"거기선 아무것도 안 해도 이 정도는 받아요."

확인해 보지는 않았지만 변함없이 중간 정도의 성적을 유지한 모양이었다.

"너 인마, 건방진 소리 할래? 난 전 과목 1이었거든."

"그거야 뭐, 선배가 아예 학교에 안 갔으니까 그런 거고."

"하긴. 그건 그렇고, 너 육상부 아니고 취주악부였어?"

"취주악? 설마. 저 육상부도 관뒀는데요, 뭐."

내가 의아한 얼굴을 하자, 선배가 종이 한 장을 팔랑거리며 보여 줬다.

"이게 뭐지?"

선배에게 받아 든 프린트에는 '취주악부, 두근두근 서머 페스티벌 참가 안내'라고 쓰여 있고, 당일 행사 순서와 준비물이 나와 있었다. 아무래도 지역 여름 축제 때 우리 학교 취주악부가 연주하는 모양이다. 대체 그런 안내문이 왜 내 성적표에? 맞다, 가즈네 것이 틀림없다. 성적표가 잘못 배부된 걸 몰랐을 때 가즈네가 프린트를 끼워 뒀을 거다. 그 애는 그렇게 어두운 얼굴로 음악을 한다는 건가.

"잘못 들어온 거 같은데요."

"에이 뭐야. 너 피리 부는 거 보고 싶었는데. 아 참, 우리 사쓰키도 왕년에 취주악부였다."

선배는 무슨 생각을 떠올리는지, 눈을 가늘게 뜨고 그렇게 말했다.

"그래요?"

실제로 만난 건 두 번뿐이지만, 누나의 샤방샤방한 분위기가 은근히 음악과 잘 어울릴 것 같았다.

"동아리에서는 뭘 불었는지 모르겠는데, 피아노는 거의 수준급이야. 친구 집에서 한번 치는 거 듣고, 나 완전 쫄았잖냐."

"대단하네요. 근데 선배는 어떻게 그런 누나를 만났어요?"

선배와 피아노 치는 여자는 너무나도 어울리지 않아서 엉겁결에 그렇게 묻고 말았다.

"어? 그 얘기 안 했던가? 나보다 세 살 연상인데, 내가 고등학교 관두고 나서 바로 알바했던 음식점에서 우연히 같이 일했거든. 그때 사쓰키 혼자 사는 집에 슬그머니 들어가 눌러살게 된 거지……. 그리고 지금에 이른 거고."

선배는 멋쩍은지 대충 얘기해 줬다.

"누나는 일찍부터 혼자 살았나 봐요?"

"응, 대학 그만뒀다고 부모님이 노발대발했나 봐, 그래서 집을 나왔대. 원래부터 집이 답답했던가 봐. 꽉 막힌 부모랑 함께 있으면 숨이 막힌다는 얘기를 자주 했거든. 우리 집같이 술 마시고 행패부리는 아버지에, 제멋대로인 엄마가 아니라도 집에서 뛰쳐나오고 싶은

가 보더라."

누나가 제대로 된 가정교육을 받고 자란 사람이란 건 요 며칠 겪어 보고 알게 됐다. 단정한 글씨로 꼼꼼하게 쓰인 '스즈카 공책', 병원에서 걸어오는 전화는 말씨도 공손하고 목소리도 듣기 좋았다. 선배나 나와는 다른 환경에서 살아온 사람이라는 게 왠지 부러웠다. 그런데 어느 환경이고 다 좋은 점만 있는 건 아니란 말인가. 부모와 함께 있는 것만으로도 숨이 막히다니, 상상이 되지 않았다.

"뭐, 나랑 결혼해서 집하곤 완전히 인연을 끊은 것 같더라."

선배는 헤헤헤 웃었다.

"그렇지, 오후에 병원에 갈 건데, 너도 같이 가자."

병원은 좋아하지 않지만 누나에게 스즈카에 대해 말해 주고 싶은 것도 있고, 물어보고 싶은 것도 있었다. 가 볼까, 하고 생각하는데 옆에서 엄마한테 간다는 걸 눈치챈 스즈카가 흥분한 목소리로 "붐부." 하고는 의자에서 일어났다.

"아직 안 가. 좀 있다 준비하고 갈 거야."

선배의 말이 채 끝나기도 전에 스즈카는 벌써 현관을 향해 가고 있었다. 조금 전까지 빨리 먹여 달라고 귀찮게 굴더니 이제 라면은 쳐다보지도 않는다.

"됐어요……. 전 그냥 집에 갈게요."

내가 낄 자리가 아니다. 누나가 정리해 둔 공책도 있고, 이야기는 전화로도 얼마든 할 수 있다. 스즈카가 가장 기대하는 시간을 조금이라도 빼앗아선 안 된다.

"왜? 사쓰키도 좋아할 텐데."

"아, 그게 오후에 할 일도 있고."

"그럼 어쩔 수 없지. 욘석 스즈카, 기다려."

스즈카가 선배를 재촉하는 바람에 덩달아 나도 라면을 후닥닥 먹어 치웠다.

8

사흘간의 연휴가 시작되자마자 나는 요리에 도전했다. 스즈카의 점심밥이 될 만한 것을 몇 가지 만들어 볼 생각이었다. 볶음밥은 뭐든지 넣을 수 있는 데다 조리법도 간단하지만 몇 번만 먹어도 질릴 테다. 게다가 어릴 때 다양한 맛을 알아 두는 게 좋을 것 같았다. 담백하고 맛있는 것, 재료가 균형 있게 들어간 것이 좋다. 채소를 듬뿍 넣은 돼지고기 감자조림에 우동을 넣고 끓인 것이며, 두부로 만든 크림소스를 연어 볶음밥에 얹어 오븐에 구운 도리아 등을 만들어 맛을 보는데 엄마가 부엌으로 들어왔다.

"너, 아무래도 이상해?"

"뭐가!"

집에서도 자주 요리를 하는 터라 내가 부엌에 있다고 딱히 이상할 것도 없는데. 엄마는 퉁명스럽게 대꾸하는 나를 보고 얼굴을 찡그렸다.

"뭐가가 아니고, 죄다."

엄마는 주말 이틀 외에는 매일 늦어도 아침 7시에는 출근해서 밤 9시 지나야 들어오기 때문에 나와는 거의 얼굴을 볼 일이 없다. 내 동향을 알 리 없었다.

"죄다라니?"

"요즘 이상하게 들떠 있단 말이야. 여친이라도 생겼나 싶었더니 밤에는 일찌감치 자는 것 같고, 쉬는 날엔 집에 있어. 그럼 다시 뛰기 시작했나 싶었더니 몸은 썩 단단해진 것 같지도 않고."

"들떠 있는 거 아닌데."

"너, 몰랐지? 아까 '치이—치이—' 소리 내면서 프라이팬 흔들어 댔던 거."

"진짜?"

"소름이 다 끼치더라."

엄마는 그렇게 말하면서 내가 만든 두부 도리아를 입에 넣었다.

"뭐야, 이 샤방한 소스에 은은한 맛은."

"맛있지?"

"맛은 있네. 감칠맛은 없다만 전혀 느끼하지 않고, 맛도 식감도 부드러운데."

"두부랑 된장이랑 감자로 소스를 만들어 봤어."

"이게 된장 맛이었어? 담백하고 맛있네. 그래서 무슨 일? 몸에 좋은 이런 요리를 만들고 말이야, 설마 무슨 일 터질 조짐은 아니겠지?"

"무슨 그런 말도 안 되는 소릴!"

"이 평온함이 어째 심상치 않거든. 머잖아 경찰 호출을 받는다거나……. 제발 좀 그런 일이 없었으면 좋겠는데 말이지."

엄마는 진심으로 걱정하는 것 같았다. 아, 진짜 무슨 친엄마가 그런 소리를 하냐고. 착실한 생활을 좀 했기로 불안해하다니. 내가 그간 그렇게 못된 짓을 하며 살아왔단 말인가.

"알바해."

"알바라니, 무슨?"

"뭐, 말할 만한 건 아니고."

"톡 까놓고 말을 못한다는 건, 이상한 일이란 거네?"

"설마. 그게 그러니까, 어떻게 설명하지."

하도 집요하게 물어 오기에 마지못해 자세히 얘기해 줬더니 놀란 엄마는 "아이고, 무서워!"라고 절규하고는 몸을 부르르 떨며 말했다.

"그런 무서운 일을 겁 없이 덥석 떠맡다니. 남의 집 귀한 아기한테 무슨 일이라도 생기면 어쩌려고."

그렇게 엄포를 놓을 땐 언제고, 부탁할 사람이 나밖에 없다는 선배의 사정을 이야기하자 금세 눈시울이 붉어진다.

"넌 참 됨됨이가 좋은 아들이야. 그럼 남을 돕는 게 중요하지."

그러고는 "그럼 우리 집에서 맡아 주자."라고 주제넘은 소리를 한다. 내 설득에 겨우 물러섰지만 엄마는 그 후로도 스즈카에 대한 이야기를 흥미롭게 들으며 "그 나카다케 군이 아빠 노릇을 잘하는구나." 하고 감동하기도 하고, "맞아 맞아. 어린애는 다 그래." 하고 공감하기도 했다.

"맞다! 여름이니까 스즈카한테 뭐라도 선물하면 좋겠다. 당장 사러 나가자."

스즈카에 대해 얼추 들은 엄마가 그렇게 제안했다.

"여름이랑 선물이랑 뭔 상관?"

"여름방학이란 그런 거 아니겠니?"

"그런 거 아니거든. 생일도 아닌데, 선물 주는 거 안 좋아."

"뭘 그렇게 고지식하게 굴어. 무슨 나쁜 짓을 한 것도 아닌데 세상에서 가장 좋아하는 엄마랑 떨어져 지내잖아. 더군다나 너 같은 품위 없는 녀석하고 날마다 억지로 같이 있어야 하고 말이야. 그런 아이한테 선물 좀 안겨 주는 게 뭐 어때서."

엄마는 그렇게 당당히 이해할 수 없는 논리를 펴고는 "요리는 이따 밤에 하고. 자, 얼른 가자." 하고 멋대로 쇼핑몰행을 결정해 버렸다.

옛날부터 엄마는 대범하고 대담한 구석이 있었다. 일단 결정하고 나면 행동으로 옮겨야 직성이 풀리는 성미다. 하긴 그런 성격 덕분에 나 같은 아들을 키울 수 있었는지도 모른다.

"엄마랑 쇼핑하는 거 완전 쪽팔리거든. 좀 떨어져서 걸어 주지."

쇼핑몰에 도착하자 내가 구시렁거리는 것도 무시하고 엄마는 발걸음도 활기차게 내 옆에서 함께 걸었다.

"스즈카가 뭘 좋아하는지 모르겠네. 22개월이면, 한창 이것저것 관심이 많을 땐데."

"아 좀! 가까이 오지 말라고."

"애가 왜 이래. 떨어져 걸으면서 큰 소리로 얘기하는 게 더 이상하지. 그나저나 나카다케가 착실해졌다는 얘기는 직장 아저씨들한테서 듣긴 했는데, 살림까지 차렸다니."

마이페이스인 엄마에게는 무슨 말을 해도 소용없다. 아직 이른 오후 시간이라서 누굴 마주치지는 않을 것이다. 나는 주위를 둘러보면서 엄마와 어중간하게 거리를 두고 걸었다.

"하긴 그런 날라리일수록 일찌감치 가정을 갖긴 하더라."

"어어, 더구나 얼마 안 있으면 두 아이의 아빠가 돼."

"정말 말도 못하게 변했나 보네."

선배는 예전에 우리 집에도 자주 놀러 와서 가끔 엄마와 마주치기도 했다. 문제아 시절의 선배만 봤던 엄마에게는 선배가 아빠가 됐다는 것이 엄청난 사건이었던지 몇 번이나 "나카다케, 참 대견하다."라며 감탄했다.

"이게 뭐래. 요즘 장난감은 참 대단하네."

엄마는 장난감 매장에 도착하자 눈이 휘둥그레졌다. 매장에는 화려한 장난감부터 옛 모습 그대로인 장난감까지 죽 진열돼 있었다.

"스즈카는 엄마가 없어도 남부러울 거 없이 살고 있단 말이야. 장난감도 잔뜩 있고, 옷도 예쁜 거 많다고."

엄마의 상태를 보아 하니, 이것저것 가리지 않고 마구 살 태세다. 그래서 나는 단단히 못을 박아 뒀다.

"안다니까 그런다. 하나쯤은 선물해도 되잖아. 네가 돌보는 몇 주동안 재미있게 지낼 수 있는 게 필요할 거 아냐. 아, 이거, 소꿉놀이 세트 어때? 여자애들이 좋아하잖아.”

“소꿉놀이는 있어, 있어. 많이.”

“그럼 이거 좋네. 그림 보드.”

엄마는 그림을 그리고 지울 수 있는 자석 보드를 가리켰다.

“그것도 비슷한 게 있어.”

스즈카 집에 있는 그림 보드는 억지로 그리다 부서졌는지 표면이 우툴두툴했다.

“봉제 인형도 산더미처럼 쌓여 있어.”

나는 봉제 인형을 손에 든 엄마에게 그렇게 선수 쳤다.

“그럼 뭐가 좋으려나. 참 어렵네.”

아이들 장난감은 무척이나 다양했다. 나는 선반에 빼곡히 진열된 장난감을 보았다. 빙글빙글 돌아가는 인형. 이런 유치한 장난감은 한번 흘끗 보고 그걸로 끝일 거다. 여자아이들이 좋아할 것 같은 세련된 화장대 세트. 응석꾸러기 스즈카한테는 어울리지 않으려나. 배를 누르면 영어로 말하는 피에로. 안 돼, 이건 얼굴이 너무 무섭게 생겨서 스즈카가 울어 버릴 거다. 태어난 지 2년도 채 되지 않은 스즈카의 감정은 단순하거니와 그것이 고스란히 얼굴과 행동으로 드러난다. 그 때문인지 함께 보낸 지 겨우 일주일이지만 스즈카의 반응은 손에 잡힐 듯이 상상이 갔다.

내가 이것저것 보고 있는데 “이거 나무 블록인데, 어때?” 하고 엄마가 무거워 보이는 상자를 안고 와서 보여 줬다.

"아, 나무 블록이라…… 그러고 보니까 그건 없었어."

"그럼 결정! 너도 나무 블록 좋아했는데. 어릴 때 잘 갖고 놀았어. 생각보다 손끝이 야물어서 두 돌쯤 됐을 때는 이것저것 제법 만들었어. 성이랑 자동차 같은 건 참 잘 만들었는데. 이거, 나뭇결이 자연스럽고 멋지지 않니?"

엄마가 고른 건 외국제 장난감인지 나무색을 잘 살린 데다 배색이 예쁜 나무 블록 세트였다. 화려한 캐릭터 그림이 그려진 것도 아니어서 선배 집에 멋대로 들여놔도 별로 눈에 거슬릴 것 같지 않았다.

"아, 그러게. 그럼 그걸로 할까. 헐 뭐야, 8천 엔? 이딴 나뭇조각이 그렇게나 해?"

나무 블록의 가격표에 놀라 다른 장난감도 살펴봤지만 모두 만만찮게 값이 비쌌다. 에잇, 요즘 어린애들은 왜 이렇게 비싼 물건을 가지고 노는 거야.

"이런 기본적인 건 오래 쓰잖아. 내가 사는 거니까 괜찮지?"

엄마는 그렇게 말하고 나무 블록을 애지중지 안고서 냉큼 계산대로 가 버렸다. 뭔 시츄에이션? 내가 돈 달라고 할 때는 천 엔짜리 한 장 가지고도 바들바들 떨면서. 아니지, 잠깐. 엄마도 선물을 하는데, 정작 내가 안 한다면 체면이 말이 아니지. 스즈카를 돌보는 사람은 난데.

나는 엄마에게 먼저 나간다고 말하고 서적 코너로 향했다. 스즈카 집에는 장난감과 DVD는 꽤 있는데 그림책은 두 권밖에 없다. 책 읽는 습관을 들이지 않아서 나처럼 교과서 읽는 것조차 힘들어지면 곤란하다.

그림책 코너도 장난감 매장과 마찬가지로 어린이 책이 빼곡하게 진열돼 있었다. 펼치면 그림이 튀어나오는 팝업 그림책, 누르면 음악이 나오는 그림책. 요즘은 첨단 기술을 이용한 책이 많구나. 하지만 옛날과 같은 소박한 그림만으로 된 그림책도 여전히 많았다.

《잠 안 자는 게 누구지》, 《구리와 구라》, 《배고픈 애벌레》. 아아, 나도 갖고 있었지. 팔락팔락 책장을 넘겨 보니 어렴풋이 기억나는 그림도 있었다. 대충 훑어만 봐도 의외로 재미있었다.

"아, 옛날 생각나네. 《구리와 구라》, 너도 이 시리즈 많이 읽었어."

계산을 마친 엄마가 그림책에 정신이 팔려 있는 내 옆으로 왔다. 내가 잘 읽었던 책이란 말이지. 재미있는 책이지만 장차 스즈카가 나 같은 사람이 되면 곤란하기 때문에 패스. 뭐가 좋을까. 스즈카는 말이 더디다고, 누나가 걱정했다. 이왕이면 말이 쉽게 머릿속에 들어오는 책이면 좋겠다. 나는 괜찮다 싶은 책을 손에 들고 계속 책장을 넘겨 봤다.

"이건 이야기가 단조로워서 재미없어."

"이 이야기는 결말의 비약이 너무 심하잖아."

"이게 뭐야. 그림도 이상하고 무슨 내용인지도 모르겠군."

진지하게 고르는 나를 보고 엄마가 쿡쿡 웃었다.

"너 말이야, 독서 같은 건 통 안 하는 주제에 잘난 척이 하늘을 찌른다."

"그림책 정도는 이해하거든요, 어머님. 좋았어, 이게 좋겠다."

나는 신중히 고른 그림책 한 권을 손에 들었다. 동물들과 같이 수프를 먹고 있는 남자아이가 동물들이 스프를 흘리자 닦아 주는 이야기. 내용이 감동적인 데다 그림도 따뜻하다. 이거라면 스즈카도 좋아할 거다.

"스즈카가 어지간히 예쁜가 보다."

내가 포장한 책을 만족스럽게 손에 들자 엄마가 말했다.

"아니거든."

"싱글벙글하는 그 얼굴에 다 쓰여 있네요. 하긴 뭐, 다섯 살까지는 뭘 해도 그저 예쁜 법이지."

"그런가."

열심히 온몸을 써 가며 부산하게 움직이는 모습이며, 무슨 소린지 알아들을 수 없는 서툰 말로 필사적으로 전달하려는 모습. 그런 모습은 아이에 관심이 없는 사람이라도 귀여워하지 않을 수 없다. 모든 것이 작고 불안정하고 어설퍼서, 나 같은 사람도 무심코 손을 내밀고 싶어질 정도니까.

"그럼! 백 퍼센트 의지해 오는데, 안 예쁘겠냐. 근데 말이다, 온전히 바라봐 주는 시기는 아주 짧아."

엄마의 말은 진지했다.

본 적도 없는 스즈카에게 이 정도로 애정을 쏟다니. 엄마는 나한테도 많은 애정을 쏟아부었을 거다. 하지만 나중에 커서 이렇게 될줄은 생각도 못했겠지. 내 부모지만 좀 안됐다.

값비싼 나무 블록. 신중히 고른 그림책. 맛있는 점심밥 만드는 법. 연휴 사흘 동안 스즈카를 만나기 위해 준비한 것이 그렇게 늘어났다.

9

연휴가 끝나고 나흘 만에 만난 스즈카는 선배가 출근하자 또 전처럼 훌쩍훌쩍 울기 시작했다. 사흘 연휴 동안 매일 병원에 다니며 엄마를 만났을 것이다. 그러니 엄마 생각이 날 테고, 거기다 나를 보자 현실이 시작된 것에 대한 실망이 더해져서 울고 싶기도 할 것이다. 스즈카는 새빨개진 얼굴로 가만히 앉아서 울었다. 다만, 눈물은 흘렸지만 첫날과 다르게 무턱대고 소리치고 떼굴떼굴 구르지는 않았다. 스즈카는 나를 정확하게 의식하고 있는 듯 울면서도 내 쪽을 흘끔흘끔 살폈다.

"그래, 슬프겠지."

나는 초조해하지 않고 울음을 그치기를 기다렸다. 내게는 몇 가지 준비해 둔 게 있으니까. 나무 블록에 그림책에 비장의 카드인 점심밥. 한차례 울고 나서 후련해지면 스즈카는 분명 기쁜 얼굴을 보여 줄 거다.

"자, 슬슬 열어 볼까."

나는 스즈카의 울음소리가 잦아드는 것을 확인하고 쇼핑백에서 나무 블록 상자를 꺼냈다. 스즈카는 울면서도 커다란 상자가 나타나자 곧장 얼굴을 이쪽으로 돌렸다.

"자, 그럼 뭘 만들어 볼까."

나는 곧바로 나무 블록을 집어 들었다. 스즈카가 흥미를 보일 때 얼른 뭔가 만드는 걸 보여 주고 싶었다. 그나저나 나무 블록을 갖고 노는 게 몇 년 만이더라. 엄마는 내가 어릴 때 블록으로 성이랑 자동차를 제법 잘 만들었다고 했지만 기억나지 않는다. 정사각형에 삼각형에 길쭉한 나무 블록. 다양한 크기와 형태의 나무 블록이 서른 개 있다. 이것을 조합해서 만들 수 있는 것은 역시 집이다.

"먼저 이건 토대이고, 이게 창문이고, 삼각 지붕. 집이 제법 근사하지?"

단순한 형태지만 처음 보는 장난감이기 때문이리라. 내가 조심스레 쌓아 올려 나가자 스즈카는 우는 것도 잊은 채 블록에 사로잡혔다.

"이번에는 높은 아파트를 만들어 볼까."

나는 스즈카를 놀래 주려고 잇따라 나무 블록을 쌓아 올렸다. 높아지는 블록을 보고 스즈카는 눈이 휘둥그레져서 다가왔다.

"어때 굉장하지? 자, 여기에 지붕을 올리면 완성."

50센티미터 정도 쌓아 올리고 그 위에 마지막으로 세모난 블록을 올려놓자 스즈카는 "붐부ー!" 하고 환호성을 지르고는 블록을 툭

쳤다.

"야, 뭐 하는 거야. 어렵게 만들었고만."

그렇게 놀라는 내 옆에서 블록이 와다그르 소리를 내며 무너지는 것을 스즈카는 손뼉을 치며 "안서ー." 하고 좋아했다.

"뭐가 완성이란 거야. 네가 밀어서 무너졌잖아."

"안서ー, 안서ー."

"이건 말이야. 내가 완성한 걸 네가 부순 거야. 할 수 없지 뭐. 이 번에는 무너뜨리면 안 돼."

나는 다시금 스즈카 앞에서 나무 블록을 쌓아 올렸다. 하지만 스 즈카는 마지막 하나를 올려놓자마자 또 블록을 밀어 무너뜨렸다.

"너, 너무 하잖아."

"안서ー!"

스즈카는 나무 블록이 뒤집어지는 모습을 보고 콩콩 뛰며 흥분 했다.

"야, 그렇게 훼방 놓을 거야? 나무 블록은 이렇게 만들면서 노는 거라고."

다시 만들어도 마찬가지. 스즈카는 완성되기 무섭게 무너뜨리고 는 "안서ー!" 하고 손뼉을 쳤다. 아무래도 그런 놀이라고 생각하는지 부술 만큼 부수고는 다시 내가 쌓아 올리길 가만히 기다렸다.

"글쎄, 이건 무너뜨리는 게 아니라 쌓아 올리는 거라니까. 무너뜨 리기 위해 만든다면 내가 너무 허무하잖아? 그렇지 너도 해 봐. 자, 블록."

나는 스즈카의 두 손에 나무 블록을 쥐어 줬다.

"부엌—!"

스즈카는 내가 준 기다란 나무 블록을 유심히 바라보더니 양손에 든 블록으로 박수 치듯 두드려 딱딱 소리를 내기 시작했다.

"그게 아니래도. 이건 그렇게 노는 게 아니고, 이거 봐, 이렇게 위에 올리고……."

내가 블록을 하나씩 천천히 올려놓으며 시범을 보여 주는데도 스즈카는 소리 내는 데 재미를 붙였는지 블록을 딱딱 부딪칠 뿐이었다.

"아, 되게 시끄럽네!"

나무 블록이 딱딱 울리는 소리는 제법 요란했다. 나는 "쉬—! 쉬—!" 하면서 작은 집을 만들었다.

"이건 너도 만들 수 있지? 네모 블록 위에 세모 블록을 올려놓기만 해도 봐, 집이 완성됐지?"

"안서—."

스즈카는 내가 만든 집을 한 손으로 휙 밀어 넘어뜨리고 다시 블록을 딱딱 맞부딪혔다.

"너, 되게 못됐구나."

나는 한숨을 내쉬면서도 다시 도전했다. 하다못해 딱 하나만이라도 스즈카에게 나무 블록을 쌓아 보게 하고 싶었다.

"자, 이 위에 블록을 올려 봐. 그걸 올리면 집이 완성돼."

"붐부—!"

스즈카는 내가 블록을 건네줘도 딱딱 소리 내며 좋아할 뿐 작품을 만드는 데는 도무지 관심이 없었다.

"너, 나보다 더 성질이 고약하구나."

나무 블록을 가지고 노는 법을 익히는 데에는 시간이 꽤 걸릴 것 같았다. 아직 스즈카에게는 넘기 어려운 걸까. 하지만 상자에는 대상 연령이 만 한 살부터라고 표시돼 있다. 스즈카보다 더 어린아이가 나무 블록을 가지고 논다는 말이다. 질 수 없다. 나는 끈기 있게 여러 가지 것을 만들어서 스즈카에게 보여 줬다. 스즈카는 내가 뭔가를 만들 때마다 무너뜨리고 떠들어 댔지만 얼마 안 가 그것도 싫증이 났는지 잠자코 만드는 나를 내버려 두고 혼자서 놀기 시작했다.

"오오, 이거 굉장하지 않냐?"

물고기에 트럭에 배, 그리고 동물. 제법 많은 종류를 만들 수 있다. 죽 늘어놓은 내 작품에 스스로 감탄하여 스즈카에게 말을 건넸다. 하지만 완전히 흥미를 잃은 스즈카는 나무 블록을 흘끗 보고는 다시금 "치이ー치이ー." 하고 입으로 소리를 내면서 장난감 프라이 팬을 흔들어 댔다.

"이게 뭐람. 둘이 따로따로 놀고 있다니."

한방에서 22개월 된 스즈카와 열여덟 먹은 내가 제각기 놀고 있는 것이다. 그 광경이 우스꽝스러워서 나도 모르게 풋 하고 웃고 말았다.

"그래, 오늘은 이쯤 해 두고 점심밥이나 해 볼까."

나무 블록에 정신을 팔고 있는 사이에 시간이 훌쩍 지나갔다. 어느새 11시가 넘어 있었다. 스즈카에게 가르치는 것은 내일 다시 하자. 시간은 아직 충분하니까, 집 정도는 만들 수 있게 되겠지.

"아, 진짜. 이럴 땐 좀 혼자서 놀아 주라."

내가 밥을 하려고 부엌으로 가자 스즈카도 따라왔다.

"붐부―."

"난 지금부터 바쁘단 말이야."

그렇게 투덜거리면서 스즈카에게 국자를 들려 줬다. 못 보던 것을 쥐어 주면 한참 동안은 얌전해진다.

스즈카가 국자를 휘두르는 걸 보고 나는 도마와 칼을 꺼냈다. 배추와 당근과 양파, 그리고 시금치와 감자. 채소를 잘게 썰어 볶고, 거기에 두부와 다진 돼지고기를 넣는다. 스즈카가 먹기 좋게 잘게 다졌기 때문에 식재료는 빨리 익을 것이다. 그러고 나서 간장과 미림과 설탕으로 약하게 간을 하여 되직해질 때까지 졸이면 된다.

"치이―치이―."

"거의 다 됐어. 좀만 더 국자 돌리고 놀아."

"치이―치이―치이―."

국자를 휘저으며 놀던 스즈카는 간장과 설탕의 단맛에 이끌렸는지 냄비 속을 보여 달라는 듯이 내 팔을 잡아당겼다.

"조금만 더 있으면 된다니까."

"붐부―. 치이―치이―."

"참 나. 할 수 없지. 자, 영차."

나는 끈질기게 팔을 잡아당기는 스즈카를 한 손으로 안아 올렸다. 스즈카는 이제 내게 안기는 것이 장기가 된 터라, 내 팔에 쏙 안겨 얌전히 있었다.

“치이—치이—.”

“맛있겠지?”

“마이따—.”

“그래. 맛있어. 여기에 이 전분을 넣고, 되직하게 조릴 거야.”

“치이—.”

“그럼 스즈카가 그 국자로 저어 줄래?”

내가 부탁하자 스즈카는 함박웃음을 지으며 “치이—치이—.” 하고
대답했다.

“야, 살살 저어. 살살.”

스즈카는 제법 잘 저었다. 하지만 마구 휘젓는 바람에 두부가 엉
망으로 으깨지기 시작했다.

“어때, 쉽지 않지? 자, 다 됐다. 완성이야.”

“안서—!”

“그래. 완성.”

걸쭉해진 소스를 밥에 끼얹으면 완성. 전골풍 덮밥이다.

“잘 먹겠습니다, 해야지.”

식탁에 앉자, 스즈카는 내가 억지로 손을 모으고 인사하게 하는
것도 뿌리치고 “붐부—.”라고 말하며 접시 안을 들여다봤다. 어서 달
라고 재촉하는 거다. 만드는 과정을 지켜봐서 더 배가 고팠던지 침
까지 꼴깍 삼킨다.

“알았어, 알았다고. 뜨거우니까 후후 해서 먹자.”

내가 후후 불어서 한 입 넣어 주자 스즈카는 “마이따.”하며 금세

입을 또 크게 벌렸다.

"진짜 맛있나 보네."

스즈카에게 한 입 먹이고는 나도 급히 한 입 먹어 봤다. 담백하지만 채소의 단맛이 살아 있다.

"붐부─."

"알았어, 알았어. 너, 너무 빨리 먹는 거 아냐? 꼭꼭 씹어 먹어야지."

나는 말은 그렇게 하면서도 계속 입에 넣어 줬다. 맛있게 먹어 주니 기뻤다. 연휴 동안 요리를 이것저것 생각해 두길 잘했다. 스즈카가 이렇게 먹어 주니 시행착오를 해 가며 만든 보람이 있었다.

"마이따─."

"그래, 맛있지?"

내가 한 입 먹는 동안에 스즈카는 세 입. 좀체 스즈카의 속도를 따라갈 수 없었다.

"빨리 먹으면 살쪄."

"마이따마이따─."

"하긴 뭐, 맛있는 걸 어쩌겠냐."

스즈카에 맞춰 나까지 허겁지겁 먹는 바람에 점심시간은 싱겁게 금세 끝나고 말았다.

점심을 먹고 나서 내가 그림책을 펼치자 스즈카는 쪼르르 앞에 와서 앉더니 설레는 얼굴을 했다.

"너, 그림책 좋아하는구나."

"채—."

"그래, 책이야. 알고 있구나. 그럼 읽어 보자."

남자아이가 쥐와 토끼와 곰과 함께 수프를 먹는데, 동물들이 차례로 배와 손과 발에 수프를 흘린다. 그걸 "싹싹싹."이라고 말하며 닦아 주는 이야기.

소리 내어 책을 읽는 건, 초등학교 1학년 때 이후로 처음이다. 쑥스러워서 할 수 있을까 싶었지만 읽기 시작하자 의외로 아무렇지도 않았다. 스즈카 앞에 그림책을 펼쳐 놓고 한 장, 한 장 천천히 읽어 줬다. 국어 시간이 지루하기만 했던 초등학교 때와 달리 책을 읽는 게 그닥 지겹지 않았다.

"자, 이제 끝."

내가 만족스럽게 책을 덮자 스즈카는 "붐부—."라고 소리치며 책을 흔들었다.

"왜? 다 끝났는데?"

"붐부—."

스즈카는 내 쪽으로 책을 쭉 밀었다.

"뭐, 한 번 더 읽으라고?"

"붐부—."

"할 수 없지."

이야기가 퍽이나 재미있었던지 두 번째로 읽는데도 스즈카는 눈을 동그랗게 뜨고 그림책을 보면서 듣고 있다. 그 진지한 얼굴을 보자 나도 그만 진지하게 읽게 됐다. 나는 한 마디 한 마디 틀리지 않도록 정성을 다해 읽었다.

"자, 이번엔 정말로 끝."

"붐부―."

끝까지 다 읽자 스즈카는 다시금 책을 흔들었다.

"말도 안 돼! 벌써 두 번이나, 것도 아주 진지하게 또박또박 읽었단 말이야."

"붐부―."

"진짜 기가 막히네. 뭐, 할 수 없지."

다 읽고 마지막 장을 덮자 스즈카는 이번에도 책을 흔들었다. 계속 그렇게 되풀이하는 바람에 나는 몇 번을 읽고 또 읽었다.

"야, 이게 벌써 여덟 번째란 말이야."

제아무리 바보 같은 나도 이젠 책을 보지 않고도 대충 이야기할 수 있게 됐다.

"붐부."

"스즈카, 이젠 이 이야기 결말을 다 알잖아? 몇 번을 읽어도 똑같단 말이야. 이 녀석들 몇 번이나 수프를 흘려 대고, 몇 번이나 닦아 줘야 한다고. 그러니까 그만 읽자."

"붐부―."

내가 그림책을 내려놓으려고 하자 스즈카는 책의 첫 장을 펼쳐서 내 손에 들려 줬다. 빨리 읽으라고 재촉하는 것이다.

"참 나, 왜 그러냐."

내가 고른 책을 좋아해 주는 건 기쁘지만, 이렇게 몇 번이나 읽어 달라는 데에는 견딜 재간이 없었다. 내가 축축 늘어지는 목소리로 읽기 시작하자 스즈카는 "붐부一." 하고 소리쳤다.

"나도 피곤하단 말이야."

"붐부一."

"그래그래, 제대로 읽으면 되지? 진짜 성가신 녀석이네."

나는 마지못해 책을 다시 읽었다. 수프를 닦을 때 나오는 '싹싹싹'이라는 효과음이 재미있는 모양이었다. 몇 번째부턴가 스즈카도 흉내 내어 "싸싸싸." 하고 따라했다. 또 몇 번을 더 읽어 주자, 다음에 수프를 닦는 장면이 나온다는 것을 알고는 손뼉을 치며 좋아했다. 이 짧은 그림책으로 얼마큼 즐길 수 있는 것일까. 정말이지 어린아이는 단순하다. 문장을 완전히 외워 버린 나는 잇따라 바뀌는 스즈카의 표정을 보면서 몇 번이고 읽어 줬다. 그리고 스물두 번째 읽기 시작했을 때 마침내 스즈카는 꾸벅꾸벅 졸기 시작했다.

"그래, 좋아! 제발 좀 자 주라!"

나는 목소리를 낮춰 천천히 천천히 책을 읽었다. "싸싸싸." 하고 스즈카가 다시 떠들어 대면 낭패니까 그 부분은 슬그머니 건너뛰었다. 마지막 장을 조용히 넘기고 "이제 끝." 하고 속삭이듯 말하자 스즈카는 그 목소리에 끌려 들어가듯 그대로 잠 속으로 달가당 떨어졌다.

10

스즈카를 돌보러 다닌 지 열흘이 지났다. 처음에는 그저 떼쓰고 우는 스즈카를 지켜보는 것만으로 하루가 끝났는데, 지금은 그럭저럭 흐름 같은 것도 생겼다. 아침에는 나무 블록과 소꿉놀이를 하고 점심밥 먹기. 그림책을 읽고 나서 낮잠. 낮잠을 자고 나면 다시 소꿉놀이와 그림 그리기, 자동차 장난감 등을 가지고 논다. 이렇게 있다 보면 선배가 돌아오고, 그걸로 내 임무는 끝. 여유가 생겨서 편해지긴 했지만, 그만큼 여러 가지 놀이를 얼추 해도 남아도는 시간을 주체할 수가 없었다.

"이렇게 놀기만 해도 되는구나."

낮잠을 자고 일어나 무심히 비스코를 먹고 있는 스즈카 옆에서 나는 누나가 만든 공책을 펼쳤다. 공책에는 스즈카의 하루 스케줄이 적혀 있다.

7시 30분 기상. 아침밥. 놀고 난 후, 놀이터나 유아 지원 센터에 간다.

11시 넘어서 점심밥.

점심을 먹은 후 놀기. 1시쯤 낮잠. 3시에 간식. 저녁이 되면 놀이터에 가

거나 함께 장보기. 그리고 저녁밥.

"넌 항상 먹든가, 놀든가, 자든가 하는구나. 근데 하루 두 번은 꼭
밖에 나갔네."

내가 그렇게 말하자 스즈카는 '밖'이라는 말에 반응하며 "빠아!"
라고 말을 꺼냈다.

"빠아? 아, 밖!"

"빠아! 심바 빠아."

"신발 신고 밖에 나가자⋯⋯. 역시 하루 종일 집 안에만 있으면
심심하겠지."

여름이라서 덥다지만 매일 집 안에서만 보내는 것도 좋지 않겠지.
어린아이는 밖에서 기운차게 뛰어노는 이미지도 강하고, 나도 초등
학교 저학년 때까지는 늘 밖에서 뛰놀았다.

"그래, 좋아. 그럼 놀이터라도 갈까."

누나가 만든 '스즈카 공책'에는 집 바로 옆 놀이터 지도도 그려져
있었다. 하지만 늘 가던 곳에서 혹 스즈카의 얼굴을 아는 사람이 이
것저것 물어 오기라도 하면 그것도 귀찮은 노릇이다. 다른 좋은 곳
이 없을까 생각하다 떠올랐다. 걸어서 10분도 걸리지 않는 곳에 커
다란 놀이터가 있다. 그 옆에 있는 운동장에서, 중학교 때 마라톤 연

습을 하기도 했다. 놀이터에는 잔디가 깔려 있고, 몇 가지 놀이 기구도 있었던 것 같다. 거기는 빙 둘러 나무가 있어서 그늘도 많고 시원할 것이다. 10분 정도 거리면 스즈카를 데리고 갈 수 있다.

"스즈카, 갈까?"

내가 말을 건네자 스즈카는 엄청 흥분해서 곧장 현관으로 향했다.

"야아. 잠깐 기다려. 금방 준비할게."

날이 이렇게 더운데, 일사병이라도 걸리면 어쩌려고. 나는 스즈카에게 먹일 보리차를 물통에 가득 넣고 수건과 만일을 위해서 기저귀도 챙겼다.

"그리고 또 뭐가 있더라. 일단 '스즈카 공책'을 넣고, 엉덩이 닦을 물티슈도 필요한가. 밖에서 울면 곤란하니까 비스코도 챙겨야지."

고작 놀이터에 나가는데 짐이 꽤 많다. 나는 누나의 커다란 가방에 이것저것 챙겨 넣었다.

"빠아—!"

기다리다 지쳤는지 스즈카는 요란하게 소리쳤다.

"알았어, 알았어. 아, 잠깐. 나가기 전에 기저귀 갈자."

나는 스즈카를 눕히고는 재빨리 기저귀를 갈았다. 처음에는 어쩔 줄 모르고 허둥댔던 기저귀 갈기는 세 번 정도 만에 거뜬히 할 수 있게 됐다. 매일 하는 일이다. 지금은 20초 만에 할 수 있다. 게다가 익숙해지자 스즈카의 오줌이 손에 묻어도 대수롭지 않게 여겨졌다.

"빠아!"

기저귀를 갈자마자 스즈카는 곧바로 현관으로 향했다.

"그렇게 서두르지 좀 마. 어어, 모자. 그리고 신발은 샌들이 좋은가. 이거 너무 작아서 신기기도 힘드네."

자그마한 발에 자그마한 신발을 신기는데 스즈카는 문을 열려고 자꾸만 손잡이에 손을 뻗었다.

"알았어, 알았다고. 너 진짜 성질 급하구나. 자아, 출발! 엇, 위험해."

문을 열기 무섭게 뛰어나가려는 스즈카의 손을, 나는 놀라 잡아끌었다. 어지간히 밖에 나가고 싶었던지 스즈카는 깡충깡충 뛰었다. 그런 스즈카를 뛰지 못하게 제지하면서 조심조심 다세대 주택 계단을 내려갔다. 이 기세라면 언제 차도로 불쑥 뛰어나갈지 모른다. 나는 스즈카의 손을 꽉 잡았다. 그 손이 얼마나 작은지 내 엄지손가락과 집게손가락만으로도 잡을 수 있었다. 어린아이의 몸은 어째서 이렇게 손끝까지도 부드러운 걸까. 말랑말랑하고 따뜻하지만 자신의 의지로 확실하게 움직이는 손. 그런 손을 아프지 않도록, 그러면서도 놓치지 않도록 잡고 있기란 쉬운 일이 아니었다. 손힘을 조절하고 있는데, 스즈카는 어서 가자고 잡아끈다.

"알았으니까, 천천히, 천천히 가자."

"빠아—!"

오후 3시 반이 지난 시각의 햇볕은 지질 듯이 자글자글 내리쏟아졌다. 발바닥도 아스팔트에서 뿜어내는 열에 타 버릴 것 같았다. 몇 발짝 움직이지 않았는데도 땀이 비 오듯 쏟아졌다. 그런데도 아랑곳하지 않고 스즈카는 신이 나는지 강장강장 뛰어갔다. 그런 스즈카의 손에 이끌려 가다 보니 절로 허리가 구부러졌다. 놀이터 가는 길은 고행이었다.

"좀 기다리래도. 야아, 그런 건 만지면 안 돼."

스즈카는 인도 위에 나뒹구는 페트병 뚜껑을 발견하고 쪼그리고 앉았다. 내가 손을 홱 잡아당기자 이번에는 옆집 화단에 손을 뻗는다.

"야아, 만지지 말래도. 스즈카, 이렇게 가다가는 날 저물겠다."

스즈카는 눈에 보이는 온갖 것을 참견하느라 제대로 나아가지 못했다. 혼자서 가면 10분도 채 걸리지 않는데, 15분이 지났건만 절반도 못 왔다.

"에이, 놀이터가 왜 이렇게 멀어."

기우뚱기우뚱 걷는 스즈카의 손을 잡아끌고 놀이터에 도착하니 4시였다.

"사람이 꽤 있네……."

놀이터로 들어가려다 말고 나는 망설였다. 놀이터에는 아이를 데리고 나온 엄마들도 있었다. 스즈카보다 조금 큰 남자아이와 함께 공놀이하는 엄마, 무릎 위에 아기를 앉히고 그네를 타는 엄마. 모래밭 쪽에는 여자아이 둘이 놀고 있고, 엄마들이 벤치에 앉아서 그 모습을 지켜보고 있다.

"어쩌지."

나는 얼마 전 게임 센터에서 만났던 남자아이와 엄마를 떠올렸다. 나를 흘끗 봤을 뿐인데도 도망치듯이 아이를 잡아끌고 사라지던 엄

마. 게임 센터 같은 데서도 나를 피하는데 놀이터라니, 어울리지 않는 것도 정도가 있지. 나 같은 사람이 나타나면 사람들이 당황하겠지. 어떻게 할까 망설이고 있는데 스즈카가 내 손에서 자기 손을 쏙 빼고 힘차게 놀이터 안으로 뛰어갔다.

"야, 기다려."

"붐부—."

스즈카는 남자아이가 굴리고 있는 공을 향해 달려갔다.

"야아, 스즈카. 그건 네 공이 아니잖아."

내가 허둥지둥 달려가 스즈카의 어깨를 잡자 "어머나, 안녕. 함께 놀까?" 하고는 남자아이의 엄마가 스즈카 쪽으로 공을 던져 줬다.

"죄송합니다."

"아, 아니에요. 몇 살이에요?"

"으음……."

이 엄마는 도망치지 않고 말을 붙여 주긴 했지만 내가 지나치게 젊은 게 수상쩍을 것이다. 애 딸린 열여덟 살은 없겠지. 이런 상황에서는 나이를 조금 속여 20대 정도로 말해 두는 편이 좋을까. 이렇게 머리를 굴리는데, 그 엄마가 미소 지으며 말했다.

"어머, 아이가 귀엽네요. 세 살쯤 됐나요?"

아하, 스즈카 나이를 물어본 거구나. 하마터면 내 나이를 말할 뻔했다. 나는 가슴을 쓸어내리며 웃고 말았다.

"아뇨, 아직 두 살입니다."

내 대답에 남자아이 엄마가 "두 살이라고요?" 하고 고개를 갸웃거렸다.

'이라고요'는 또 뭐지? 나이에 무슨 정보를 덧붙여야 하나? 혈액형? 별자리? 분주히 머리를 굴리는데, 그 엄마는 "아직 만 두 살은 안 됐죠? 몇 개월이에요?" 하고 바꿔 물었다. 그렇구나. 어린아이는 나이를 한 달 단위로 말하는구나. 아직 세상에 나온 지 얼마 되지 않는 아이들에게 한 달은 큰 모양이다.

"22개월입니다."

"그럼 1년 정도 차이 나네. 우리 앤 다음 달이면 36개월이에요."

"그렇습니까. 아, 스즈카. 오빠한테 공 줘야지."

공을 끌어안고 있는 스즈카를 보며 남자아이가 "공! 공!" 하고 소리쳤다.

"아, 괜찮아요. 공놀이가 재미있나 보구나. 자, 뿅 해 봐."

남자아이 엄마의 말에 스즈카가 공을 훌쩍 던졌다.

"자, 간다."

그 공을 엄마가 멀리 던져 주자 스즈카와 남자아이가 쏜살같이 뛰어갔다.

"어머 씩씩해라. 잘 뛰네요."

"아, 예에. 아드님도 아주 잘 뛰는데요."

"그래요? 우리 애는 걷는 게 늦어서 두 돌이 지나서야 뛰었어요. 날 닮아 운동신경이 둔한 것 같기도 하고."

"아니, 그렇지 않습니다. 다리가 유연하게 움직이는 걸 보면 장거리에 잘 맞을 거 같은데요."

아직 만 세 살이 안 된 아이가 어떤 식으로 뛰는지는 잘 모르지만 남자아이는 꽤 유연하게 뛰었다.

"정말요? 그 말을 들으니까 왠지 안심이 되네요. 아, 다행이다."

그 엄마는 그렇게 말하고 웃었다. 서른이 넘었을까. 차분하고 상냥해 보였다. 나를 보고도 이상히 여기지 않는지, 생글생글 웃는 얼굴에 경계의 빛은 털끝만큼도 느껴지지 않았다.

"아, 야아!"

공을 쫓아가던 스즈카는 공을 잡자마자 멀리 던지고는 냅다 모래밭을 향해 뛰기 시작했다.

"왜 저러지."

"호호호. 저만할 때 아이들은 다 그래요. 눈에 보이는 게 다 재미있고 호기심이 생겨 못 견디는 거죠."

"아, 죄송해요. 그럼 실례했습니다."

나는 남자아이 엄마에게 고개 숙여 인사하고 스즈카를 쫓아갔다. 스즈카는 "나, 나, 나."라고 말하면서 이번에는 모래밭에서 산을 만들고 있는 두 여자아이 사이에 끼어들었다. 낯을 가리지 않는다고 듣긴 했지만, 스즈카는 정말이지 종횡무진으로 돌아다니며 아무한테나 스스럼없이 다가갔다.

"스즈카, 넌 이쪽에서 놀아."

방해되지 않도록 내가 스즈카를 끌어안아 모래밭 구석에 내려놓자 여자아이들이 "아가다!"라며 옆으로 왔다. 대여섯 살쯤 됐을까. 양 갈래 머리를 리본으로 묶은 여자아이와 밀짚모자를 쓴 여자아이가 나에게 물었다.

"아기, 귀여워요."

"만져 봐도 돼요?"

"어?"

"아이 참, 아기 만져 봐도 되냐고요?"

"어, 어어."

아기라니 스즈카 말인가. 지들도 꼬맹이 주제에 조금 작다고 아기 취급이다. 웃음이 터지려는 걸 간신히 참고 허락하자 여자아이들은 "아가야!"라고 부르면서 스즈카의 볼을 문지르듯 만졌다. 이 갑작스런 환대에 넉살 좋은 스즈카도 잠시 표정이 굳어져 꼼짝 않고 서 있다.

"아저씨, 아기 우유 먹어요?"

"어, 어어."

"아기 모래 좋아해요?"

"그럴 거야."

"아기는 코 안 자요?"

"아, 지금은 안 자."

여자아이들은 이것저것 묻고는 "와아, 대단해."라고 말하고 다시 스즈카의 볼을 만졌다.

"미안해요. 어린아이를 좋아해서 그래요."

"만지지만 말고, 어린 친구랑 같이 모래 놀이해."

모래밭 옆 벤치에 앉아 있던 엄마 둘이 그렇게 말하면서 내 쪽으로 다가왔다.

"아, 아아, 고맙습니다."

다들 너무 스스럼없이 말을 건네 와서 오히려 내가 더 당황하고 말았다.

"아직 어리네요. 몇 살이에요?"

"22개월 됐습니다."

물론 스즈카 나이를 묻는 거다. 나는 곧바로 대답했다.

"얘들은 곧 만 다섯 살이 되니까 세 살이나 차이 나네요. 아이 귀여워라."

"눈이 정말 동글동글하네요. 크면 미인이 될 거 같은데요?"

"이야, 그런가요."

스즈카를 두고 하는 말이지만 칭찬을 들으니 왠지 쑥스러웠다. 나는 에헤헤헤 하고 머리를 긁적였다.

"아저씨, 아기는 이거 있어요?"

양 갈래 머리 여자아이가 나에게 미니 삽을 보여 줬다. 여자아이는 보기 좋게 볕에 그을어서 그런지 아주 활달해 보였다.

"아, 그래. 근데 집에 있어."

내가 대답하자 "그럼, 이거 써." 하고 여자아이는 스즈카에게 미니 삽을 건네고 또 한 여자아이와 둘이서 바지런히 구멍 파는 법을 가르쳐 주었다.

"아가야, 이쪽을 파는 거야. 이렇게 삽을 넣고."

"그 모래는 무너뜨리면 안 돼."

여자아이들이 열심히 설명해 주는데도 스즈카는 전혀 듣지 않고 삽을 모래에 푹푹 찔러 대고 있었다.

"아이, 참. 아가야, 거기 찌르면 더러워지잖아."

"아가야, 제대로 해야지."

아기 취급하면서도 여자아이들은 고도의 손놀림을 요구했다. 그래도 상대해 주는 것이 기쁜지 스즈카는 흥분해서 "붐부—!"라고 소리쳤다.

"잘난 척이 하늘을 찌르죠? 여자아이들은 저렇게 동생을 돌봐 주고 싶어 하더라고요."

"유치원 상급반이 된 뒤로 유난히 더 언니 노릇하려고 들어서 난처할 때가 많다니까요."

커다란 모자를 쓴 엄마가 그렇게 말하면서 "앉아요." 하고 모래밭 옆 그늘 벤치로 나를 불렀다.

"더울 땐 밖에 데리고 나오면 우리가 더 힘들어요."

또 다른 안경을 쓴 엄마는 벤치에 털썩 앉더니 수건으로 땀을 닦았다.

"아, 네에."

당연하다는 듯이 자신들 옆에 앉으라고 재촉하는 둘의 말에 당혹스러워하면서도 나는 벤치에 앉았다.

"그래도 밖에서 실컷 뛰어놀아서 피곤해야 저녁밥도 잘 먹고, 밤에도 푹 자거든요."

안경 엄마는 볕에 그을린 여자아이의 엄마일 것이다. 입매며 야무진 말투가 꼭 닮았구나 생각하며 둘의 얼굴을 비교해 보았다.

"이제 아무거나 다 먹나요?"

모자 엄마가 내게 물었다.

"그, 그렇습니다."

"이유식 끝나면 좀 편해지죠. 잘 먹어요?"

"잘 먹는 편인 것 같습니다."

나는 크게 입을 벌리고 빨리 먹여 달라고 재촉하는 스즈카의 얼굴을 떠올리고는 그렇게 대답했다.

"다행이네요. 두 돌이 안 됐으면, 아직도 낮잠 자죠?"

"네에, 잘 잡니다."

"아, 부러워라. 우리 앤 낮잠 안 잔 지 꽤 됐는데. 정말이지 유치원에 안 가는 날은 하루가 너무너무 긴 거 있죠. 덕분에 부모는 쉴 짬이 없어요."

안경 엄마가 그렇게 말하고 어깨를 으쓱했다.

"그렇습니까."

자연스레 엄마들 대화에 끼어 있자니 적잖이 당황스러웠다. 이 사람들은 나를 보고 아무렇지도 않게 생각하는 걸까. 피어스는 빼고 왔지만 노랑머리에 단정치 못한 차림새. 지나치게 젊은 데다 혹여 아빠로 비친다면 이런 대낮에 어찌 된 건가, 하고 이상히 여기지 않는 걸까.

"우리 앤 요즘 나쁜 말을 배워 와서 걱정이에요. 툭하면 바보라고 해 대니, 어떡해야 할지 모르겠어요."

모자 쓴 엄마가 말했다.

"유나도 그래요? 틀림없이 유치원에서 애들이 다 써서 그럴 거예요. 우리 아미도 그런 말을 예사로 내뱉거든요. 으음⋯⋯."

"아, 스즈카라고 합니다."

안경 쓴 엄마가 얼굴을 돌려 나를 보기에 그렇게 대답했다.

"설마, 스즈카는 바보란 말은 안 하죠? 이제 말을 시작할 때니까."

"아, 네. 근데 스즈카는 말이 늦어서 아직은 알아들을 수 없는 말만 합니다."

"호호호. 그렇구나."

"아직 엄마 아빠도 못하고⋯⋯."

나는 누나가 걱정하던 것을 이야기했다. 주변 아이들은 말을 꽤 잘하는데 스즈카는 아직 의미 있는 말을 하지 못한다고, 누나가 걱정스레 말했었다.

"그건 걱정하지 않아도 돼요. 어느 날 갑자기 말이 터지거든요."

모자 엄마가 힘주어 말하자 안경 엄마도 덧붙였다.

"맞아, 맞아. 말하는 건 개인차가 크니까요. 제 친구 아들은 세 돌이 지나도 말을 못해서 걱정했는데, 어느 날 갑자기 '책 읽어 주세요.' 하고 경어를 썼다지 뭐예요."

"진짜임? 아, 아니, 정말입니까?"

"그럼요, 정말이죠."

"말이란 건 속에 쌓여 있다잖아요. 우리 앤, 두 돌이 지나도 음식 이름밖에 말을 못하더라고요. 얼마나 식탐이 많은지 잘 알겠죠?"

모자 엄마의 말에 다 같이 웃었다.

그런가. 여기서 나오는 건 죄다 아이 얘기뿐이다. 누구도 자신에 대해선 이야기하지 않는다. 놀이터에서는 아이가 주인공인 거다. 내가 머리칼을 노랗게 염색했든 나이가 어리든 상관없는 것이다.

"아, 잘하네."

"어머, 구덩이를 꽤 팠네요."

모자 엄마가 스즈카를 가리켰다.

"정말."

"성고―."

스즈카는 자신이 모두에게 주목받는 걸 눈치챘는지, 미니 삽을 든 채로 손을 번쩍 들어 올리고 기쁜 듯이 손뼉을 쳤다.

"와, 귀여워라. 지금이 제일 좋을 때죠."

"맞아요, 저때로 되돌아갔으면."

엄마들은 스즈카에게 박수로 응답해 주면서 진지하게 말했다.

제일 좋을 때. 앞으로 어떤 시기가 올지는 모르지만 박수 치며 내 얼굴을 자랑스레 쳐다보는 스즈카의 모습이 사랑스러웠다. 그 뒤로 그네로 뛰어가는 스즈카를 따라가 함께 타고, 잔디밭을 뛰어가는 걸 쫓아가 미끄럼틀을 탔다. 태양의 기세가 서서히 누그러질 무렵에야 마침내 놀이터를 나왔다. 그렇게 기운이 펄펄해서 뛰어다니던 스즈카는 놀이터를 나오자마자 안아 달라고 졸랐다.

"뭐야, 놀 때는 그렇게 쌩쌩하더니."

그렇게 말하고 손을 잡고 걸으려는데, 스즈카는 손을 뿌리치고 "앙아―." 하며 내 다리를 잡고 떼를 쓰기 시작했다.

"말도 안 돼. 난 너보다 더 피곤하거든."

"앙아―."

"나 지금 탈수증으로 쓰러질 것 같다고."

스즈카 물만 챙겼지 내 것은 가져오지 않았던 것이다. 스즈카를 놀릴 생각뿐이었지, 내가 그렇게 몸을 움직이고 말을 많이 할 줄은 몰랐다. 도중에 놀이터 근처 편의점에 가서 마실 것을 사 올까도 싶었지만 스즈카를 두고 갈 수도 없고, 그렇다고 노는 데 정신이 팔려 있는 애를 데리고 가는 것도 내키지 않았다. 덕분에 놀이터에 있는 내내 몹시 목이 탔다. 바로 옆에 있는 편의점조차 갈 수 없다니. 아이와 함께 있으면 자연스럽게 사람들 사이로 들어갈 수는 있지만, 단 5분도 자유롭게 움직일 수 없는 것이다.

"아 진짜, 나 힘들어 죽을 것 같거든!"

스즈카는 한 발짝도 움직일 마음이 없다고 주장하듯 내 다리에 팔을 감은 채 꼼짝 않고 붙들고 있다. 손잡고 걸어가면 시간이 한없이 걸릴 테고, 안고 걸어가자니 기진맥진해서 쓰러질 거 같다. 어느 쪽도 힘들긴 마찬가지지만 지금은 내 몸이 간절히 수분을 원하고 있다. 나는 땀으로 흠뻑 젖은 스즈카를 안고 서둘러 집으로 향했다.

11

"야, 스즈카. 앉아서 먹어."

이제는 나에게 완전히 적응했는지 스즈카는 점심밥을 먹는 중에 의자에서 내려와 식탁 주위를 빙글빙글 돌아다닌다. 그래 놓고는 "배 안 고프지?" 하고 치울라치면 잽싸게 와서 입을 쩍 벌린다.

"너, 밥 먹는 자세가 그게 뭐야. 그렇게 장난치면 이담에 커서 나 같이 돼 버린단 말이야."

무슨 말을 해도 스즈카는 아랑곳하지 않고 "쿤쿤쿤―." 하면서 어슬렁어슬렁 걸어 다닌다. 처음에는 그렇게나 경계하더니 지금은 나에게 완전히 익숙해져서 뺀질뺀질 말을 듣지 않는다. 오늘 아침에도 정성 들여 몇 번이나 블록 쌓기를 가르쳐 줬건만 내가 만든 작품을 망가뜨리고는 마냥 좋아할 뿐이었다. 이렇게도 쫄지 않고 나를 받아들이는 녀석을 이제껏 본 적이 없다. 불과 열흘 만에 상대에게 완전히 다가갈 수 있다니, 어린아이는 참으로 위대한 생물이다.

"좀 앉으라니까. 야아, 식탁에 올라가면 안 돼."

나는 식탁에 기어 올라가려는 스즈카를 안아 의자에 앉혔다.

"너 진짜 못 말리는 장난꾸러기구나. 나도 어릴 땐 만만치 않았지만, 밥 먹을 때 식탁 위로 올라가지는 않았거든."

"붐부─."

"붐부란 말이 나와 지금? 다 식어 버리잖아. 자, 얼른 먹고 놀자."

나는 두부 도리아를 스즈카의 입에 넣어 줬다. 스즈카는 "마이따─." 하면서 오물오물 씹어 삼키고는 또 "빠아빠아─." 하고 의자에서 빠져나갔다.

"작작 좀 해라. 왜 그래 또."

정말로 못돼 먹은 녀석이다. 어린아이는 다 이런가. 아니면 스즈카가 유난히 수선스러운 건가. 누나에게 전화 왔을 때 물어봤어야 하는 건데. 누나는 매일 저녁 무렵에 전화를 걸어왔다. 이제는 스즈카가 밥도 잘 먹고 그림책도 잘 본다는 이야기를 하면 누나는 기뻐했다. 그렇지만 병원 침대라서 채 5분도 통화하기 어렵거니와 엄마 목소리를 들으면 보고 싶어 할까 봐서 스즈카와는 통화하지 않는다. 그 정도로 소중한 전화 통화다. 그러니 누나에게 걱정거리가 될 만한 이야기는 할 수가 없는 것이다. 어제는 놀이터에 다녀온 이야기를 하자 몇 번이나 고맙다고 말했다.

"스즈카는 밖에 나가 노는 걸 좋아하거든요. 근데 힘들었죠? 정말 고마워요."

그리고 오늘 아침에 선배에게도 감사 인사를 받았다.

"네가 데리고 돌아다닌 덕분에 밤에 푹 자니까 살 것 같더라."

내가 오히려 스즈카에게 끌려다닌 꼴이었지만 모두가 좋아하고, 게다가 놀이터는 나쁘지 않았다.

"스즈카, 밥 잘 먹고, 낮잠 자고 나서 놀이터 가자."

내가 그렇게 말하자 스즈카는 입을 커다랗게 벌리고 다가왔다.

"잘 먹는다는 건, 앉아서 먹어야 한다는 말이야."

"붐부ー."

스즈카는 의자에 앉는 것이 귀찮은지 내 무릎 위에 폴짝 앉았다. 부드럽고 가느다란 머리카락이 내 턱 밑에서 흔들렸다. 에어컨을 틀었어도 눅눅하고 더운데, 말랑하고 매끈하고 보드라운 살 때문인지 체온이 높은 스즈카가 딱 붙어 있어도 전혀 불쾌감이 느껴지지 않았다.

"왜 이래. 아무 데나 앉으면 안 되잖아."

"붐부ー."

"하긴 서서 먹는 것보단 낫겠다."

"치ー?"

"그치는 무슨. 넌 참 제멋대로야."

나는 한숨을 쉬면서 남은 두부 도리아를 무릎 위에 앉은 스즈카에게 마저 먹였다.

"그럼 그렇지. 구린내가 난다 싶었더니, 너 자면서 응가 했구나."

낮잠을 자고 일어난 스즈카의 기저귀를 펼쳐 보니 말랑한 똥이 눌려 있었다.

"하아. 이거 빨리 닦지 않으면 엉덩이 다 짓무르겠는걸."

똥 기저귀를 처리하는 건 누나한테 배웠다. 나는 스즈카의 다리를 잡아 살짝 들어 올리고는 물티슈를 펼쳐 엉덩이에 대 주었다. 쓱쓱 문지르면 쓰라릴까 봐 누르듯이 조심스럽게 닦아 나갔다.

"이제 깨끗해졌지?"

물티슈를 계속 뽑아 닦아 주자 스즈카는 기분 좋은 얼굴을 했다.

"붐부—."

"개운한가 보구나. 그럼 우선은 이 구린내 나는 것 좀 버리고 와야지."

나는 벗겨 낸 기저귀를 들고 보면서, 내가 이렇게 솜씨가 좋았나 싶어 피식 웃음이 나왔다. 지금 내가 들고 있는 건 똥이다. 얼마 전까지는 절대 손대지 못했던.

"익숙해진다는 게 무섭네."

"붐부. 빠아."

개운해진 스즈카는 얼른 놀이터에 가자고 손뼉을 치며 재촉한다.

"알았어, 알았다고. 너 완전 제멋대로야."

냉큼 기저귀를 치우고 스즈카에게 바지를 입혔다. 그리고 오늘은 나의 수분 공급용 이온 음료도 가방에 챙겨 넣고 놀이터로 향했다.

어제 봤던 여자아이들이 모래 놀이터에서 놀고 있고, 잔디밭에서는 형제가 술래잡기를 하고 있었다. 어제는 보지 못했던 아이와 엄마도 몇 명 있지만 나는 스즈카의 보호자일 뿐이다. 얼마나 속 편한 처지인가. 어제 단 하루 만에 당혹감이 완전히 사라진 나는 스즈카가 잡아끄는 대로 순순히 놀이터 안으로 들어갔다.

"아, 안녕하세요."

여기서는 인사하는 것이 당연한지 내가 다가가자 모두가 "안녕하세요." 하고 말을 건넨다.

"안녕하세요!"

잔디밭을 뛰어다니던 남자아이들도 나와 스즈카에게 큰 소리로 인사를 해 왔다.

"안녕하세요. 야, 너도 인사해야지."

스즈카는 "쎄오ー." 하고는 미끄럼틀을 향해 뛰어갔다. 스즈카는 목표물을 발견하면 순간적으로 발이 빨라진다. 뒤뚱뒤뚱 불안정하게 뛰는데도 내가 종종걸음으로 걸을 때와 비슷한 속도다.

"오늘은 처음부터 큰 거에 도전하네."

나는 미끄럼틀 사다리를 오르는 스즈카 뒤에 가서 섰다. 침착하지 못한 반면 운동신경이 좋은 스즈카가 자그마한 몸으로 사다리를 올라가고 있다.

"우아, 잘 올라가네요."

남자아이의 손을 잡고 있던 엄마가 스즈카를 지켜보는 내 옆으로 왔다.

"아, 네에."

"몇 살이에요?"

아이와 함께 있으면 으레 나이를 묻는 모양이다.

"22개월 됐습니다."

"비슷하네요. 우리 앤 이제 막 19개월 됐어요. 유, 너도 해 보렴."

20대 초반쯤일까. 아직 젊어 보이는 엄마가 남자아이의 등을 밀어주었다. 하지만 아이는 미끄럼틀 바로 밑에 선 채로 사다리를 올라가지 않는다.

"겁이 많아서 걱정이에요."

"아, 그렇군요."

유라고 불리는 남자아이는 미끄럼틀 위에 있는 스즈카를 올려다보았다. 미끄럼틀은 유아용이라 사다리가 다섯 단밖에 안 됐기 때문에 스즈카는 태연한 얼굴로 위에서 손을 흔들었다.

"조심해서 내려와."

내가 말하자 스즈카는 제 입으로 "슈우슈우." 하고 효과음을 내면서 미끄러져 내려왔다. 짧은 미끄럼틀을 눈 깜짝할 사이에 미끄러져 내려오자 스즈카는 "성고─." 하고 손을 번쩍 들어 올렸다. 유는 그런 스즈카를 빤히 보고 나서 제 엄마의 얼굴을 올려다보았다. 부러운 모양이었다.

"미끄럼틀 타고 싶구나. 올라가지 그래?"

"그래. 유, 어서."

나와 제 엄마가 그렇게 말해도 유는 입을 다문 채 미끄럼틀을 뚫어지게 쳐다볼 뿐이었다.

"붐부─!"

스즈카는 다시금 미끄럼틀 사다리를 올라가려고 왔다.

"사내아이가 겁이 많죠. 아, 신경 쓰지 말고 계속 태워 주세요."

스즈카는 꼼짝 않고 서 있는 유 앞을 지나 다시금 사다리를 올라가기 시작했다.

"그럼, 함께 올라가면 어떨까요? 스즈카, 쬐금만 기다려. 나도 갈게."

누군가 앞에 있으면 사다리에 올라가는 방법을 쉽게 알 수 있을 것이다. 나는 일단 스즈카를 세워 놓고는 남자아이의 손을 잡고 사다리 아래로 갔다.

"자, 둘이서 출발하는 거야. 스즈카, 한 단씩 천천히 올라가 봐."

"붐부ー."

스즈카가 다리를 크게 들어 올려 사다리를 올라가기 시작하자 유도 첫 단에 발을 올려놓았다.

"오오, 잘하는걸. 함께 올라가면 안 무서워."

"슈우ー슈우ー."

스즈카가 유 쪽을 돌아보고 소리를 냈다.

"그래. 슈우슈우 하는 거야. 스즈카, 하나 더 올라가."

스즈카는 "슈우ー슈우ー." 하고 소리를 내면서 한 단 더 올라갔다. 하지만 유는 더 나아가려고 하지 않았다.

"유, 발을 들어서 여기에 올려봐 봐."

엄마가 두 번째 단으로 끌어 올려 주려 하자 유는 첫 번째 단에서 떨어지지 않으려고 난간을 더 꽉 움켜잡았다.

"유, 친구는 올라갔잖아? 자, 쫓아가 보렴."

"올라가면 신날 거야."

"얼른 발을 움직여. 유, 미끄럼 타고 싶지? 서 있기만 하면 재미없잖아."

"자, 어서. 조금만 발을 들면 올라갈 수 있어. 할 수 있대도."

엄마가 그렇게 열심히 말하는데도 유는 꼼짝 않고 서 있더니 끝내는 울음을 터뜨리고 말았다.

"아, 진짜 무슨 남자애가 그렇게 겁이 많아. 왜 울고 그래."

엄마가 사다리에서 안아 올리자 유는 올라가지 못한 게 속상했던지, 아니면 무서웠던지 엄마 어깨에 얼굴을 묻고 흐느껴 울었다.

"이해가 안 되죠? 늘 이래요. 첫 단은 잘 올라가는데, 그다음으로 나아가질 못해요."

"그렇군요."

"한 발짝만 내딛으면 다음은 간단한데."

엄마는 유의 등을 쓰다듬으면서 고개를 갸우뚱했다.

아니다, 첫발을 내딛는 것보다 그다음이 더 힘들 게 분명하다. 아무것도 모르기 때문에 첫발은 의외로 쉽게 내딛을 수 있다. 하지만 거기가 어떤 곳인지 알고 나면 더는 움직이기 어렵다.

"첫 번째 단에서 높아진다는 걸 알고 나면, 두 번째 단은 더 무서워지는 거죠."

내 말에, 그 말이 옳다고 말하고 싶은 듯 유는 엄마의 어깨에 얼굴을 묻은 채로 고개를 끄떡하고 위아래로 흔들었다.

"붐부―!"

잊고 있었다. 네 번째 단에서 얌전히 기다리고 있던 스즈카의 목소리가 들렸다.

"어, 아직 거기 있었구나. 미안, 미안. 슈우 해 봐."

내가 말하자 스즈카는 "슈우─슈우─." 하고 기분 좋게 미끄러져 내려오더니 그대로 모래 놀이터로 뛰어갔다.

"야, 기다려."

"참 활발하네요. 좋겠어요, 씩씩해서."

"응석꾸러기라 감당이 안 됩니다."

"우리 애랑 또 놀아 줘요."

"네. 또 보자, 유."

여전히 엄마 품에 얼굴을 묻고 있는 유에게 그렇게 말하고, 나는 스즈카를 뒤쫓아 갔다.

모래 놀이터에 가자 어제 그 여자아이들이 또 "아가야." 하고 부르면서 스즈카에게 다가왔다.

"아기랑 놀아도 돼요?"

"아, 그럼."

"아가야, 또 모래 놀이할까?"

"붐부─."

스즈카는 그렇게 말했을 뿐인데 "아가가 모래 놀이하고 싶대.", "아, 그래." 하고 여자아이들은 스즈카의 손을 잡아끌고 모래밭 한복판에 앉혔다.

"안녕하세요. 미안해요, 장난감 취급해서."

"아니에요. 스즈카도 좋아하는데요, 뭘."

"어쩜, 애들은 애들이 좋은가 봐요."

어제 그 엄마들이 여자아이들과 마찬가지로 자연스럽게 나를 끼워 주었다.

"너무 더워서 맥을 못 추겠어요."

"그러게요."

모래 놀이터는 등나무 덕분에 그늘이 져서 그나마 좀 시원했다. 그 옆 벤치에서 아이들 모습을 지켜보며 이야기하는 것이 이 엄마들의 일상인 모양이었다.

"아가야, 모자 벗겨져."

그렇게 말하고 스즈카에게 모자를 제대로 씌워 준 여자아이에게 안경 엄마가 "아가가 뭐야, 스즈카라고 불러야지. 아미, 너도 모자 쓰렴." 하고 리본이 달린 물빛 모자를 내밀었다. 하지만 여자아이는 "안 더워."라며 엄마 말을 무시해 버렸다.

"모자를 안 쓰려고 해서 애먹는다니까요. 씌워 줘도 바로 벗어 버리고. 유나랑 스즈카도 싫어하지 않아요?"

"우리 앤 멋 내는 걸 좋아해서 혼자 거울 보면서 어찌나 열심히 쓰는지 몰라요. 저도 모자가 어울린다고 생각하나 봐요."

어제와 같은 커다란 모자를 쓴 엄마가 그렇게 웃었고, 나도 대답했다.

"스즈카는 딱히 싫어하지는 않습니다. 밖에 나오는 걸 좋아해서, 모자를 써야 밖에 나가는 줄 알거든요."

"그렇구나. 스즈카는 낮잠도 자고 손도 많이 안 가고, 순한 아이네요."

아미 엄마는 부럽네, 라고 말하면서 물빛 모자로 팔랑팔랑 얼굴을 부채질했다.

"근데 요즘 스즈카가……."

"왜요, 왜요, 무슨 일인데요?"

"아 그게요, 밥 먹을 때 가만히 앉아 있지를 않아서 걱정입니다."

"다 그래요. 우리 아미도 유치원에 다니고부터 겨우 앉아서 먹기 시작한걸요."

"맞아요, 두 돌 무렵이면 밥 먹이기 참 힘들 때죠."

엄마들 둘 다 격하게 공감해 줬다. 슬쩍 고민거리를 풀어놓으면 모두가 한껏 대응해 준다. 다른 아이도 다 그렇다는 말에 무거운 짐이 덜어진 느낌이었다. 말이 나온 김에 나는 밥 먹을 때 스즈카의 모습을 자세히 이야기했다.

"스즈카는 얌전히 있지를 못합니다. 한 입 먹고 식탁 주위를 빙글빙글 돌고, 또 한 입 먹고 돌고, 도무지 가만히 있지를 못해요. 오래 앉아 있어 봐야 5분 정도가 고작이고, 심지어 식탁 위에까지 올라갈 때도 있습니다."

"그건 다 그래요. 그죠?"

"맞아요, 맞아. 아이들은 노는 게 중요하니까. 우리 애 하도 밥 먹는 버릇이 나빠져서 자리에서 일어났다 하면 '다 먹었지?' 하고 재까닥 밥을 치워 버렸어요."

유나 엄마가 말했다.

"효과 있었습니까?"

"글쎄요. 그 효과인지 그냥 때가 됐던 건지, 두세 주 지나니까 앉아 있긴 하던데요."

"따끔하게 그 정도 조치는 해야 하는데……. 난 좋은 방법이 아닌 줄 알면서도 쫓아다니면서 먹였어요. 아미는 먹는 데 통 관심이 없어서요, 안 먹어도 된다고 하면 끝까지 안 먹을 것 같아서. 그러다 보니까 저녁밥 먹는 데 두 시간 가까이 걸려요. 아, 정말이지 내가 녹초가 돼 버린다니까요."

아미 엄마는 이야기하다 보니 떠오르는지 후욱 한숨을 쉬었다.

"두 시간! 진짜요? 스즈카는 15분 정도면 다 먹어 버리는데. 역시 저 녀석이 빨리 먹는구나."

"스즈카는 먹는 걸 좋아하는 거예요. 그럼 좋죠. 유나는 앉아서 먹긴 하는데, 여전히 저 좋아하는 거 아니면 마지못해 먹는 것 같아서 보고 있으면 속이 터져요."

유나 엄마가 얼굴을 찡그렸다.

"밥 먹이는 게 보통 일이 아니군요."

나는 아이고 맙소사, 하고 씁쓸히 웃었다. 일상의 당연한 행위일 텐데, 밥 하나 먹이는 데 모두가 그렇게 고생을 하다니.

"뭐 머잖아 '어? 제대로 먹네?' 할 때가 올 거예요."

"이러니저러니 해도 두 돌쯤 됐을 때가 제일 손이 많이 가요. 그래도 그만큼 귀엽잖아요. 이리 온, 하면 정신없이 뛰어오는 모습을 보면 깨물어 주고 싶지 않아요? 얼마 안 있으면 육아도 조금 편해져요. 지금이 제일 힘내야 할 때니까, 파이팅 하세요!"

아미 엄마가 내 어깨를 토닥토닥 두드렸다.

누나가 만든 '스즈카 공책'에도 '이리 온' 하고 팔을 벌리면 엄청 좋아하며 뛰어온다고 쓰여 있어서 한번 시험해 본 적이 있다. 내가 "이리 온." 하자, 그림을 그리던 스즈카는 힘없이 느릿느릿 와서 품에 안기긴 했다. 하지만 곧바로 돌아가 버렸다. 정신없이 뛰어오는 것도 아니었고, 엄청 좋아하는 모습도 없이 규칙이니까 따른다는 듯이 마지못해 오는 모습에 충격을 받고는, 그 이후로는 다시 시도하지 않았다. 하지만 이 시기의 아이는 너나없이 '이리 온'이라는 말을 들으면 기뻐하는 모양이다. 나와 스즈카 사이는 전보다 가까워졌다. 다시 시도해 볼까 생각했을 때, 유나 엄마가 웃으며 말했다.

"지금이야 뭐, 이리 온, 하고 불러도 '왜 불러?' 하는 반응이죠. 하긴 진심으로 부모한테만 의지하는 건 서너 살 때까지니까요. 아, 딱 하루 만이라도 세 살 때로 돌아가 줬으면 좋겠는데."

스즈카의 지금은 그렇게나 귀중한 시기인 거다. 그런 시기에 스즈카와 떨어져 있어야 하는 누나는 얼마나 힘들까. 반면 나는 내 아이도 아닌데 스즈카 곁에서 그 시기를 보낼 수 있는 거다. 얼마나 행운인가 싶었지만 이내 머리를 흔들었다. 나란 놈도 참 낙관적이다. 말도 안 되는 알바를 억지로 떠맡았을 뿐인데.

"아이고, 진심 힘들어 죽을 지경입니다. 완전 진짜로요."

나는 그렇게 너스레를 떨었다.

"다 지나갔으니 하는 말이지만, 세 살 때는 전쟁이 따로 없죠. 그래도 뭐, 그렇게 말할 것까지야."

"으음, 난 마음속에서 내지르는 비명까지 들은걸요."

엄마들은 쿡쿡 웃었다.

여기에 오면 나이도 외모도 직업도 아무것도 따지지 않는다. 아이가 매개가 되면 전혀 공통점이 없는 사람과도 활기찬 대화가 가능하다. 이렇게 엄마들과 웃고 있으면 내가 고등학생이라는 것도, 구제불능 양아치라는 것도 문득문득 잊게 된다.

엄마들과 함께 웃고 있는데, 스즈카가 "드세어―." 하고 모래 떡을 가져와 내게 내밀었다.

"먹으라고?"

"드세어―."

"오, 땡큐."

내가 모래 떡을 받아 들고 손바닥에 올려놓은 채로 있자 유나가 나섰다.

"아가가 먹으래요!"

"빨리 먹어요."

아미도 재촉했다.

"이거 모랜데? 이걸 어떻게 먹어."

놀라는 나에게 둘은 똑같이 먹는 시늉하는 방법을 가르쳐 줬다.

"이렇게 먹어요."

"오물오물."

"아, 그렇구나. 오물오물, 오물오물, 이야 맛있다!"

내가 모래 떡을 입으로 가져가자 스즈카는 "마이따—!" 하고 좋아했다.

"아가야, 떡 또 만들자!"

"아저씨가 떡 좋아한대."

"누구보고 아저씨래. 아직 열여덟밖에 안 됐는데."

되받아치려던 말을 나는 꿀꺽 삼켰다.

스즈카와 함께 있으니 당연히 아저씨로 보일 것이다.

"붐부—."

옷이 모래투성이가 된 스즈카는 둘에게 이끌려 다시 모래 놀이터 한가운데로 돌아갔다.

지금은 야무져 보이지만 저 두 아이에게도 스즈카 같은 시기가 있었던 거다. 스즈카가 유난히 얌전히 있지 못하는 타고난 개구쟁이가 아니란 사실을 알게 된 것만으로도 다행으로 여기자. 하지만 모래 떡 먹는 시늉을 하는 건 고역이다. 열심히 떡을 만들고 있는 세 아이에게 나는 허둥지둥 말을 던졌다.

"야아, 나 떡 안 좋아해."

12

7월도 마지막 주에 접어들었다. 누나가 돌아오려면 앞으로 13일 남았다. 이 알바도 절반이 지났다. 절대 못한다고 도리질하면서도 억지로 떠맡았는데 어느새 여기에 오는 것이 일상이 돼 버렸다.

귀찮은 일도 많지만 어린아이를 상대로 하는 일이란 단순해서 좋다. 기쁘다, 슬프다, 즐겁다, 힘들다, 그러한 감정을 스즈카는 데꺽 얼굴에 드러낸다. 스즈카의 표정이 곧 스즈카의 기분인 거다. 속으로는 무슨 생각을 하는 걸까, 나를 어떻게 생각할까. 그렇게 의심하고 억측할 필요가 전혀 없다. 스즈카가 나를 순순히 받아들이는 것처럼 나 역시 대비하거나 꾸밀 일이 아무것도 없다. 그보다도 스즈카와 함께 있으면 눈앞의 일 이외에 이것저것 추측할 여유 따위 없다. 그 때문일까, 여기서 보내는 시간이 의외로 마음이 편했다.

주말을 보내고 난 월요일. 이틀의 공백도 무색하게 스즈카는 내가 도착하자마자 곧장 손을 잡아끌고 가서 장난감 프라이팬을 건넸다.

"붐부—."

"오늘은 소꿉놀이부터 하려고? 그럼 이거 볶아 줘."

내가 프라이팬에 마카로니를 넣어 주자, 스즈카는 어엿한 어른 같은 얼굴로 "치이—치이—." 하고 장난감 숟가락으로 젓기 시작했다.

"여러 가지로 고맙고, 미안하다. 나무 블록이랑 책도 사 주고, 또 점심밥까지 직접 해 주고 말이야."

선배는 부지런히 출근 준비를 하면서 말했다.

"아니에요, 괜찮아요."

"알바하는 데 돈까지 써서 어쩌냐."

"다 제가 좋아서 하는 거니까, 신경 쓰지 마요."

나는 진심을 말했다. 돈이 좀 들어도 전혀 아깝지 않았고, 점심 준비도 하나도 힘들지 않았다.

"너한테 부탁한 게 정말 신의 한 수였다. 알바비는 두둑하게 줄게. 그럼 갔다 온다. 스즈카, 다녀오겠습니다."

"빠이빠이."

스즈카는 소꿉놀이 프라이팬을 저으면서 선배에게 손을 흔들었다.

"욘석, 그렇게 건성으로 인사하기야. 오타, 그럼 부탁한다."

"조심해서 다녀오세요."

출근하는 선배의 발걸음이 전보다 가벼워 보였다. 스즈카가 울지 않는 것 하나만으로도 모두의 마음이 엄청 편해진 것이다.

"좋아 그럼, 이번엔 빨간 마카로니도 볶아 줘."

현관에서 선배를 배웅하고 돌아온 나는 스즈카의 프라이팬에 모양이 다른 마카로니를 넣어 줬다.

"치이—치이—."

"맛있는 거 만들어 줘."

"마이 꺼?"

"그래 맛있는 거."

스즈카는 분주하게 프라이팬을 젓기도 하고, 마카로니를 장난감 접시에 옮겨 담고 놀았다. 나는 그 곁에 앉아 누나가 만든 '스즈카 공책'을 펼쳤다. 처음에는 꼬박꼬박 상대해 줬지만 이제는 옆에 있으면서 이따금 말을 붙여 주고, 스즈카가 원할 때에 함께 놀아 주는 걸로 충분하다는 것을 알게 됐다.

'스즈카 공책'은 이미 세 번을 읽었다. 처음에는 무슨 소린지 이해할 수 없는 말도 많고, 글씨가 깨알 같아서 읽을 마음도 나지 않았다. 하지만 늘 함께 있는 스즈카에 대한 내용이어서 일단 읽기 시작하니 재미있었다.

> 스즈카는 기본적으로 귀찮아하고 덤벙거리지만 이상한 것에 예민하게 굴 때가 있습니다. 예를 들면, 양말이 내려가거나 웃옷 자락이 말려 올라가면 싫어합니다.

맞아, 맞아. 스즈카는 떼쟁이인 주제에 내가 샌들을 신겨 주거나 모자를 씌워 줄 때 조금만 틀어져도 못마땅한 얼굴로 "붐부—." 하며 호소해 온다.

성격이 대담한 편이라 낯을 가리지는 않지만, 이상한 것에 겁을 냅니다. 지나치게 큰 봉제 인형이나 전자음이 나는 장난감 등.

그래그래. 도자기로 된 너구리 인형도 무서워하지. 놀이터 가는 길에 너구리 장식품이 서 있는 집 앞을 지나갈 때면 무슨 까닭인지 스즈카는 귀를 막고 "빠이빠이."라고 말한다. 눈을 감으면 또 모를까 귀를 막아 봐야 무서움이 덜하지도 않을 거고 "빠이빠이."라고 이별을 고한다고 너구리가 어디로 갈 리도 없다. 하지만 몸을 움츠리고 자그마한 손으로 귀를 꽉 막고 있는 모습이 사랑스러워서 나는 몇 번이고 "괜찮대도."라고 말해 준다.

스즈카는 그네를 좋아해서 놀이터에서는 그네만 타고, 다른 것에는 눈길도 주지 않습니다. 함께 타면 멀미 나고 속이 메슥거리니 주의하세요.

누나가 이 공책을 작성할 당시에는 그랬단 말인가. 지금은 주로 모래 놀이터에서 논다. 어린아이는 두 주만 지나도 놀라우리만치 변해 버린다. 나를 보고 막무가내로 울기만 하던 스즈카가 내가 옆에 있는지 확인해 가며 얌전히 놀게 될 정도로.

스즈카는 두 돌도 안 된 어린아이다. 게다가 항상 엄마 옆에 붙어 있었다. 당연하지만 누나는 누구보다도 스즈카에 대해 잘 알고, 이 공책에는 스즈카에 대한 거의 모든 사항이 기록돼 있다.

하지만 그것이 전부는 아니다. 그림책을 읽어 줄 때는 졸음이 몰려와도 계속 듣고 싶어서 억지로 눈을 크게 뜨고 씩씩한 척하는 스즈카. 놀이터에서 정신없이 놀다가도 흘끔흘끔 내가 있는 곳을 확인하는 스즈카. 내가 나무 블록으로 작품을 만들면 그걸 부수고는 내 반응을 기다리며 헤죽헤죽 웃는 스즈카. 그런 얼굴은 분명 나밖에 모를 거다. 거기에 생각이 미치자 약간 우쭐해졌다. 하지만 동시에 누나한테도 얼른 스즈카의 다양한 얼굴을 보여 주고 싶었다.

대충 훑어보고 마지막 장을 펼쳤다. 여기에 다다르면 늘 당혹스럽다. 공책 마지막 장에는 '만일의 사태에 대비해서 연락해 주세요.'라는 메모와 함께 누나의 친정 집 주소와 전화번호가 적혀 있다.

누나는 결혼한 뒤로 부모에게 한 번도 연락을 하지 않았다고 했고, 선배도 누나 친정과는 완전히 연락이 끊어졌다고 말했다. 긴급 사태나 절박한 일이 발생하면 부모에게 꼭 알려야 할지도 모르기 때문에 일단 연락처를 적어 두었을 뿐이겠지. 나는 누나와 선배의 현재 상황을 잘 알고, 스즈카에 대해 알고 있는 상태에서 이 연락처를 보고 있다. 이제 뭐라도 해야 하지 않을까 생각하게 된다.

병원에서 전화를 걸어오는 누나는 가끔 말하곤 한다.

"부모가 제 자식을 돌보는 거야 당연한 일이지만, 오타 군은 아직 고등학생인데 정말 미안해요."

"엄마라는 사람이 자식을 떼어 놓다니, 스즈카한테는 정말로 미안하죠."

내가 오버하는 것인지도 모르지만, 기분 탓인지 '부모'라는 울림에 무게가 느껴졌다. 그 말을 했던 누나의 머릿속에 혹 자기 부모 모습이 떠오르지 않았을까, 하고 멋대로 생각하기도 했다. 아무리 과거에 불화가 있었더라도, 스즈카와 앞으로 태어날 아이의 존재 정도는 알리는 게 좋지 않을까.

아니다, 알리고 싶지 않기 때문에 연락을 끊고 사는 거다. 선배나 누나나 이제 어른이다. 스스로 생각하고 행동할 수 있는 나이다. 단 얼마 동안 스즈카를 돌보는 것뿐인데, 그런 내가 이 일에 관여하는 건 좋지 않다. 그거야말로 주제넘은 참견이다. 나는 여느 때처럼 나 자신에게 그렇게 들려주며 공책을 덮고는, 방구석에서 놀고 있는 스즈카에게 가서 "이리 온." 하고 손을 내밀어 봤다.

오늘로 두 번째 하는 '이리 온'에 놀고 있던 스즈카는 번쩍 얼굴을 들고 쏜살같이 뛰어왔다. 아미 엄마가 말한 대로 달려드는 그 모습에 마음이 녹아내릴 것 같았다. 뭐가 그리 좋을까 하고 고개가 갸웃거려질 정도로 환해지는 얼굴. 나를 향해 온몸으로 쏜살같이 달려오는 모습. 그 모습을 보면 성가시다는 생각은 어디론가 훅 날아가 버리고 내 마음도 마구 뛴다. 그런 이유로 용건이 없는데도 자꾸만 부르고 싶어진다. 뭐지, 이 기분. 여자를 좋아할 때와 비슷한 감정인가.

중학교 2학년 때, 나는 같은 반이었던 유이라는 여자애를 좋아했다. 유이는 일단 예뻤고, 공부도 고만고만하게 하는 착실한 애였다. 설마 나 같은 놈을 받아들여 줄까 걱정했지만 고백하자 선선히 허락해 주었다. 아마 첫 여친이었을 거다. 유이와 사귀기 시작하면서 나는 나름 학교에 잘 다녔고, 매일 함께 하교했다. 그때는 유이와 함께 걷는 것만으로도, 이야기할 수 있는 것만으로도 기뻤다.

그 느낌과 어딘지 비슷한 것도 같지만 다르다. 유이와 함께 있으면 가슴이 설렜지만 왠지 모르게 힘들었다. 어디까지 진짜 나로 있어야 하나, 그 점이 내내 나를 불안하게 했다. 그에 반해 천방지축으로 뛰어다니는 스즈카 때문에 조마조마하긴 해도 설레지는 않고, 더구나 불안하지도 않다. 스즈카와 함께 있으면 '진짜 자신'이니 뭐니 하는 건 아예 내 머릿속에 없다.

결국 유이와는 3주도 가지 못했다. 땡땡이치는 습관이 몸에 배어 있던 나는 유이를 위해 매일 꼬박꼬박 학교에 가는 데 지쳐 버렸다. 그 뒤로 마찬가지로 한 달도 가지 않은 연애 놀이 비슷한 관계는 몇 번 있었지만, 여자애와 길게 사귄 건 고등학교에 들어온 뒤였다. 1학년 여름부터 2학년 초까지 다른 학교 여자애와 9개월 정도 사귀었다.

사이토 미야비. 학교생활이 지겨워 걸핏하면 거리를 어슬렁거리며 쏘다니던 때, 쇼핑몰이나 역 앞 패스트푸드점에서 자주 그 애와 마주쳤다. 어쩌다 보니 말을 트게 되었고, 어느새 사귀는 사이가 돼 있었다. 나와 비슷한 구석이 있어서 함께 있으면 마음이 편했고, 달리 재미있는 일도 없었던 나는 미야비와 함께 있을 때만은 살아 있다는 느낌이 들었다. 겨울방학 때 알바해서 모은 돈으로 그 애가 갖고 싶어 하는 목걸이를 사 줬고, 밤중에 데리러 와 달라는 연락이 오면 곧바로 오토바이로 달려가곤 했다. 하지만 내가 그 애한테 뭔가를 받은 건 없었다. 딱히 돌려받고 싶었던 것도 아니지만, 그런 생각이 들었을 때부터 사소한 것들이 마음에 걸렸다. 입을 크게 벌리고 웃고 나면 터지는 딸꾹질. 흘리면서 음식을 먹는 모습. 무의식적으로 코를 만지는 버릇. 그런 사소한 것들이 눈에 들어올 때마다 '애, 실은 예쁘지 않았어.'라는 생각이 들면서 서서히 마음이 식어 갔다.

스즈카라면 어떤 모습을 봐도 마음이 변하는 일을 없을 거다. 하물며 기저귀도 갈아 준다. 내가 준 만큼 돌려받을 생각도 하지 않는다. 하긴 스즈카가 주는 것은 모래 떡이 전부지만. 사랑 같은 샤방샤방한 것과는 다른, 좀 더 몸속 깊은 곳에서 솟구치는 강렬한 감정. 지금까지 몰랐던 그 감정이 내 가슴을 뛰게 하고, 내 마음을 뒤흔들어 놓는다.

낮잠에서 깨어난 스즈카가 "빠아ー." 하고 소리쳤다.

"뭐야!"

옆에서 졸던 내가 놀라 잠이 덜 깬 상태로 허둥지둥 몸을 일으키자 스즈카가 열심히 호소해 왔다.

"빠아ー신신ー."

"신발 신고 밖에?"

스즈카는 내가 묻는 말에 크게 고개를 끄덕이고는 기분이 좋아져 현관을 가리켰다.

"너 참 대단한 녀석이다. 눈뜨자마자 밖에 나갈 수 있다니."

나는 스즈카의 재촉을 받으며 가방에 필요한 것들을 챙겨 넣고 집을 나와, 이리저리 뛰어다니는 스즈카의 손에 이끌려 놀이터로 향했다.

나무가 우거져 그늘이 많다고는 해도 놀이터에는 8월을 앞둔 태양이 이글이글 내리쬐었고, 매미가 요란하게 울었다. 하지만 아이가 있으면 집에만 틀어박힐 수는 없으리라. 놀이터에는 늘 아이와 엄마가 몇 쌍씩 있다. 오늘은 아미와 유나, 그리고 유. 거기에 처음 보는 여자아이 셋이 잔디밭에서 엄마들과 술래잡기를 하고 있었다.

신나게 뛰는 것을 보자 가만히 있을 수 없었던지, 스즈카는 놀이터에 들어오자마자 술래잡기하는 여자아이들 속에 섞여 뛰어다니기 시작했다. 다섯 살쯤 됐을까. 아미와 유나보다는 조금 작지만 안정된 걸음걸이로 뛰어다니는 여자아이들은 스즈카가 끼어들어도 싫지 않은지 "여기야."라며 손을 흔들어 줬다.

"스즈카, 조심해. 방해하면 못써."

"붐부ー."

스즈카는 내 말 따위는 귓등으로도 듣지 않고 여자아이들과 함께 뛰어다녔다.

엄마들이 술래가 돼서 쫓아다니는지 아이들은 잡히면 "꺄아." 하고 소리 지르며 좋아했다. 잡혀 봐야 엄마 품에 안기는 게 고작이라 모두 적극적으로 도망 다니지도 않았다. 다른 아이들보다 훨씬 작은 스즈카는 술래잡기의 의미도 모른 채 그저 주위를 강동강동 뛰어다닐 뿐이지만 모두가 환호성을 지르면 저도 함께 손을 들고 "꺅꺅." 소리치며 좋아했다. 엄마들은 스즈카에게도 한 번씩 "잡았다!" 하면서 살짝 어깨에 손을 얹었다. 스즈카는 잡히고도 엄마들이 몸에 손을 대자 "성고ー."이라며 손뼉을 쳤다.

스즈카는 커서 운동을 하는 게 좋을 것 같다. 사람들과 같이 있는 걸 좋아하니 육상 같은 것보다 농구나 배구처럼 여럿이 함께하는 운동이 맞지 않을까. 그런 생각을 하면서 술래잡기하는 모습을 바라보는데, 별안간 스즈카가 울음을 터뜨렸다.

"왜 그래?"

한가롭게 잔디밭에 앉아 있던 나는 놀라 스즈카 쪽으로 뛰어갔다.

"왜 그러지?"

"어디 아야아야한 건가?"

술래잡기하던 엄마들도 걸음을 멈추고 스즈카 곁으로 왔다. 넘어진 것도 아니고 누구와 부딪힌 것 같지도 않은데.

"스즈카, 어디 아픈 건 아니지?"

나는 스즈카 앞에 쭈그리고 앉아 얼굴과 몸을 살펴봤다. 까진 곳도 없었고, 땀으로 얼굴은 끈적끈적했지만 아무 데도 다친 데는 없는 듯했다.

"붐부……."

스즈카는 모두의 얼굴을 둘러보더니 훌쩍훌쩍 울면서 걷기 시작했다.

"죄송합니다, 괜찮습니다."

나는 엄마들에게 그렇게 말하고 스즈카를 따라 걸어갔다.

"스즈카, 왜 그래? 더워? 물 마실까?"

나는 스즈카의 손을 잡아 세우고 가방에서 물을 꺼내 입에 넣어 줬다.

"붐부……."

스즈카는 한 모금 마시고는 계속 울면서 또 어정버정 걷기 시작했다. 그런 스즈카를 봤는지 모래 놀이터에 있던 아미와 유나가 뛰어와서 물었다.

"아가야, 왜 그래?"

"괜찮아?"

"응, 괜찮을 거야……."

스즈카는 자지러지게 우는 게 아니라 주위를 두리번두리번 둘러보면서 조용히 눈물을 흘린다. 방금 전까지 그렇게 큰 소리로 떠들더니 대체 어찌 된 일일까.

"더워서 그런 거 아닐까요. 잠깐 그늘에 데리고 가는 게 좋겠어요."

유나 엄마가 스즈카가 앉을 수 있도록 벤치를 비워 주고, 유나와 아미가 "여기, 여기." 하면서 스즈카의 손을 잡아끌었다.

"어린이용 스포츠 음료 있는데, 마시려나 모르겠네."

아미 엄마가 가방에서 작은 페트병을 꺼내 건넸다.

"죄송해요. 고맙습니다. 자, 스즈카 한 모금 마실까?"

나는 스즈카를 벤치에 앉히고 페트병을 입에 대 주었다. 하지만 스즈카는 도리질을 치며 눈물을 흘릴 뿐이었다. 이런 식으로 우는 모습은 본 적이 없다. 다른 때 같으면 크게 소리를 지르고 온몸으로 불쾌감을 표시하며 울었을 텐데. 처음에 나를 거부할 때도, 점심밥을 먹고 싶지 않을 때도 스즈카는 대개 소리를 지르며 울었고, 기운이 넘쳤다.

"어디 아픈 데는 없어 보이는데……. 혹 모기에 물린 게 아닐까
요?"

유나 엄마가 스즈카의 이마에 손을 짚어 열이 있는지 확인하고는
팔과 다리를 살폈다. 하지만 모기에 물린 흔적은 없는 듯했다.

"붐부—."

"야, 스즈카 어디 가는 거야?"

스즈카는 벤치에서 일어나더니 다시금 휘청휘청 기운 없이 걷기
시작했다. 그네 쪽으로 가는 것도, 미끄럼틀로 가는 것도 아니었다.
그저 울면서 정처 없이 아기똥아기똥 걸어갈 뿐이었다.

"왜 그래? 집에 가고 싶어?"

나는 말을 붙이면서 살금살금 뒤따라 걸었다. 아직 조금밖에 놀지
않았는데, 어찌 된 일일까.

스즈카가 홀쩍홀쩍 울면서 걸어 다니는데, 조금 전에 함께 놀아
준 엄마가 다시 이쪽으로 왔다.

"함께 뛰어다니느라 지친 건가? 아직 어린데, 너무 뛰었나 보네
요. 미안해요. 아가야, 힘들어서 그래?"

그 엄마가 쭈그리고 앉아 얼굴을 들여다보자, 스즈카는 제 얼굴을
보여 주고 싶지 않은지 얼굴을 양손으로 감싸고 고개를 흔들었다.

"스즈카, 이거 봐, 좋은 게 있네. 이거 먹을래? 호빵맨 쿠키야."

아미 엄마도 과자를 가지고 곁에 왔지만 스즈카는 쳐다보지도 않
고 고개를 수그린 채 다시 휘휘 내저을 뿐이었다.

"붐부……."

스즈카는 작게 중얼거리면서 고개를 몇 번이고 몇 번이고 옆으로 흔들었다. 아, 스즈카는 지친 것도, 집에 가고 싶은 것도 아니다.

"그렇구나……. 그래, 진짜 붐부야."

어째서 눈치채지 못했지. 그동안 놀이터에서 스즈카가 울지 않은 게 더 이상했다.

"정말 죄송합니다. 괜찮으니까 이제 아이들이랑 노세요."

나는 엄마들에게 공손히 고개를 숙이고, 스즈카를 가볍게 안아 줬다. 자그마한 스즈카의 몸. 처음에는 그 불안정한 몸에 손을 대는 것조차 망설여졌다. 그러던 것이 어느새 왼팔로 안기만 해도 스즈카가 자동으로 내 어깨에 팔을 두른다. 지금은 말랑한 스즈카의 몸이 내 팔에 찰싹 붙어서 웬만해서는 떨어질 것 같지 않다. 이 10킬로그램의 무게도 내 팔이 감당하기에는 딱 좋다.

"붐부……."

스즈카는 내 어깨에 얼굴을 묻은 채 꺼질 듯한 목소리로 말했다.

"그래. 붐부야."

나는 스즈카를 안고 놀이터를 빙 둘러 보았다. 여기 있는 아이들에게는 모두 곁에 엄마가 있다. 엄마들은 아이와 놀거나 지켜보고 있고, 아이들은 행복한 얼굴로 엄마를 돌아본다. 그 광경을 보며 스즈카가 외로움을 느끼는 것도 당연하다. 그동안 노는 데 정신이 팔렸다가 이제야 여유가 생긴 탓인지, 아니면 어제 그제 이틀간 병원에서 보낸 탓인지 스즈카는 지금 엄마 생각이 난 것이다. 엄마들이 쫓아다니며 놀아 주는 아이들을 보고 제 엄마를 찾기 시작한 거다.

꺼질 듯 조용한 울음소리. 불현듯 못 견디게 불안과 외로움이 밀려
든 것이리라.

내 팔 안에서 스즈카는 여전히 "붐부—붐부—." 하고 외우듯이 중
얼거리며 울고 있다. 누나가 여기에 있었다면 이 외로움도 불안도
단박에 날아가 버렸을 테지. 엄마의 힘은 정말로 위대하다. 아무리
힘껏 안아 준다 해도 나는 엄마가 될 수 없다.

하지만 지금은 나의 시간이다. 내가 스즈카를 맡아 돌보고 있다.
외로움을 끌어안고 견디도록 놔둘 순 없다.

"스즈카. 미안하지만 나는 네 엄마 아빠가 아냐. 하지만 난 아마
도, 아니지 확실하게 어떤 엄마 아빠보다 훨씬 젊고 운동 능력이 뛰
어나거든."

나는 안고 있던 스즈카를 번쩍 들어 올려 어깨에 말을 태웠다. 그
리고 별안간 자세가 바뀌자 놀라는 스즈카의 허리와 다리를 꽉 잡고
"자아, 간다!" 하고 출발했다. 누구보다도 빠르게, 누구보다 호쾌하
게 이 놀이터를 뛰어 주지. 나는 그렇게 단단히 마음먹었지만 스즈
카의 몸이 기우뚱 흔들리자 등줄기가 서늘했다. 스즈카는 발끝까지
굳어 버린 채 내 머리를 꼭 붙들고 있다. 그렇다. 내가 목말을 태우고
있는 건 아직 불안정하고 작은 아이다. 무슨 일이든 억지로 해서 좋
을 건 없다. 나는 힘차게 뛰어나가려던 몸에 브레이크를 걸고 조용
히 걸었다.

"햐아."

스즈카는 처음에는 무서운 듯이 내 머리에 매달렸지만 이내 바람

을 가르는 상쾌함에, 높은 곳에서 보이는 경치에 "우우—우우—." 하고 환호성을 지르기 시작했다. 아이는 부러울 정도로 단순하다. 즐거운 일이 있으면 언짢은 일은 싱겁게 잊을 수 있는 존재다. 눈앞에서 벌어지는 상황에 따라 곧바로 기분을 바꿀 수 있는 것이다. 엄마가 없는 외로움 따위 말끔히 사라져 버릴 만큼 신나게 해 주자. 나는 스즈카의 호흡에 맞추듯 조금씩 속도를 올리며 놀이터를 크게 돌았다. 신이 난 스즈카는 자지러질 듯이 꺅꺅 소리쳤다.

"좋아, 한 바퀴 더 간다!"

스즈카가 기뻐하는 소리에 내 발이 저절로 나아갔다. 느리게 조깅하는 정도의 속도인데도 스즈카를 어깨에 태우고 뛰자니 무지 힘들었다. 하지만 앞으로 나아갈수록 스즈카의 무게와 이 더위마저도 기분 좋았다. 스즈카도 무척 신나는지 내 머리를 꽉 잡고는 몇 번이나 "성고—."를 외쳐 댔다.

얼마 후에 아미와 유나가 쫓아와 투덜거렸다.

"나도 탈래!"

"나빴어! 나도 태워 줘요."

그러자 스즈카와 같이 술래잡기했던 여자아이들과 유도 다가왔다. 모두가 몰려드는 게 기뻤던지 스즈카는 "붐부—우우—!" 하고 기분 좋게 소리쳤고, 나는 숨이 턱까지 찼지만 한 바퀴를 더 돌았다.

"자, 이제 좀 쉬자."

놀이터 한 바퀴는 200미터쯤 된다. 10킬로그램인 스즈카를 어깨에 태우고 세 바퀴를 돌자 과연 어깨가 아팠다. 내가 크게 숨을 내쉬며 스즈카를 내려놓자마자 아미가 내 등을 잡아당기며 재촉했다.

"다음은 아미!"

"이게 뭐야."

"뭐야가 아니라, 아미라구요! 빨리 태워 줘요."

"그다음은 유나야!"

아미와 유나는 잔디밭에 주저앉는 나를 재촉했다.

"잠깐, 좀 기다려 봐."

"안 기다릴래요."

아미와 유나가 내 티셔츠를 잡아당기자 스즈카도 그 옆에서 거들었다.

"붐부ー."

"왜들 이래. 내가 무슨 탈것도 아니고 말이야."

"스즈카만 태워 주고, 아저씨 나빴어!"

"글쎄, 왜 너희까지 목말을 태워 줘야 하냐고?"

"그냥요."

"아, 몰라요, 빨리!"

아미와 유나 둘 다 내가 무슨 말을 해도 물러설 것 같지 않았다.

"어휴 참, 할 수 없지……. 좋아."

나는 기합을 넣고는 아미를 어깨에 태웠다. 아미는 스즈카보다 훨씬 무겁고, 몸도 튼실하기 때문에 어깨에 묵직한 무게감이 느껴졌다. 하지만 늘 스즈카를 데리고 놀아 주는데, 가끔은 보답도 해야겠지.

"우아 신난다! 높다, 진짜 높아!"

"딱 한 바퀴야."

내 말에 아미가 요청해 왔다.

"그 대신, 빨리빨리 돌아요."

어깨가 이미 아프기 시작했지만 나는 "아자!" 하고 크게 소리치고, 스즈카 때와 마찬가지로 놀이터를 크게 돌았다.

"우아! 목말은 처음이야! 신난다!"

흥분한 아미가 내 어깨 위에서 소리쳤다. 그 모습을 지켜보는 스즈카는 아주 기쁜 듯이 "성고—!" 하고 소리치며 손뼉을 치고 있다.

"자, 이제 끝."

"이번엔 내 차례!"

제자리로 돌아와 털썩 주저앉자 훌쩍 뛰어내린 아미와 교대하듯 곧바로 유나가 내 어깨에 올라탔다.

"너희는 내가 무쇠인 줄 아는 거야?"

"자, 출발!"

유나는 멋대로 힘차게 말하고는 내 머리를 꽉 잡았다.

"건방진 꼬맹이네."

나는 이영차 하고 일어나 휘청휘청 걷기 시작했다.

"아까보다 늦잖아요!"

어깨 위에서 유나가 그렇게 골을 냈다. 하긴 골이 날 만도 했다. 둘이나 목말을 태웠으니 힘이 빠졌을 게 뻔하다. 하지만 불공평하게 하는 것도 미안하다. 나는 스스로에게 힘을 북돋워 주고 죽을힘을 다해 발을 움직였다.

"우아, 신난다! 야호!"

유나는 내가 기진맥진한 것도 모르고 속 편하게 그렇게 소리쳤다.

"자, 도착. 이제 끝이야, 정말 끝."

일곱 살짜리 아이들을 연달아 목말을 태우고 달리자니 장난 아니게 힘이 들었다. 나는 유나를 내려놓자마자 잔디 위에 벌러덩 드러누웠다. 하지만 그런 내 얼굴을 유와 술래잡기를 하던 여자아이들이 말똥말똥 내려다보았다.

"얘들아······. 난 목말 태우는 거 취미 아니거든."

내 말에 여자아이들은 토라져서 "나도 타고 싶은데."라고 투덜거렸고, 유는 부러운 얼굴로 나를 바라보았다.

"아, 그게 말이야. 목말을 태우면 누구나 녹초가 되겠지? 제발 나좀 쉬자."

"나빴어."

여자아이들 셋이서 동시에 말했다.

"나쁘긴, 누가?"

"붐부ㅡ!"

스즈카는 아이들이 나를 차지하려는 게 자랑스러웠던지 빨리 해주라는 듯이 손뼉을 치고 있다. 아이들이란 제 생각만 하니 참 난감할 노릇이다. 하지만 다른 어느 부모보다 대단하다는 걸 스즈카에게 보여 줘야 한다.

"알았어, 알았다고. 어린애들은 진짜 강압적이라니까."

나는 가방에서 미지근해진 이온 음료를 꺼내 한 모금 마시고 가볍게 점프를 한 다음, 이름도 모르는 여자아이를 어깨에 태웠다.

"자, 그럼 가 볼까!"

허리에 묵직한 자극을 느끼며 한 바퀴 돌자, 그다음 여자아이가 당연하다는 얼굴로 기다리고 있었다. 아, 진짜 이게 뭐람. 하지만 여자아이들이 "대단해, 대단해!"라면서 좋아하는데, 냉정하게 거절할 수도 없는 노릇이었다.

"다음은 너지? 꽉 잡아."

나는 연달아 여자아이 셋을 어깨에 태우고 놀이터를 돌았다. "오타, 너는 달리는 게 잘 맞아." 마라톤 연습 때 들은 말을 다시금 떠올렸다. 누군가가 기다리고 있으면 뛸 수밖에 없다. 내게는 그런 기질이 있는 모양이었다.

"좋아, 다음은 유구나. 탈 거지?"

나는 키가 큰 여자아이를 내려놓고 유 앞에 등을 돌리고 웅크려 앉았다. 하지만 "타도 돼."라고 말해도 유는 꼼짝 않고 조용히 서 있을 뿐 움직이려고 들지 않았다. 미끄럼틀과 마찬가지로 내 어깨에 올라타는 데도 겁이 나는 걸까.

"그럼 내가 거들어 줄 테니까, 내 발 위를 걸어서 올라와 봐."

나는 유의 정면에 서서 옆구리 밑에 손을 넣고 훌쩍 들어 올려 줬다. 유는 "와아." 하고 소리치면서도 조그만 발로 내 무릎 위까지 강장강장 올라왔다. 내가 방금 전보다 더 힘껏 들어 올려 주자 유는 자세는 불안정했지만 스스로 올라가려고 발을 움직였다.

"이영차. 잘하는걸."

내 넓적다리에 발을 올려놓은 유를 위로 끌어 올렸다. 그리고 그
대로 안아 올려서 빙글 돌려 어깨에 앉혔다.

"우아."

"괜찮아, 무섭지 않지?"

"네."

유는 내 머리카락을 사정없이 꽉 움켜쥐면서 작게 대답했다.

"내 어깨 위에 올라가는 게 미끄럼틀보다 어려운데, 훌륭한걸."

이렇게 칭찬해 주자 유는 작게 소리 내어 웃었다.

"천천히 갈게."

내가 조심스럽게 걷기 시작하자 유는 "빠이, 빠이!" 하고 주문했
다. 일단 올라가고 보니 무섭지 않은 모양이었다.

"정말이지?"

"빠이, 빠이!"

"어디 그럼, 가 볼까."

나는 조금씩 보폭을 넓혀 갔다. 일곱 명째다. 정말이지 몸이 천근
만근 무거워서 움직이기조차 힘들었다. 하지만 마지막에는 "빠이!"
라고 말하는 유의 구령에 떠밀려 남은 힘을 쥐어짜서 달렸다.

"자, 이제 끝!"

이번에는 정말로 끝이다. 무릎이 후들거리고, 팔이고 허리고 할
것 없이 땅속으로 꺼져 들어갈 듯이 무겁고, 목이 뻐근하게 아팠다.
유를 조심조심 내려 준 나는 팔다리를 크게 벌리고 잔디 위에 벌러
덩 드러누웠다.

"붐부ㅡ!"

노고를 위로하듯 내 머리를 쓰담쓰담 해 주는 스즈카에게, 나는 흐트러진 호흡 사이를 뚫고 말했다.

"아, 스즈카. 난 더 이상 못 움직인다."

조깅하는 것보다 천천히 뛰었지만 아이들을 떨어뜨리지 않으려고 필요 이상으로 힘을 주고 조심스레 달린 탓인지, 한층 더 피로감이 몰려왔다.

"붐부ㅡ."

"난 역시 달리는 것 하나는 잘한다니까. 이영차."

어느 정도 호흡을 가다듬고 몸을 일으키자 엄마들이 박수를 쳐 주었다.

"대단해요. 처음엔 조마조마했는데, 목말을 잘 태우네요."

"그래요. 아이들 호흡에 맞춰서 발을 움직이던데요. 역시 젊음은 못 따라가!"

"역시 다르네요."

"뭘요, 온몸이 후들후들합니다."

뜻하지 않게 박수를 받은 나는 머리를 긁적였다.

"이거밖에 없네요. 방금 편의점에서 사 온 거라 시원해요."

주저앉아 있는 나에게 아미 엄마가 이온 음료를 내밀었다.

"아, 고맙습니다."

나는 사양하지 않고 덥석 받아서 단숨에 마셨다. 수분이 몸에 쑥쑥 흡수되어 가는 게 느껴졌다. 아, 이 느낌. 한동안 잊고 지냈는데,

생생히 기억났다. 에너지가 소진되어 몸이 텅 비어 버린 감각. 그리고 다시 몸 구석구석까지 새로운 것이 차오르는 감각. 그때는 더 빈번하게, 더 격렬하게 맛봤는데.

"헐, 넌 어깨에 타고만 있었잖아."

스즈카도 내 옆에 오도카니 앉아 아까 아미 엄마한테 받은 어린이용 이온 음료를 마시고 있었다. 뽐내듯 어엿한 어른 같은 얼굴로 페트병을 물고 있는 모습에 나도 모르게 풋 하고 웃고 말았다.

"스즈카는 좋겠다."

"맞아, 아미도 맨날 아저씨랑 놀고 싶어."

"아저씨가 맨날 있으면 신나겠다."

모두가 그렇게 부러워하자, 스즈카는 기쁜 듯이 "붐부―." 하고 내 얼굴을 올려다봤다.

13

"스즈카, 오늘은 얌전히 앉아서 먹자."

"다—!"

식탁에 점심을 차려 놓자 스즈카는 씩씩하게 '잘 먹겠습니다'를 말했다. 오늘 점심밥은 빵가루와 양파를 듬뿍 넣어 만든 부들부들한 햄버그스테이크다. 미리 시간을 들여 정성스레 준비해 둔 반죽에 스즈카가 좋아하는 달달한 소스를 넣고 푹 익혔다.

"어때, 맛있지?"

"마이따!"

스즈카는 자그마한 입안에 햄버그스테이크를 가득 넣고는 뺨을 팡팡 때리며 좋아했다. 처음에는 언제나 기분 좋게 제대로 먹는다.

"좋아. 아이 착하네. 아—."

내가 입에 넣어 줄 때마다 스즈카는 "마이따—!"를 연발했다. 햄버그스테이크가 썩 마음에 들었던지 잘게 썬 당근과 시금치가 들어 있는 것도 모르고 덥석덥석 잘 받아먹었다.

"좋아, 좋아. 자, 먹자, 먹자."

스즈카가 움직이는 것을 잊을 정도로 맛있는 음식을 만들자는 생각으로, 다른 때보다 더 시간을 들여 만든 점심밥이다. 이거라면 스즈카도 끝까지 맛있게 먹겠지. 제발 다 먹을 때까지 일어나지 말아 달라고 마음속으로 빌면서 스즈카 입에 햄버그스테이크를 계속 넣어 줬다.

"마이따마이따―!"

"그치? 나도 먹어 볼까……. 오오, 먹을 만한데."

아이 입맛에 맞춰 만든 햄버그스테이크는 고기의 식감은 좀 떨어져도 옛날부터 부드럽고 달달한 소스 맛에 익숙한 내 입맛에도 잘 맞았다. 스즈카의 입에 넣어 주는 틈틈이 나도 먹었다.

"마이따―!"

"그래, 맛있지?"

"마이따―, 빠아―."

"야, 지금 어떻게 밖에 나가."

스즈카는 덥석덥석 잘 받아먹었지만 삼 분의 일쯤 남자 다른 때와 마찬가지로 의자에서 빠져나오려고 발을 움직이기 시작했다.

"아직, 잘 먹었습니다, 아니잖아? 맛있으면 맛을 느껴 가면서 먹으란 말이야."

나는 일어서려는 스즈카의 다리를 꾹 누르면서 숟가락을 입으로 가져갔다.

"빠아ー."

"어허! 움직이지 말고 먹어야지."

"빠아ー."

스즈카는 햄버그스테이크를 먹으면서도 온몸을 뒤틀어 다리를 누르는 내 손에서 벗어나려고 안간힘을 썼다. 정말이지 이런 스즈카에게는 당해 낼 도리가 없다.

"야, 너 왜 이렇게 말을 안 들어. 이러다간 커서 나처럼 된다고."

유나 엄마의 말을 떠올리고 "이제 다 먹었군." 하고 치워 버릴까도 싶었지만, 스즈카는 여전히 떠 주는 대로 덥석덥석 받아먹었다. 이내 그렇게까지 할 필요 없다고 생각해 버린다.

"자, 조금만 더 먹자. 스즈카, 제대로 좀 먹어."

내가 다리를 누르고 있어도 처음에는 곧잘 먹던 스즈카는 더는 가만히 있을 수 없었던지 "붐부ー." 하고 소리치기 시작했다.

"붐부ー."

"왜 그래. 좀 더 먹으란 말이야. 맛있잖아?"

"붐부ー."

"자, 얼른 먹고 치우자."

"붐부ー!"

스즈카는 더는 견딜 수 없었던지 크게 소리치고는 눈앞의 숟가락을 손으로 뿌리쳤다. 그 바람에 숟가락이 떨어져 나뒹굴면서 방바닥 여기저기에 햄버그스테이크 소스가 튀었다.

"어허, 바닥에 다 묻었잖아."

내가 행주로 방바닥을 닦고 있는데 스즈카는 반쯤 우는 소리로 "붐부." 하고 호소했다.

　"뭐가 싫은데. 맛있는 거 먹으면서 왜 가만히 있질 못하냐고."

　"붐부."

　"하아, 이런 데까지 묻었네. 앗, 야 위험해!"

　내가 옷에 튄 소스를 닦아 주려고 하자 스즈카는 몸을 젖히며 도리질을 하다가 그대로 의자와 함께 뒤로 넘어졌다.

　"스즈카, 괜찮아?"

　자그마한 의자와 함께 카펫 위로 넘어갔을 뿐이니 아프지는 않을 것이다. 그런데도 스즈카는 맨바닥에 세게 넘어지기라도 한 양 으앙 울음을 터뜨렸다.

　"붐부."

　"자아, 스즈카."

　내가 일으켜 주려고 해도 스즈카는 머리를 휘휘 흔들었다.

　"대체 왜 그러는데."

　"붐부!"

　"울어 봐야 소용없잖아."

　"붐부."

　무슨 말을 해도 스즈카는 데굴데굴 구르며 울기만 했다.

　"뭐가 맘에 안 드는데?"

　공들여 만들어서 정성껏 먹여 주는데도 막무가내로 떼를 쓰니, 울고 싶은 건 오히려 나였다.

"붐부."

"진짜, 너를 알다가도 모르겠다."

"부―."

스즈카는 울면서 발을 파닥거리기 시작했다. 이쯤 되면 여간해서 울음을 그치지 않는다. 단지 점심을 먹고 있었을 뿐인데, 어째서 이런 상황이 된단 말인가.

"뭐가 불만이냐고."

"붐부―."

"이 밥이 싫어? 먹고 싶지 않은 거야?"

"붐부―."

"아, 진짜! 붐부라고만 하면 알 수가 없잖아."

"붐부―!"

"붐부 말고, 할 말이 있으면 분명하게 말해 봐."

이게 뭐야. 내가 내뱉은 말에 눈살이 저절로 찌푸려졌다. 그동안 수없이 들어온 말이 아닌가. "짜증 나.", "맞을래?", "죽어 버려." 내 입에서 그런 말이 나올 때마다 선생님들은 하나같이 "짜증 난다고만 하면 알 수가 없잖아? 네 생각을 분명하게 말해 봐."라고 했었다.

그때 내가 말하고 싶었던 건 뭘까. 물론 짜증 난다거나 죽어 버리라는 말을 하고 싶었던 건 아니다. 하지만 그런 말들로 뭔가 호소하고 싶은 게 있었는가 하면 없었던 것 같기도 하다. 불안과 불만과 초조함. 감당할 수 없는 그것들 앞에서 단지 으르렁거리고 싶었을 뿐인지도 모른다. 스즈카는 어떨까. 그때의 나처럼 주체할 수 없는 감정이 무슨 일을 계기로 폭발한 것일까.

스즈카는 여전히 울고불고 떼를 쓰며 막무가내로 바닥을 굴러 대기만 하니, 내게 뭘 원하는지 도통 헤아릴 수가 없다. 다만, 분명한건 스즈카의 우는 소리를 듣고 있자니 나마저도 식욕이 뚝 떨어졌다는 점이다.

"하아, 참 나. 나도 그만, 잘 먹었습니다, 네."

나도 숟가락을 놓고 스즈카 옆에 누웠다. 무슨 일이든 항상 잘돼갈 리도 없고, 생각대로 굴러가지도 않는다. 어린아이를 상대한다는게 그런 거다. 하지만 이대로 스즈카가 계속 돌아다니면서 밥을 먹게 내버려 둔다는 건 안 될 말이다. 맛있는 밥을 해 주는데도 제대로앉아서 먹지 않는다면, 그럼 어떻게 하면 좋단 말이지? 유나 엄마처럼 재깍 치워 버리는 게 좋을까, 빨리 먹을 수 있도록 양을 줄이는 게좋을까. 아니면 의자에서 움직이지 못하게 해야 할까. 아니, 어쩌면그런 방법적인 문제가 아니라 더 근본적인 원인이 있을지도 모른다.

놀이터 엄마들의 모습이 내 머릿속을 스치고 지나갔다. 거기에 오는 엄마들은 하나같이 좋은 사람들뿐이다. 만나면 반드시 인사를 해주고, 무슨 일이 생기면 말을 걸어 주고, 스즈카가 울기라도 하면 자기 아이가 아님에도 걱정하며 기꺼이 도와준다. 그 놀이터에 쾌활하고 배려할 줄 아는 사람들이 나오는 게 우연일까. 설마 그럴 리는 없을 거다.

엄마들은 누구나 좋은 사람이 되려는 마음이 있는 게 틀림없다.아이가 그렇게 되길 바라기 때문에 스스로도 예의 바르고, 쾌활하고, 모두에게 공평하게 마음을 써 주는 게 아닐까. 아이에게 뭔가를 가르치려면 그에 어울리는 사람이 아니면 안 될지도 모른다.

"아이들은 정말이지, 귀신같이 어른을 꿰뚫어 본다니까요."

엄마들은 그렇게 입을 모은다. 스즈카도 나를 꿰뚫어 보고 있는 건 아닐까. 그렇다면 양아치에 구제불능인 내 말 따위, 아무런 설득력도 없는 게 당연하다. 내 멋대로 사는 내가, 밥 하나 얌전히 앉아서 먹게 가르치지 못하는 것도 어쩔 수 없는 거다. "나처럼 되면 곤란하다."라는 사람의 말을 대체 어떤 아이가 듣겠는가.

그렇다고 갑자기 좋은 사람이 될 수도 없는 노릇이다. 하지만 그 엄마들처럼 바르게 살아가는 것이 손이 많이 가는 요리를 만드는 것보다 유효할지도 모른다. 딱히 좋은 생각이 떠오른 건 아니다. 하지만 마음에 걸리는 일은 깔끔하게 해결해 버리는 게 좋다.

"성가시지만 할 수 없지."

방바닥을 구르며 울다가 이제는 꾸벅꾸벅 졸고 있는 스즈카를 보면서, 나는 그렇게 중얼거렸다.

14

"어? 너 혼자뿐이냐?"

휑뎅그렁한 음악실 한구석에 색소폰을 끌어안은 채 가즈네가 앉아 있었다.

"으응······."

내가 불쑥 들어가자 가즈네는 순간 놀란 듯했으나, 여전히 긴 앞머리 속에서 한숨 같은 가느다란 목소리로 대답할 뿐이었다.

오늘 아침, 선배에게 두 시간 늦는다고 미리 연락하고 학교까지 뛰어왔다. 종업식 날 가방에 그대로 처박아 뒀던 잘못 들어온 프린트. 그게 내내 마음에 걸렸다. 가즈네는 내게 돌려달라는 말도 못할 거고, 분명 페스티벌의 순서를 몰라서 곤란해하고 있을 테다. 프린트 한 장 돌려준다고 갑자기 내 말에 설득력이 생길 리 없겠지만, 가즈네가 허둥거리는 걸 알면서도 내버려 두고 스즈카에게 제대로 하라고 가르치는 게 너무 뻔뻔하다는 생각이 들었다.

"이거. 성적표에 끼어 있더라."

나는 프린트를 가즈네에게 내밀었다.

"으응……."

"으응이라니, 이거 필요하잖아? 두근두근 서머 페스티벌 안내문."

"으응……."

"이거, 네 거 맞지? 취주악부 프린트거든?"

"으응……. 저……."

"저 뭔데."

"저……."

가즈네는 목소리도 작았고, "으응."과 "저."라는 말뿐인 데다 말하는 속도까지 느려 터져서 좀처럼 대화가 이뤄지지 않았다.

"저, 뭐?"

성질 같아서는 내던져 버리고 돌아왔을 테지만, 요즘 "붐부ー."라고 말하며 호소해 오는 스즈카에게 단련된 터. 느긋한 마음으로 다시 물었다.

"아니, 그……."

"그?"

"그 프린트, 다시 받았어."

"뭐?"

"프린트, 동아리 시간에 선생님이 다시 주셨어."

"아, 아하, 그랬구나."

나는 하마터면 그대로 무너져 내릴 뻔했다. 일부러 알바 시간까지 늦추고 학교에 왔는데, 이게 뭐란 말인가. 내가 제대로 하려고 마음먹어도 결국은 이렇게 헛돌아 버린다.

"미안해."

가즈네는 꺼질 듯한 목소리로 말하고는 그대로 깊숙이 고개를 숙였다.

"아니 뭐, 네 잘못은 아니지."

"으응…… 그건……"

"참 어이없네. 나도 참 바보지."

나는 앞에 있는 의자에 털썩 앉았다. 집에서 학교까지 뛰어서 15분. 엄청나게 먼 거리는 아니지만 쓸데없이 뛰어왔다는 생각에 피로가 훅 몰려왔다.

"일부러…… 미안해."

"괜찮아, 그거 없으면 곤란할까 봐 온 것뿐이니까."

"으응…… 미안."

"내가 멋대로 생각한 것뿐인데 뭐."

나는 사과하려는 가즈네를 가로막고 그렇게 말했다.

"으응…… 미안해."

"아, 좀! 그렇게 꼬박꼬박 사과하지 말라고."

"으응……"

"그건 그렇고, 취주악부는 몇 명이냐?"

다시 고개를 숙이려는 가즈네에게 화제를 바꿔 물었다. 시간이 지나도 사람이 더 올 것 같지 않았다.

"으응……. 그러게."

"그러게라니, 너 부원이 몇 명인지도 몰라?"

"으응……. 있긴 할 텐데……. 다른 사람은 못 본 거 같기도 하고."

"못 봤다고? 그래 가지고 동아리가 돌아가?"

중학교 때도 취주악부원은 스무 명 가까이 있었다. 근데 나오는 사람이 한 명뿐이라니, 내가 잠시 적을 뒀던 육상부보다 더 형편없잖아.

"으응……. 색소폰은 혼자서도 불 수 있으니까……."

"그야 뭐, 악기는 대개 혼자서 연주할 수 있겠지. 너 그딴 동아리에 참 잘도 들어갔다."

"으응……. 그래 고마워."

칭찬한 것도 아닌데 가즈네는 다시금 고개를 숙였다. 고개를 숙일 때마다 묵직하게 흔들리는 긴 머리칼은 그걸 보고 있는 상대를 더 답답하게 만들었다.

"그렇담 말이야. 이 두근두근 서머 페스티벌이란 데서 너 혼자 연주해?"

"으응……. 그럴지도 몰라."

"그럴지도 모른다니, 너 아무렇지도 않아? 두근두근은 개뿔. 이건 벌칙 게임이네, 뭐. 너 겁나 배짱 두둑하다."

축제 때 혼자서 연주를 하다니, 나 같으면 절대로 못할 거다. 더구나 이렇게 안일한 이름을 내건 페스티벌에서 말이다. 겁먹은 듯이 보이지만 실은 가즈네는 강철만큼이나 대담한 건가.

"으응……. 색소폰이 좋아서……."

"아무리 좋아해도 사람들 앞에서 혼자 연주한다는 건, 엄청난 거야."

"으응……."

가즈네는 그 말이 와 닿지 않는지 희미하게 고개를 갸우뚱했다.

"너, 실은 겁나 대단한 애구나."

앞머리로 얼굴을 가리고 거의 입을 다문 채 교실에서 숨어 지내는 가즈네가 그런 걸 할 수 있다니. 나는 엄청 충격이었다.

"아, 그래! 너, 뭐 좀 불어 봐."

"으응……."

가즈네는 내키지 않는지 그렇게 대꾸했다.

"아무거나 상관없으니까, 네가 좋아하는 곡, 들려주라."

"으응……."

여기까지 뛰어왔는데. 아무 소득도 없이 돌아가려니 너무 허탈했다. 한 곡이라도 들어 보고 싶었다.

"페스티벌에서도 부는데, 까짓것, 여기서 부는 건 아무것도 아니지 않냐?

"으응, 뭐."

"좋았어. 그럼 결정."

내가 그렇게 말하고 멋대로 박수를 치자 가즈네는 "으응, 그럼……." 하고는 다짜고짜 색소폰을 들고 불기 시작했다. "아, 깜짝이야."라고 말하려던 나는 가즈네의 목소리보다 몇 배나 큰 소리가 울려 퍼지는 그 박력에 그만 입을 다물고 말았다. 방금 전까지 숨

소리 같은 목소리밖에 내지 않더니, 이렇게 커다란 소리를 낼 수 있구나.

긴 머리칼에 가려 표정은 알 수 없었지만 음색은 정확했다. 조용히 스르르 퍼져 나가는 묵직한 울림. 가슴 한편으로 침투해 오는 멜로디. 슬픔인지 공허함인지 알 수 없지만 마음이 들썽들썽 달뜨는 음악. 어……. 이 곡 들어 본 적 있는데. 점점 고조되는 멜로디를 듣고 있자니 퍼뜩 생각났다.

맞다! 릴레이 마라톤 대회 때였다. 학생 수가 적었던 우리 중학교의 마라톤 팀은 오합지졸이었다. 육상부뿐 아니라 발이 좀 빠르다는 애들을 모아 대회에 출전했던 것이다. 그중에 와타베라는 취주악부원이 있었다. 밥맛없이 굴어서 주는 것 없이 싫은 녀석이었지만 달리는 폼은 아름다웠다. 이건 그 애가 불었던 곡이다.

곡이 끝나자 가즈네는 조심스레 색소폰을 책상 위에 놓았다.

"와아, 대단하다. 그 긴 앞머리 늘어뜨리고도 잘 분다."

"으응……."

내 칭찬에 가즈네는 이렇게 대꾸하고는 고개를 수그렸다.

"나, 이 곡 좋아해."

"으응……. 아는 곡이야?"

"중학교 때 어떤 애가 분 적 있어."

릴레이 마라톤 대회가 끝나고 이어서 다음 주에 취주악부 발표회가 있었다. 거기에 와타베가 나온다는 이유로 우리는 고문 선생님에게 이끌려 마지못해 들으러 갔다. 그때 와타베가 불었던 게 이 곡이다.

"오타 너, 뛰는 폼이 멋지잖아. 그걸 떠올리면서 불었어."

연주를 마친 와타베가 나에게 말했다. 그래서 이 곡을 기억하고 있다.

"이 곡 말이야. 거친 듯하면서 섬세한 게, 나 음악은 쥐뿔도 모르는데도 가슴이 뭉클해지더라."

"으응……."

"혼자서 부는데도 충분히 묵직한 울림이 있다고 해야 하나. 조용한데도 박력 있다고 해야 하나."

"으응……."

"그보다 너, 으응 말고 딴 말도 좀 해 봐라."

무슨 말을 해도 "으응."이란 대답만 돌아오니, 이건 마치 혼잣말을 하는 기분이다. 더구나 그 "으응."에 어떤 감정이 담겨 있는지 도무지 읽어 낼 도리가 없다. 그러고 보면 스즈카 쪽이 훨씬 대화가 잘 이뤄진다.

"미안해."

가즈네는 다시금 깊숙이 고개를 숙였다.

"사과하지 말래도 그러네. 색소폰은 그렇게 크게 불면서 말은 왜 '으응'밖에 안 하는지, 참 수수께끼다……. 이키! 나, 가야 돼."

"으응."

"네 색소폰 소리에 시간 가는 줄 몰랐다."

"미안해……."

"꼬박꼬박 사과하지 말래도. 되게 성가시거든."

가즈네와 이야기하는 데는 노력이 필요했다. 왈칵 피로가 밀려왔다. 나는 무거운 음악실 문을 열고 한숨을 내쉬며 가즈네를 돌아보았다.

가즈네는 고개를 숙인 채 색소폰을 만지작거리고 있다. 손을 흔들어 주는 것까지는 바라지도 않지만 방금 전까지 눈앞에 있던 친구가 돌아가는데 하다못해 눈으로 좇기라도 해야 하는 거 아닌가.

"그럼, 잘 있어라!"

나는 가즈네가 무시할 수 없을 만큼 큰 소리로 그렇게 인사했다. 하지만 가즈네는 여전히 아래를 내려다본 채로 "으응……." 하고 대꾸할 뿐이었다.

서둘러 선배 집에 가자, 스즈카가 거실 구석에 드러누워 훌쩍훌쩍 울고 있었다.

"아니, 무슨 일이에요?"

아침부터 언짢은 일이라도 있었던 걸까.

"너 안 온다고 그런 거 같은데?"

선배가 대답했다.

"설마요. 선배가 있는데요?"

"그래, 설마야. 아침부터 혼자 나무 블록 가지고 놀더니만, 결국 기다리다 지쳤는지 칭얼대기 시작하더라."

"진짜요? 스즈카……. 늦게 와서 미안해."

그렇게 말하면서 거실로 발을 들여놓자 스즈카는 "붐부!"라고 소리치며 일어나더니 곧장 뛰어와 내 다리를 잡아끌었다. 울던 얼굴에는 이미 넘치도록 웃음이 가득했다. 방금 전까지 도통 표정을 읽을 수 없는 가즈네와 같이 있었던 때문인지, 기쁨이 고스란히 드러나는 스즈카의 얼굴에 마음이 절로 편안해졌다.

"스즈카, 날 기다려 준 거야?"

"기아여ー."

스즈카는 내 손을 끌고 가서 건방지게도 제 앞에 앉혔다.

"난 네 물건이 아니거든."

말은 그렇게 하면서도 당연한 듯이 끌려가는 게 멋쩍어서 웃고 말았다.

"일은 무사히 마쳤고?"

선배가 바삐 옷을 챙겨 입으며 물었다.

"아, 죄송해요. 대충요."

일은 무슨, 단지 색소폰 연주를 들었을 뿐이다. 미안한 마음에 나는 작게 고개를 숙였다.

"미안하다. 너도 할 일이 있을 텐데. 즐거운 여름방학을 애 보는 일로 허비하다니, 진짜 이러면 안 되는데."

"아니에요, 괜찮아요."

"뭐, 앞으로 8일 남았으니까. 조금만 더 참아 주라."

"예?"

"조금만 더 부탁한다. 8일이라니, 아직도 8일이나 남았나 싶겠지. 진짜 미안하다. 그럼 갔다 올게."

"아, 아아, 다녀오세요."

현관에서 선배를 배웅한 나는 그대로 몸이 딱 굳어 버린 게 느껴졌다. 8일. 숫자로 듣고 나자 가슴이 벌렁벌렁 뛰었다. 8일이 긴지 짧은지 가늠이 안 된다. 다만, 8일 후에는 스즈카가 없는 생활로 되돌아가는 거다. 생각이 거기에 이르자 가슴이 아릿해 왔다. 평범한 일상으로 돌아가는 것뿐이다. 그런데 왜 이리 싱숭생숭하지.

"성고—!"

내 안에서 음울한 기분이 퍼져 나가는 것을 차단하듯 스즈카의 커다란 목소리가 거실에서 들려왔다. 그렇다. 괜한 걱정을 할 필요는 없다. 8일. 아직 8일이나 남았다. 스스로에게 그렇게 들려주고는 스즈카 앞에 가서 앉았다.

"성고—? 아, 나무 블록."

스즈카는 옆으로 나란히 늘어놓은 나무 블록을 나에게 자랑스레 보여 줬다.

"이건, 이렇게 위로 쌓아 가면서 노는 거야."

"성고—!"

스즈카는 내 말 따위는 아예 흘려 버리고 신나는 듯이 손뼉을 치고 있다. 아무렴 어때. 어떻게 놀든 그건 스즈카 자유다. 방바닥에는 모양이 다른 다섯 개의 나무 블록이 예쁘게 줄지어 있다.

"붐부부부—텟텟테—."

스즈카는 내가 본 것을 확인하고는 작은 소리로 노래를 부르면서 다시금 블록을 나란히 늘어놓기 시작했다. 세모에 네모 블록들의 변을 딱딱 맞춰 가며 어긋나지 않도록 신중하게 놓는다.

"스즈카, 의외로 꼼꼼한 구석도 있구나."

"아, 개이아, 개이아, 까땅."

스즈카가 흥얼거리는 노래는 〈심부름 개미〉인 듯했다.

"아하, 개미와 개미가 꽈당, 그 노래구나."

"저이가, 딴딴. 이이와 따따."

"그렇게 건너뛰니까 엉터리 노래가 돼 버리잖아. 저리 가 땅땅, 이
리 와……."

"따안. 자안—다."

내가 노래를 제대로 불러 주자 스즈카도 신이 나서 노래를 불
렀다.

"잘하긴, 네가 엉터리로 부르는 거지."

"개이아 개이, 까당. 성고—!"

스즈카는 알아듣지 못할 소리로 자신만만하게 부르면서 나무 블
록 서른 개를 죽 늘어놓고는 두 손을 번쩍 들었다.

"와우, 졸라 잘했어. 똑바로 줄지어 놨구나."

단지 옆으로 나란히 놓은 것뿐이지만 나무 블록 서른 개가 줄지어
있는 광경은 제법 근사했다.

"조라—."

스즈카는 내 말투를 흉내 내어 기쁜 듯이 두 손을 높이높이 치켜
들었다.

"졸라는 안 좋은 말이야. 졸라가 아니라 대단해. 그래, 대단해라고

해야지."

거친 말을 배우면 안 된다. 나는 몇 번이나 입을 크게 벌려 '대단
해'라고 고쳐 말했지만 '졸라' 쪽이 훨씬 말하기 쉬운지 스즈카는
"조라."라고 말하고는 손뼉을 치며 좋아한다.

"에잇, 넌 진짜 안 배워도 되는 말만 배우고 말이야."

"조라, 조라."

"또 졸라냐?"

스즈카는 한바탕 좋아하며 떠들더니, 애써 나란히 늘어놓았던 나
무 블록을 마구 흩트리고는 처음부터 다시 줄지어 놓기 시작했다.

"저이가―, 따따."

"그게 아니라, 저리 가, 땅땅, 이래도."

스즈카는 또 같은 노래를 엉터리로 부르면서 정성스레 나무 블록
을 늘어놓고 있다.

"아이들은 반복하는 걸 좋아해요. 자칫하면 수십 번이나 같은 걸
계속하니까 참 골치 아프죠."

누나한테 전화로 들은 그 말을 실감했다. 스즈카는 싫증도 내지
않고 처음 할 때처럼 진지한 얼굴로 블록을 다 늘어놓고는 뿌듯한
듯이 손을 번쩍 치켜들었다.

"성고―."

"오, 다 됐네."

시즈카는 손을 올린 채로 내 얼굴을 말똥말똥 바라보았다.

"왜?"

"조라―조라―."

"그만해, 난 졸라란 말 안 좋아하거든."

"조라―."

"그래. 스즈카 졸라 잘해."

스즈카는 몇 번이나 블록을 다시 늘어놓고 두 손을 번쩍 치켜들고 기뻐하기를 되풀이했다. 그리고 무슨 까닭인지 매번 "조라―."라고 말하기 전에 내 얼굴을 살폈다.

"그래그래. 졸라, 졸라."

내가 그렇게 말해 주자 스즈카는 만면에 웃음을 띠고 "조라."라며 손을 번쩍 치켜들었다. 아이는 얼굴만이 아니라 온몸으로 웃는다. 스즈카의 손가락 끝까지 달싹달싹 움직였다. 단지 나무 블록 하나 늘어놓았을 뿐인데 이렇게 될 수 있는 거다. 아이란 어쩌면 그리도 단순할까. 하지만 스즈카가 웃으면 나까지 기분이 좋아진다.

"조라―."

"졸라, 졸라. 진짜로는 대단하다고 해야 하지만."

"조라―."

스즈카는 '졸라'란 말이 마음에 쏙 들었는지 내 얼굴을 보면서 수도 없이 그 말을 내뱉었다. 스즈카의 말이 하나 늘었다. 조금 거친 말이지만 뭐 만족하자.

"비―, 싸―싸."

"어, 정말이네."

나무 블록을 늘어놓던 스즈카가 창 쪽으로 뛰어가는 것을 눈으로 좇으니 단번에 비가 내리기 시작했다. 조금 전까지 하늘이 말짱했는데 갑자기 장대비가 창문을 때린다.

"싸―싸―."

"아, 이거 본격적으로 내릴 태세네."

나도 스즈카 옆에 서서 밖을 내다보았다.

검은 구름은 아침나절의 태양을 뒤덮어 버리고 단숨에 비를 쏟아붓고 있다. 자그마한 베란다는 맥없이 빗물로 흥건해졌고, 거기에 떨어지는 굵은 빗방울이 물보라를 일으키고 있다. 요사이 계속 가물었던 걸 보충이라도 하려는 듯 가차 없이 쏟아진다.

"하―아―."

"이렇게 되면, 밖에 못 나가겠다."

"하―아―."

"아니 너, 비 와서 재밌는 거야?"

"하―아―."

실망하는 것은 말뿐이고 스즈카는 유리창에 머리를 딱 붙이고 밖을 내다보고 있다. 베란다에 쉴 새 없이 떨어지는 빗방울에서 눈을 뗄 수 없는 거다.

"스즈카, 진짜 뚫어져라 보는구나. 그래, 좋은 생각이 났어!"

나는 부엌으로 가서 수납장 서랍을 뒤적였다. 하지만 찾는 물건은 어디에도 없었다. 어느 집에나 하나쯤은 있을 텐데. 수납장에 없으면 냄비랑 함께 들어 있나 싶어 싱크대 아래 문을 열자 거기에 있었다. 비닐봉지와 고무장갑과 함께 보관된 도시락 통은 선배 것일까. 큼직하고 새하얀 직사각 모양이 전혀 귀엽지 않다. 하지만 다른 건 없는 것 같고, 밥은 넉넉히 들어갈 것 같으니 이걸로 만족하자.

빗방울이 유리창을 때리고 떨어져 내리는 모습이 재미있는지 스즈카는 아직도 말똥히 밖을 보고 있다. 나무 블록 다음은 비. 보이는 것에 금세 몰두할 수 있다는 게 부럽다. 좋아, 저러고 있는 동안에 얼른 도시락을 준비해서 놀래 줘야지. 나는 스즈카가 눈치채지 못하도록 가만가만 냉장고에서 재료를 이것저것 꺼냈다.

오늘 점심에는 연어채소된장구이를 할 생각이다. 도시락 반찬으로는 썩 어울리지 않지만 밥과는 잘 맞을 것 같다. 나는 작게 자른 연어와 채소를 볶아 된장과 설탕과 간장으로 달짝지근하게 맛을 내어, 그걸 밥 속에 넣고 작은 주먹밥을 만들었다. 스즈카의 손바닥에 올려놓을 수 있는 크기의 미니 주먹밥. 이거라면 혼자서 먹을 수 있을 것이다.

맛이 다 똑같으면 질릴 테니 간장으로 간을 한 가다랑어포 주먹밥과 케첩으로 비빈 밥에 치즈를 넣은 주먹밥. 그리고 달걀을 얇게 부쳐 둘둘 말은 주먹밥과 참깨를 묻힌 주먹밥을 만들었다. 스즈카가 먹을 작고 동그란 주먹밥은 하나같이 앙증맞고 귀여웠다. 도시락 통 속에 나란히 넣자 보기에도 화려했다.

"아직도 보고 있네. 그렇게 재미있어?"

나는 창문에 딱 붙어 있는 스즈카에게 말을 건네면서 현관 옆 수납 선반에서 야외용 돗자리를 꺼내 왔다.

"붐부?"

"이거? 여기서 도시락 먹을 거야."

"바—."

"그래, 밥. 우리 소풍 온 거야. 스즈카, 거기 잡아당겨. 창문 앞에다 깔 거야."

스즈카에게 돗자리 끝을 건네주자 "연—차, 연—차." 하면서 힘껏 잡아당겼다. 뭐라도 시켜 주는 게 기뻤던지 열심이었다.

"오, 땡큐. 이제 내려놔."

"붐부—."

"살짝."

"연차—."

"오오, 고마워."

스즈카는 저 혼자서 다 했다는 얼굴이지만, 대충 잡아당겨 그대로 놔 버렸기 때문에 돗자리는 제대로 펴지지 않았다. 고맙다는 내 말에 뿌듯해하는 스즈카가 알아차리지 못하도록 슬쩍 돗자리를 판판히 펴고는 보리차와 도시락 통을 가져와 그 위에 놓았다. 스즈카는 평소와 다른 광경에 신이 나는지 돗자리 위에서 "뽐뽀." 하고 소리치면서 깡충깡충 뛰었다.

"준비 완료. 스즈카, 뛰지 말고 돗자리 위에 앉아. 자, 점심밥이다!"

"붐부—."

신나는 일이 시작된다는 걸 알아차리는 아이의 감은 예리하다. 스

즈카는 얌전히 오도카니 앉더니 재빨리 두 손을 모으고 "다—." 하고
말했다.

"잘 먹겠습니다. 스즈카, 이 통 열어 봐."

내가 도시락 통 위로 손을 끌어 주자 스즈카는 "연차." 하고 뚜껑
을 열었다.

"조라—."

뚜껑을 연 순간의 스즈카의 얼굴이란! 내 상상대로였다.

"그래. 대단하지?"

도시락 통에는 알록달록한 주먹밥이 스무 개 넘게 들어 있다.

"조라—. 조라—."

스즈카는 비를 바라볼 때처럼 진지한 얼굴로 주먹밥을 보았다.

"스즈카, 이거 먹을 거야. 이건 손으로 먹을 수 있어, 이렇게."

내가 먼저 주먹밥을 한입에 덥석 먹는 모습을 보여 줬다.

"붐부!"

"자, 스즈카도 덥석 먹어 봐."

스즈카는 내게서 주먹밥을 받아 들고는 누가 시키지도 않았는데
"아—." 하고 말하면서 입에 넣었다.

"오오, 잘 먹는데."

"자해따! 마이따—."

"잘했어? 그래 맛있지. 여러 가지 맛이야. 자, 이건 가다랑어."

"마이따—."

스즈카는 내가 건네준 주먹밥을 곧장 입에 넣고는 볼이 미어지게

씹으면서 제 볼을 짝짝 때렸다.

"스즈카, 천천히 먹어."

"마이따—."

처음에는 내가 건네주는 것만 따박따박 받아먹던 스즈카는 어느 새 제 손으로 집어 먹고 있다. 입속에 밥이 있는데도 또 집어 든다. 참 잘도 먹는다.

"야, 빨간 것만 먹으면 어떡해."

"마이따—."

"된장 맛도 먹어야지. 야야, 천천히 먹어. 아직 입속에 있잖아."

"마이따—."

"스즈카, 입에 밥을 잔뜩 넣고 말하면 안 돼. 자, 물."

스즈카는 양손에 주먹밥을 들고, 내가 들고 있는 컵에 입을 대고 물을 마셨다. 너무나도 태만한 그 모습에 나는 얼결에 웃음을 터뜨리고 말았다. 아무튼 스즈카에게는 당할 재간이 없다. 주먹밥은 맛있기만 한 음식이 아니다. 어째서일까. 먹다 보면 괜스레 마음이 들뜬다.

릴레이 마라톤 대회 때도 엄마가 주먹밥을 만들어 줬다. 중학교 3학년이 되자, 입시와 졸업에 대비해 성실해지기 시작한 주변 분위기에서 나는 멀찌감치 떨어져 있었고, 자연히 혼자서 점심을 먹는 일도 많았다. 그러나 릴레이 마라톤 대회 날에는 멤버가 다 같이 도시락을 바꿔 먹었다.

"오타 주먹밥, 완전 맛있다."

"주먹밥은 대개 거기서 거긴데 말이야, 오타 건 뭔가 다르다니까."

내 주먹밥에 모두 호평이었다.

"뛰고 난 뒤라 배고파서 그래."

나는 말은 그렇게 했지만, 솔직히 엄마가 만들어 준 주먹밥은 확실히 맛있었다. 내가 어릴 때부터 직장에 다녔던 엄마는 손쉬운 요리를 잘했고, 그중에서도 주먹밥은 출근 전에 곧잘 만들어 놓곤 했다.

몇 년 동안이나 매일같이 만든 덕분일까. 다른 요리는 내가 더 잘하지만 주먹밥만은 엄마를 따라갈 수 없었다. 오늘 아침에도 엄마는 식탁에 주먹밥을 놓으면서 "부디 조심해. 절대 스즈카가 다치는 일 없게." 하고 말했던가. 스즈카를 돌본다는 걸 알고 나서 엄마는 날마다 "한시도 눈을 떼면 안 된다.", "주위에 위험한 물건을 두면 안 된다."는 말을 하고 또 했다. 나는 "듣기 싫어 죽겠네." 하고 되받았지만 엄마가 나와 스즈카에 대해 땅이 꺼져라 걱정하는 걸 내가 모를 리 없다. 부모가 성가시게 잔소리하는 것은 자식이 걱정되기 때문이다. 그건 중학교 때부터 알고 있었다.

다양한 분위기의 가정이 있다는 것, 후배 야마네나 선배 부모처럼 자식을 소중히 여기지 않는 집이 있다는 것도 알고 있다. 누나의 부모는 어떨까. 아이가 생긴 것조차 알리지 못할 정도로 완전히 연을 끊어 버려야 하는 사람들일까.

"와ー."

스즈카가 입안 가득 주먹밥을 넣고는 놀라는 소리를 냈다.

"오오, 또 비가 마구 쏟아지네."

생각에 잠겨 있던 나는 스즈카의 목소리에 창 쪽으로 고개를 돌렸다.

"비─비, 싸─."

"그래, 쏴아쏴아. 엄청 쏟아진다."

"싸─."

야외용 돗자리가 편한지 스즈카는 비를 보면서 꼼짝 않고 앉아서 먹고 있다.

"바람도 꽤 부는 것 같은데."

"히잉─?"

"그래. 바람이 휘잉."

"하─아─."

"뭐, 저 너머는 환하니까, 저녁때는 그칠 거야."

"하─아─. 마이따─."

스즈카는 비에 놀라면서도 주먹밥 먹는 손을 멈추지 않았다.

"너, 실망하랴 먹으랴 바쁘겠다."

나는 소리 내어 웃고 말았다.

지금까지 이렇게 행복한 비가 내린 적이 있었던가.

"마이따─."

"그래, 맛있다."

스즈카와 나란히 내리는 비를 바라보며 나도 작은 주먹밥을 몇 개나 집어 먹었다.

15

어제 비다운 비가 내린 덕분에 바깥은 풀 향기며 흙내가 피어올랐다. 여기저기 논밭이 보이는 자그마한 마을에서 사는 게 지겨울 때도 있고, 도시로 나가고 싶었던 적도 있다. 하지만 비 온 다음 날 피어오르는 냄새는 뭐라 표현할 수가 없다. 흙내가 나지만 그 흙내가 상큼해서 심호흡을 하면 몸속까지 물과 빛으로 가득 채워지는 신선한 느낌. 흙과 초록에서 멀어지면 이 냄새도 사라지겠지.

"후우―."

놀이터에 가는 길, 이따금 심호흡을 하면서 걷는 나를 흉내 내어 스즈카도 크게 숨을 내뱉었다.

"스즈카, 뱉지만 말고 숨을 들이마셔 봐. 맛있어. 스우 해 봐."

"스―."

스즈카는 "스―." 하고 소리만 낼 뿐 전혀 숨을 들이마시지 않는다. 그러고는 "마이따―."란다.

"비위도 잘 맞추네. 아무것도 안 들이마시고도 맛을 알아?"

"마이따―!"

"뭐가 맛있는데? 참 이상한 녀석도 다 있네."

내가 웃자 스즈카도 "이사이사―." 하고 말하면서 웃었다. 처음 만났을 때보다 스즈카의 말이 조금 늘었다. 내가 알아듣는 스즈카의 표현도 늘었고 대화에도 점점 탄력이 붙었다.

"아스팔트는 바짝 말랐는데, 놀이터는 그늘이 많아서 아직 잔디가 축축할지도 모르겠다."

"노오타, 노오타."

"노오타가 아니고 놀이터지. 놀, 이, 터."

"노오타."

"노오타가 아니라 놀이터래도. 놀이터. 자, 스즈카 말해 봐."

"타―, 타―, 타―."

"타타타가 뭐야. 차에 탈 때나 타타, 라고 하지. 이제 보니까 너, 나를 놀리는 거구나. 스즈카, 대체 너 똑똑한 거야, 바보인 거야. 통 알 수가 없네."

나는 스즈카의 머리를 북북 쓰다듬어 주었다. 어제 하루 놀이터에 가지 않았던 만큼 밖에 나오자 무척이나 신나는지 스즈카는 여느 때보다 더 떠들어 댔다.

"두우두우―아―도."

"두근두근 아이돌. 너 참, 이렇게 더운데 잘도 부른다."

"너아, 이떠어 즈―어."

"너가 있어서 즐거워―, 잖아."

내가 불러야 비로소 노래가 제대로 완성된다. 그것을 아는 스즈카는 노래할 때마다 나를 쳐다보고 재촉한다.

"개―재――에, 깐짜. 차―안―아이."

"개―구―쟁―이― 깜짝. 착―한―아―이― 박수."

"까빠재―, 키쮸―."

"깜빡쟁이 키스―. 자아, 사이좋게 놀자."

이제는 스즈카의 모호한 노래도 듣자마자 알아듣게 되었고, 길 한복판에서 아이 노래를 스즈카와 함께 부를 수 있게 됐다. 길들여진다는 건 참 대단하구나 하고 스스로 감탄한다.

"자안다―!"

"그래, 스즈카 너도 이젠 조금 잘해."

"인아이, 전아이, 근아이, 엇아이."

"이런 아이, 저런 아이, 그런 아이, 어떤 아이."

스즈카는 노래가 끝나자 박수를 치고는 곧바로 다시 같은 노래를 부르기 시작했다.

"뭐야, 또 부르는 거야? 지금 막 끝났는데?"

"두우두우―아―도."

스즈카는 내 말은 완전히 무시하면서도 함께 부르라는 듯이 내 얼굴을 올려다보면서 계속했다.

아이들이란 정말 노래 부르기를 좋아한다. 모래 놀이터에서 늘 만나는 아미와 유나는 어엿한 어른처럼 요즘 유행하는 노래를 부르고,

유도 스즈카와 비슷한 노래를 부른다. 태어난 지 2년도 지나지 않았는데 노래를 부르는 거다. 음악은 정말로 위대하다.

나도 음악을 들으면 마음이 유쾌해지고 기운이 난다. 좋아하고 싫어하는 장르는 있을 테지만 음악을 싫어하는 사람이 있을까. 이만큼 쉽게 가슴을 떨리게 하는 것은 그리 많지 않을 거다. 그런 생각을 하자 머릿속에서 가즈네가 색소폰으로 불었던 곡이 흘렀다. 잔잔한 멜로디가 반복되면서 후반부로 갈수록 확장되는 곡. 애달픔과 슬픔과 기쁨이 동시에 드러나는 장대한 곡. 그 곡명이 뭐였더라. 중학교 때 와타베가 거만한 얼굴로 제목을 말해 줬던 것 같은데 기억이 안 난다.

항상 주변을 삐딱하게 보는 듯했고, 젠체하는 구석이 있었던 와타베. 그 애는 고등학교에 가서 어떻게 지낼까. 색소폰 연주도, 달리기도 잘했다. 머리도 그런 대로 좋았겠지. 눈앞에 선택지가 몇 개나 있었던 거다. 선택할 수 있는 게 하나도 없었던 나와는 다르게 활발한 고등학교 생활을 보내고 있겠지. 나도 고등학교 생활을 즐기고 싶었다. 그런데 대체 어디서부터 발을 잘못 내딛은 것일까. 중학교 때, 릴레이 마라톤 대회에 나가지 않았더라면. 지금쯤 나는 마음 편히 지내고 있을까. 초등학교 때 진지하게 공부했더라면 하루하루를 더욱 충실히 보내고 있을까. 대체 어느 시점에서부터 다시 시작해야 한단 말인가. 초등학교 3학년 때 나는 이미 수업을 포기했다. 기억을 더듬어 올라가자 정신이 아득해졌다.

"노오타, 노오타."

놀이터가 보이자 스즈카는 종종걸음 치기 시작했다.

"야아, 그렇게 서두르지 않아도 놀이터는 도망 안 가."

그렇게 말하는 나도 걸음이 조금 빨라졌다.

"또차—!"

놀이터 입구에 서자, 스즈카는 내 손을 잡은 채로 만세를 했다.

"그래그래, 도착, 도착……. 어?"

놀이터를 둘러본 순간, 나는 몸이 굳어졌다.

잔디밭 너머 운동장에 단체인 듯한 사람이 여럿 있었다. 모두 어깨에 줄이 들어간 하얀 티셔츠에 파란 반바지 차림이다. 내가 다녔던 이치노중학교 체육복이다. 운동장을 가볍게 뛰고 있는 학생들 뒤로 호리호리한 여자가 한 명. 저 사람, 우에하라 선생님이잖아. 중학교 3학년 때, 오랫동안 육상부 고문을 맡았던 선생님이 전근을 가고 대신 미술부 고문이었던 우에하라 선생님이 뜬금없이 육상부를 맡았다. 운동신경도 나쁘고 육상에도 무지한 선생님이 미덥지 못해서, 마라톤 연습은 거의 육상부 부장이 이끌다시피 했다. 그런데 아직도 육상부를 맡고 있단 말인가.

우에하라 선생님이 무슨 말을 한 모양인지 모두 천천히 모이기 시작했다. 체형도 분위기도 제각각. 저렇게 통일감이 없는 걸로 보아 육상부 활동은 아니다. 교내의 발 빠른 아이들을 모아 꾸린 릴레이 마라톤 팀 연습일 거다. 어딘가를 뛰고 온 후에 정리 운동을 하고 있는 것이리라. 모두에게서 피로의 흔적이 엿보였다.

여름방학이 되면 릴레이 마라톤 연습은 동아리 활동 시간뿐 아니라 아침과 가끔은 저녁에도 할 때가 있다. 마라톤 대회 코스에 맞춰 학교 운동장 이외에 산길이며 번화가를 뛰는 경우도 있다. 이 놀이터는 옆에 운동장이 붙어 있어서 나도 몇 번 연습하러 온 적이 있다.

그때의 나도 저 애들처럼 여름 내내 뛰었다. 지질해 보인다는 것도 알았지만 양아치였던 나는 자존심을 버리고 진지하게 뛰었다. 뛰면 뛸수록 잃었던 것이, 스스로 내팽개쳐 왔던 것이 조금씩 돌아오는 것을 느낄 수 있었다. 모든 게 다 힘들었다. 하지만 끝내주게 즐거운 여름이었다.

"붐!"

내가 놀이터 안으로 들어가지 않자 스즈카가 잡아끌었다.

"아, 아아, 그래……. 잠깐만 기다려."

"붐부?"

"으음, 그렇지. 놀이터에 온 거지."

잔디 위에서 조그만 남자아이들이 공놀이를 하고 있었고, 모래 놀이터에는 아미와 유나가 있었다. 평소와 다름없는 광경이다. 빨리 여기서 스즈카를 놀게 해 주고 싶었다. 그런데 왜일까. 발이 떨어지지 않았다.

치열하게 뛰었던 나 자신을 더는 떠올리고 싶지 않은 건가. 후배들과 고문 교사에게 그때와는 달라진 모습을 보여 주고 싶지 않은 건가. 아니면 아직도 그때에 미련을 갖고 있는 나를 보여 주고 싶지 않은 건가. 마음속에서 끓어오르는 감정이 무엇인지 알 수가 없었다. 하지만 거기에 가까이 가고 싶지는 않았다.

"스즈카, 오늘은 더우니까 집에 가서 놀자."

나는 억지로 스즈카의 손을 잡아끌고 그대로 놀이터에서 돌아섰다. 여기까지 와서 들어가지 않자, 스즈카는 뿔이 나서 "붐부ㅡ!"라고 소리쳤다. 나는 아랑곳하지 않고 집 쪽으로 발걸음을 옮겼다.

"붐부ㅡ! 붐부ㅡ!"

스즈카는 놀이터가 완전히 보이지 않게 되자 갑자기 걸음을 멈추고는 그 자리에 주저앉아 큰 소리로 울기 시작했다.

"미안해. 내일은 꼭 갈 거야."

"붐부ㅡ!"

내가 손을 잡고 끌어올리려고 해도 스즈카는 다리에 힘을 빼고는 도무지 일어서려고 하지 않았다.

"집에 가서 그거 있잖아. 블록 놀이하자."

"붐부."

"그림책도 읽어 줄게."

"붐부."

"아, 그래! 편의점에서 맛있는 거 사 갖고 가자. 응?"

손이 더럽지만 어쩔 수 없다. 나는 스즈카를 들어 올리듯이 잡아당기면서 놀이터 옆 편의점으로 향했다.

"부ㅡ!"

"스즈카, 너 그거 알아? 비스코 말이야, 딸기 맛도 있어. 그거 사자. 비스코, 비스코 말이야."

"붐부ㅡ."

비스코를 연발하여 주의를 끌면서 간신히 편의점 앞까지 데려왔건만 스즈카는 다리에 힘을 꽉 준 채로 꼼짝하지 않았다. 여기에 가고 싶은 게 아니야! 온몸으로 그렇게 말하고 있다.

"왜 그래. 너 비스코 좋아하잖아."

나는 스즈카 앞에 쭈그리고 앉았다.

"붐부."

내 얼굴을 뚫어지게 보는 스즈카의 눈은 비스코 따위 필요 없다고 분명하게 말하고 있었다. 하긴 그렇겠지. 눈앞에 신나는 놀이터가 있는데 이유도 모른 채 끌려 돌아가야 하니 뿔이 나는 것도 당연할 것이다.

"미안해. 내일은 꼭 가자. 응?"

중학교 마라톤 연습 팀은 오늘 우연히 놀이터 운동장에 있었을 뿐일 거고, 연습 메뉴가 매일 똑같을 리 없다. 내일은 오지 않겠지. 그렇게 생각한 나는 스즈카에게 약속했다.

"내일은 놀이터에서 실컷 놀 거야. 비스코 사 줄게, 오늘은 좀 봐주라."

"붐부."

"오늘은 집에서 편하게 비스코 먹고, 그러고 나서 소꿉놀이하자."

"붐부."

"제발 스즈카."

"붐부……."

나는 편의점 주차장에서 열심히 설득했다. 스즈카는 한동안 얌전히 듣는 것 같더니 별안간 얼굴을 두 손으로 감싸고 말했다.

"따―따―까꾸."

"따―따― 까꾸? 그게 뭔데? 과자야? 비스코 말고 좋아하는 과자가 또 있는 거야?"

"따―따― 까꾸!"

내가 묻는 말에는 대답하지 않고 스즈카는 다시 방금 전과 같이 얼굴을 가리고 그렇게 말했다. 그러고는 마지막에 손을 펴고 내게 얼굴을 보여 줬다.

"따―따―까꾸. 대체 뭐지? 그런 말이 있었나?"

이젠 스즈카의 말이 거의 머릿속에 있어서 누나가 써 준 '스즈카 공책'은 집에 두고 왔다. 따―따―까꾸. 그동안 스즈카가 이 말을 하는 건 한 번도 듣지 못했다. 대체 무슨 말일까.

"따―따―까꾸!"

전혀 통하지 않는데도 스즈카는 큰 소리로 천천히 다시금 같은 말을 했다.

"따―따―까꾸란 말이지. 따―따―까꾸. 으음, 놀이터 얘기는 아닌 것 같고, 목이 마른 건 아니지? 그렇다면…….."

"붐부!"

스즈카는 내 팔을 제 앞으로 끌어당겨 "따―따―."라고 말하고는 얼굴을 가리고 "까꾸!"라고 하는 동작을 거듭 보여 주었다.

"왜 얼굴을 가리지? 모기 같은 거에 물려서 얼굴이 가려운 건 아닐 테고."

이게 무슨 동작이지? 화가 났다는 표현을 하는 건가, 우는 시늉이라도 하는 건가.

"따─따─까꾸!"

"그래, 따─따─까꾸. 들어 본 적이 있는 것도 같은데."

"따─따─, 따─따─까꾸!"

도무지 알아듣지 못하는 나에게 스즈카는 손가락을 쫙 펼치고 얼굴을 완전히 가렸다가 이번에는 손을 활짝 펼치고 얼굴을 보여 줬다. 꼭 감았던 눈과 꼭 다물었던 입이 함께 "까꾸─." 하고 크게 벌어진다. 이런 동작, 어딘가에서 본 적이 있다.

"따─따─까꾸."

그렇다, 이건 '없다없다 까꿍' 놀이다.

"스즈카, 알았어. 없다없다 까꿍 놀이지? 근데 왜 갑자기 그걸 하는 거야?"

"따─따─까꾸!"

내가 정답을 말했는데도 스즈카는 아직도 열심히 '없다없다 까꿍'을 한다.

"그래, 이젠 알았다니까. '없다없다 까꿍'이잖아. 아하, 나한테 하라고! 좋아, 없다없다 까꿍."

나도 같이 얼굴을 가리고 없다없다 까꿍을 해 줬다. 하지만 스즈카는 내가 하는 '없다없다 까꿍'에는 흥미도 보이지 않고 여전히 "따─따─까꾸!"를 계속했다.

"이제 됐어. 스즈카, 잘한다!"

나는 박수를 쳐 주었다. 하지만 스즈카는 작은 손바닥을 눈 감은 얼굴에 확실하게 대고 '없다없다 까꿍'을 되풀이했다.

"따ー따ー까꾸!"

"스즈카 이제 그만해도 된대도."

"따ー따ー까꾸!"

"대단한걸! 스즈카 대단해!"

나는 그렇게 말하고 크게 손뼉을 쳤다. 하지만 스즈카는 '없다없다 까꿍'을 멈추지 않았다. 그렇구나. 스즈카는 칭찬받고 싶은 것도, 박수를 받고 싶은 것도 아닌 거다. 녀석도 참.

"스즈카, 내 얼굴이 그렇게 우울해 보여?"

"따ー따ー까꾸!"

"알았어, 알았다니까. 나, 슬픈 거 아냐."

"따ー따ー까꾸!"

"아니래도, 그냥 뻘쭘해서 나도 모르게 돌아와 버린 거야. 아무렇지도 않아."

"따ー따ー까꾸."

이렇게 자그마한 몸으로 나에게 기운을 북돋워 주려고 하다니. 나는 스즈카를 꼭 끌어안았다. 땀을 흘리는데도 끈적거리지 않고, 은은하게 풋풋한 내음이 났다. 몸이 말랑말랑해서 안고 있는 것만으로도 마음이 편안해졌다. 하지만 스즈카는 성가신 듯이 내 팔을 뿌리치고는 또 '없다없다 까꿍'을 시작했다. 전혀 응하지 않는 나에게 골이 났던지 목소리가 점점 거칠어졌다.

"아, 왜 그래."

나는 끝나지 않는 '없다없다 까꿍'에 머리가 지끈거렸다. 이 까꿍 놀이에 대한 올바른 반응은 뭐였더라? 손뼉을 쳐 줘도, 고개를 숙이고 "고마워."라고 말해도, 스즈카의 "따―따―까꾸."는 멈출 줄을 몰랐다. 이렇게 까꿍 놀이를 해 오는 아이에게 다른 사람들은 어떻게 반응하는지 궁금했다.

생각해 보니, 설날에 사촌 누나가 아기를 데리고 놀러 왔을 때 까꿍 놀이를 했었다. 아직 말을 하지 못하는 아기는 까르륵 웃기만 했던 것 같다. 스즈카와 함께 보는 텔레비전 어린이 프로그램에서도 고양이 캐릭터가 '없다없다 까꿍'에 자지러지게 웃었었지.

내가 어린애도 아니고……. 그렇게 속으로 투덜거리면서도 나는 "따―따―까꾸!" 하고 손을 펼치는 스즈카에게 얼굴을 들이대고 방그레 웃었다. 오타가 웃으면 눈이 무섭다. 오타가 웃으면 다들 쫄아 버린다. 그런 말을 숱하게 들어왔다. 하지만 스즈카는 내 웃는 얼굴을 본 순간 "성고―!" 하고 손을 치켜들고 기뻐했다.

"오, 이제 된 거야?"

내가 겨우 한숨 돌리자 동시에 스즈카는 "앙아―." 하고 팔을 뻗었다.

"아, 참 나, 결국 이렇게 되는 거였어?"

"앙아―."

"오늘은 뛰어다니지도 않았잖아?"

"앙아―!"

스즈카는 이미 내 팔에 매달려 있다. 아무래도 까꿍 놀이는 보기와 달리 꽤 힘이 드는 모양이다.

"할 수 없지. 자 그럼, 집에 가자."

이영차 하고 안아 올리자, 스즈카는 내 어깨에 팔을 두르고는 새침한 얼굴로 높아진 경치를 둘러보았다.

"참 나, 너는 참 뻔뻔한 녀석이야."

"쭈바—."

"그래그래. 출발."

'없다없다 까꿍'은 열여덟 살짜리 내게도 충분히 위력이 있었던지 놀이터에 도착했을 때의 복잡했던 기분이 싹 날아가 버렸다. 어제 내린 비의 수분을 앗아 가려는 듯 자글자글 내리쬐는 햇볕을 받으며 나는 스즈카와 함께 같은 노래를 계속 흥얼거리면서 집으로 돌아왔다.

이튿날. 어제는 우연히 한 번 연습하러 왔을 뿐이었던지 놀이터 옆 운동장에 마라톤 멤버들의 모습은 보이지 않았다.

사흘 만에 와서 그런지 놀이터 안으로 들어가자마자 나와 스즈카는 사람들에게 둘러싸였다.

"그제는 비가 왔고, 어제는 안 왔죠? 스즈카랑 아저씨는 왜 안 오느냐고, 아이들이 얼마나 찾았다고요."

아미 엄마가 말했다. 얼마 전에 아이들에게 목말을 태워 준 덕분에 내가 인기를 끄는 모양이다.

"오늘은 아무도 못 태워 줘."

"피이. 뭐예요."

내가 예방선을 치자 아미와 유나는 동시에 볼멘소리를 했다. 그러고는 "아저씨는 필요 없어.", "아가야, 저기서 모래 떡 만들자." 하고 스즈카를 데리고 갔다.

"아이들이란 참 제멋대로죠?"

미안한 듯이 어깨를 으쓱하는 유나 엄마에게 나는 가볍게 고개를 저었다. 목말이 목적이었더라도 나를 기다렸다는 말에 내심 기뻤다.

"어린아이들은 그래도 괜찮습니다."

모래 놀이터에서는 스즈카가 말없이 모래 반죽을 하고 있다. 내게 주려고 열심히 하는 것이리라. 진지한 얼굴로 모래 떡을 만든다.

"하긴 그래요. 내 시간을 갖고 싶기도 하지만, 아이 돌보는 것 이상으로 행복한 일이 있느냐고 묻는다면, 딱히 떠오르는 게 없거든요."

"맞아요. 초조하기도 하고, 아이와 함께 있다 보면 녹초가 되는데도, 기뻐하는 얼굴을 잠깐 보는 것만으로도 전부 보상받는 느낌이드는 게 참 신기해요."

아미와 유나 엄마가 말한 대로다.

스즈카와 있으면 몹시 지친다. 하지만 스즈카가 조금만 웃어 줘도, 스즈카가 어제와 조금만 다른 모습을 보여 줘도, 왠지 나도 모르게 마음이 흡족해진다. 이런 기분은 그 어느 것으로도 맛볼 수 없다.

"아, 나 모래 떡 안 좋아해."

거대한 모래 떡을 들고 온 유나와 아미와 스즈카에게 나는 뒷걸음
질 치면서 말했다.

"정성껏 만든 거니까 다 먹어야 돼요."

"그렇게 큰 떡을 어떻게 먹어?"

"아저씨 떡 좋아하죠?"

"남기면 안 돼요."

"붐부. 마이따마이따!"

아이들 셋에게 그렇게 강요받고는 "역시, 애들은 당할 수가 없군
요." 하고 나는 얼굴을 찡그렸다.

16

8월 첫 일요일은 눈부시게 화창했다. 습기 없는 산들바람에 끝도 없이 새파란 하늘. 어제 하루 지겹도록 잠을 잔 탓에 몸이 찌뿌둥했다. 몸을 쭉 늘이면서 열어 둔 방 창문으로 하늘을 올려다보았다.

예전에는 평일과 휴일의 차이를 전혀 느끼지 못했다. 학교에 가든 가지 않든 하고 싶은 것도 꼭 해야 할 것도 없다 보니 맥 빠진 하루를 보내는 건 무슨 요일이든 다르지 않았다. 그러던 일상이 요즘은 스즈카에게 매일 휘둘리는 탓인지 휴일이면 뭔가가 쏙 빠져나간 기분이다. 블록 놀이를 하고, 점심밥을 먹고, 놀이터에 가고…… 평일에 바삐 움직이는 만큼 알바가 없는 날은 할 일이 없어서 당혹스럽기조차 하다.

점심으로 손이 많이 가는 요리라도 해 볼까 하고 몸을 일으켜 봤지만 금세 의욕을 잃었다. 엄마는 아침부터 나가고 없다. 나 혼자니까 컵라면으로 충분하다.

그럼, 뭐 하지? 어제 하루 종일 자서 더는 잠이 올 것 같지도 않았다. 게임 센터에도 가고 싶지 않고, 스즈카 없이 놀이터에 가 봐야 따분하다. 가고 싶은 데도, 만나고 싶은 녀석도 떠오르지 않았다. 시간은 겨우 11시가 지났을 뿐이다. 하루가 이렇게 길었던가. 스즈카가 있으면 쉴 새 없이 할 일이 생기는데 나 자신을 위해 할 일은 의외로 없었다.

8월 2일. 이틀 후, 8월 4일이 누나의 출산 예정일이다. 스즈카 때 제왕절개를 했기 때문에 이번에도 마찬가지로 수술을 한다고 했으니, 예정일이 빗나가는 일은 아마 없을 것이다. 이제 이틀 후면 스즈카의 여동생이 태어나고 누나는 퇴원한다. 그럼 알바도 끝이다. 누나가 돌아오면 나는 날마다 이렇게 할 일을 궁리해야 하나. 생각하니 끔찍했다.

평범한 일상으로 돌아가는 것뿐이다. 하지만 그것은 아무것도 없는 텅 빈 시간이 끝없이 이어지는 공허한 나날로 되돌아가는 것이다. 고교 입시도 릴레이 마라톤 대회도 힘들었지만 그때는 해야 할 것과 목표가 명확했다. 문제집을 풀고, 영어 단어를 암기했다. 열심히 달렸고, 근육을 단련했다. 그렇게 함으로써 목표에 다가설 수 있었다. 할 일이 아무것도 없는 것이야말로 정말로 골치 아픈 거다. 할 일도 없고 목표도 없다. 단지 흐리멍덩한 하루하루가 기다리고 있을 뿐이다. 내게 스즈카를 만날 수 없다는 것은 그런 의미다.

어? 오늘이 무슨 날이었더라? 멍하니 달력을 바라보던 나는 고개를 갸웃거렸다. 왠지 8월 2일이 기억 속에 머물러 있었다. 8월 첫 주일요일. 뭔가 일이 있었던가? 엄마는 회사 동료의 결혼식에 갔지만 그건 나와는 상관없는 일이다. 누구 생일도 아니고, 학교에 가는 날도 아니다. 8월 2일……. 그래, 페스티벌!

성적표에 잘못 끼어 들어온 취주악부 안내문. 거기에 8월 2일은 '두근두근 서머 페스티벌'이라고 쓰여 있었다. 이름만 그럴싸했지 지역의 상가가 주최하는 소규모 축제다. 내가 초등학생 때부터 매년 근근이 이어 오는 모양이지만 가 본 적은 없다. 워낙이 쇠퇴해 가는 상가다. 분명 어린아이와 노인밖에 오지 않을 것이다. 재미있을 것 같지도 않고, 가 봐야 별 볼일 없을 거다. 하지만 집에 있어 봐야 딱히 할 일도 없으니 한번 들여다보는 것도 나쁘지 않을 것 같았다. 혹시 알아, 장대하고 우아한 그 곡을 또 들을 수 있을지.

취주악부 차례는 12시 전후라고 적혀 있었던 것 같다. 나는 티셔츠와 청바지로 갈아입고는 주머니에 지갑을 찔러 넣고 집을 나섰다. 걸어서 20분도 걸리지 않는 역 앞 상가. 뛰면 7, 8분이면 도착한다. 8월의 한낮에 뛰는 건 자살 행위지만 그 정도 거리는 문제없다. 페스티벌이란 이름이 붙었으니, 상가에 가면 마실 것 정도는 팔겠지. 나는 가볍게 몸을 구부렸다 폈다 하고는 곧장 힘차게 뛰기 시작했다. 어제 하루를 나른하게 보낸 탓에 시동이 걸리는 데 시간이 좀 걸렸다. 그래도 몸을 흔들어 가며 조깅을 하다 보니 몸 구석구석이 서서히 깨어나기 시작했다. 용수철처럼 탄력 있는 다리, 앞으로 이끌어 주는 팔.

매일 뛰었던 중3 때에 비하면 확실히 다르긴 하지만 체력이 완전히 떨어진 건 아니었다. 그걸 확인해 보고 싶어서 간혹 이런 식으로 뛰는 거다. 상가로 이어지는 넓은 인도는 왕래하는 사람이 적어서 가볍게 뛰기에 좋았다. 스즈카가 없으니 움직이는 게 무척 순조로웠다. 어딘가를 들르지 않아도 되고, 안아 달라는 응석에 시달릴 일도 없었다. 손을 잡아끄는 상대가 없으니 몸도 가뿐했다. 하지만 작고 따뜻한 손을 잡고 걷는 것이 습관이 된 손바닥은 오늘은 어쩐지 허전했다. 짐을 들고 다니는 것조차 싫어하는 나인데, 오늘은 지나치게 자유로워진 두 손을 주체할 수가 없다.

내가 지금 무슨 생각을 하는 건가. 감상적인 기분을 떨쳐 버리듯 끓어오르는 몸이 이끄는 대로 앞으로 앞으로 나아갔다. 뭔가 착각하고 "오우, 파이팅!" 하고 응원해 주는 아저씨에게 가볍게 손을 들어 응답해 주고, 신호등에 걸려 페이스가 흐트러지기도 했지만 순식간에 상가 입구에 도착했다.

"에잇, 벌써 도착한 거야!"

땀만 촉촉이 났을 뿐 아직 숨도 차지 않았다. 짜릿함을 느낄 수 있는 건 이제부터지만 그렇다고 상가 안을 뛸 수도 없는 노릇이었다. 나는 호흡을 가다듬으면서 천천히 걸어서 안으로 들어갔다.

아케이드 덕분에 상가 안은 땡볕보다는 시원했다. 오랜만에 와 보는 상가는 20퍼센트 정도의 가게가 셔터가 내려가 있었고, 예전보다 더 쇠퇴한 모습이었다. 인구가 줄고 있다는 말이 평소에는 와 닿지 않았지만 지금 그걸 직접 확인하는 것 같아 마음이 착잡했다.

다만, 오늘은 깃발을 내걸고, 노점을 몇 군데 열어 나름 축제 분위기를 띄우려고 애썼다는 게 느껴졌다. 요요와 금붕어 뜨기, 야키소

바와 다코야키와 소시지를 파는 노점. 북적거리는 정도는 아니지만 아이들과 노인들의 모습은 볼 수 있었다.

자판기 쪽이 더 시원할 테지만 날마다 있는 것도 아닌데 싶어 얼음물에 시원하게 넣어 둔 노점상의 이온 음료를 사 들고 상가의 중앙 광장으로 갔다. 광장에 설치된 작은 무대에서 공연이 이뤄지고 있었다. 할아버지 할머니 열 명 정도가 갈라진 목소리로 동요를 부르고 있다. 무너질 듯한 노랫소리에 오히려 듣는 내가 맥이 빠졌다. 나는 서른 개쯤 있는 파이프 의자의 뒤쪽 자리에 앉았다.

무대 옆에 걸린, 손 글씨로 쓰인 공연 순서지에는 이쿠소어린이집－율동, 아오바노인회－합창, 소메다 게이고로 씨－마술이라고 소개돼 있고, 시로바네가오카고등학교－취주악부 연주도 떡하니 올라와 있다. 아무리 발표 무대가 없으면 의욕이 떨어진다곤 해도, 학교 측은 어떻게 이런 축제에서 연주시킬 생각을 했을까. 취주악에 관심이 있을 법한 사람 따위는 눈 씻고 봐도 없고, 게다가 이렇게 소란스러운 곳에서 연주할 마음이 일기나 할까.

객석에서는 몇 명이 계속 손장단을 맞추고 있지만 그마저도 계속 엇박자였다. 주위를 둘러보니, 관객은 순번을 기다리는 노인들과 가족 정도이고, 나 말고 젊은 사람은 찾아보기 힘들었다. 하지만 도무지 어울리지 않는 이런 느낌이 왠지 썩 나쁘지는 않았다. 나와 비슷한 또래가 없는 데서 느끼는 편안함은 어쩐지 놀이터와 비슷한 구석이 있었다. 고교 생활은 이미 내팽개친 거나 다름없는데도 주위에 동급생이 있으면 괜히 긴장된다. 우습게 보이지 않으려고, 무시당하지 않으려고 경계하는 것이다.

　드문드문 박수 소리가 나고, 무대 위에서는 여든은 족히 넘었을 성싶은 머리가 훌렁 벗겨진 할아버지가 나와서 마술을 선보이고 있다. 신문지 안에 물을 쏟는 마술인데 유리잔이 다 보였다. 아무리 상가 수준의 축제라지만 유치하기 짝이 없었다. 더구나 템포가 느린 건 말할 것도 없었다. "으음, 뭘 먼저 하는 거지……." 하고 신문지를 들어 올리더니 "아니, 이게 아니었나." 하고는 컵을 기울였다. 나도 모르게 무대로 뛰어 올라가 도와주고 싶을 정도로 형편없는 솜씨였다.

　할아버지가 허둥거리는 사이에 초등학교 1, 2학년쯤 되는 남자아이들이 우르르 객석으로 몰려왔다. 악보를 손에 들고 있는 걸 보면 나중에 무대에 올라갈 아이들일까. 아이들은 자리에는 앉지 않고 주위를 두리번거리면서 큰 소리로 떠들어 댔다. 여덟 명쯤 집단으로 있으니 대담해진 모양이었다. 시끄러운 꼬맹이들이라고 생각하는데, 한 녀석이 무대를 보자마자 "헉, 완전 후져." 하고 소리치고, 그 말을 들은 다른 꼬맹이들도 "후져, 후져." 하면서 손뼉을 치기 시작했다.

　마침 그 말을 배웠을 거고, 멋있을 것 같아서 써먹어 보고 싶었을 거다. 꼬맹이들은 재미있어 죽겠다는 듯이 점점 더 신나게 떠들어 댔다. 주위에 앉아 있던 할아버지가 녀석들을 보고 "얌전히 있지 못할까!" 하고 다 꺼져 가는 목소리로 야단치자 개구쟁이들은 더 시끄럽게 떠들어 댔다. 어른 말을 안 듣는 우린 세거든? 그런 생각이라도 하는 건가. 망할! 개구쟁이들은 진짜 감당이 안 된다. 이런 분위기에서 마술을 해 봐야 성공할 리도 없고, 이대로 가다가는 할아버지의 공연이 주야장천 이어질 것 같았다.

나는 일어나서 아이들 쪽으로 다가갔다. 노인이 아닌 노랑머리인 내가 가까이 가자 개구쟁이들 표정이 금세 굳어졌다. 놀이터에 오는 아이들과 달리 초등학생만 돼도 질 나쁜 사람을 알아보는 모양이다. 하지만 공연을 앞둔 개구쟁이들을 주눅 들게 해서는 안 된다. 나는 가능한 한 목소리 톤을 부드럽게 하고 물었다.

"너희, 몇 살이지? 유치원생? 초등학생?"

"초등학교 1학년."

"여덟 살인데."

몇몇이 잔뜩 쫄아 그렇게 대답했다.

"이야! 벌써 학교에 다니는 거야. 대단한걸."

"그래."

"으응."

학교에 다니는 것이 자랑스러운지 아이들은 일제히 고개를 끄덕였다.

"흐음, 초등학교 1학년이면 아직 스스로는 앉아 있는 게 힘들겠지?"

"왜?"

"어째서?"

남자아이들은 저마다 물어 왔다.

"1학년은 아직 어리잖아. 학교에 들어가긴 했지만 선생님이 없으면 제대로 앉아 있기 힘들지? 하긴, 뭐 아직 꼬맹이니까."

"할 수 있어. 바로 앉을 수 있단 말이야."

그렇게 항변하고 몸집이 작은 남자아이가 의자에 털썩 앉았다.

"히야, 대단한데. 너희 제대로 앉을 수 있구나. 이럴 땐 앉아 있어야 한다는 걸 다 알고 있었단 거지? 너 혼자만 6학년 같은걸!"

내가 과장되게 놀라자 아이들은 키득키득 웃으면서도 "나도 앉을 수 있는데." 하고는 하나둘 의자에 앉기 시작했다.

"1학년인데 그렇게 잘 앉을 수 있단 말이야? 어린애들은 얌전히 앉아 있기 힘든 줄 알았는데."

"안 힘들어."

"진짜? 제법인데. 그런 걸 학교에서 배우는 거냐?"

"원래부터 알아."

모두가 즐거운 듯이 대답하는데 처음에 "후져." 라고 말했던 아이는 부루퉁한 얼굴로 계속 서 있다. "짜샤, 너도 좀 앉으라고!" 하고 호통치고 싶은 걸 꾹 눌러 참고 "이제 좀 앉는 게 어때?" 하고 한 발 다가가서 말했다. 고작 여덟 살 꼬맹이다. 딱 봐도 양아치인 내 말을 들을 수밖에 없다. 남자아이는 마지못해 앉긴 했지만 못마땅한 표정이 역력했다. 세련된 셔츠 차림에 팔다리가 곧게 쭉 뻗은 꼬맹이. 겨우 초등학교 1학년인 주제에 왁스로 고정했는지 머리칼도 단정히 정리돼 있다. 이 녀석만 잘 구슬려 놓으면 다른 녀석들은 저절로 따라올 거다. 그렇게 생각한 나는 꼬맹이 앞에 쭈그리고 앉아 작은 소리로 말했다.

"너, 어른 같구나. 이 마술 되게 지루하지? 그래도 말이야, 분위기가 가라앉으면 안 되니까 일단 성공하면 다 같이 박수쳐 주지 않을래?"

"아, 그래. 그러지 뭐."

"진짜? 휴우 살았다. 이 녀석들 떠들어 대면, 네가 조용히 좀 시킬래?"

"그래, 알았어."

"고맙다. 네 덕분에 살았다."

유나와 아미. 그 둘은 "역시 언니네. 대단해."라는 말 한마디면 대개의 일은 해 준다. 그리고 놀이터 아이들은 "고마워."라고 말하면 말한 사람이 놀랄 정도로 좋아한다. 이 꼬맹이 역시 놀이터 아이들과 별반 다르지 않을 거다.

"응. 걱정 마."

남자애는 내 얼굴을 보고 힘차게 고개를 끄덕이며 말했다.

"아, 이봐. 자네가 어린이회 인솔자인가? 시간이 자꾸 지연돼서 예정보다 30분이나 늦어졌으니까, 애들 밥 먼저 먹이라고."

내가 한숨 돌리고 있는데, 축제 진행 요원 아저씨가 말을 걸어왔다.

"아니, 아닌데요."

노랑머리인 내가 어느 모로 봐서 인솔자 같으냔 듯이 인상을 꽉 썼다.

"아, 미안해요. 애들이 어디 갔나 싶었더니……."

그때 기소어린이회 임원이라고 쓰인 이름표를 목에 건 아주머니가 달려왔다.

"아, 아줌마!"

"왜 이제 와요!"

마음을 놓을 수 있는 상대이리라. 아주머니가 다가오자 굳어 있던 아이들의 얼굴이 풀어졌다.

"미안해요. 실례가 많았습니다."

꾸벅 고개를 숙이는 아주머니에게 나는 고개를 절레절레 저으며 말했다.

"아아아아니에요. 다들 얌전하던데요."

"정말요?"

"그럼요."

꼬맹이들이 떠드는 건 당연한 거고, 이런 축제에 노래하러 온 걸보면 분명 순진한 아이들일 거다.

"그럼, 실례할게요. 애들아, 가자. 우리 순서는 아직 멀었으니까, 뒤편 공원에 가서 점심 먹자꾸나."

"배고파요!"

아이들은 그렇게 어리광을 부리면서 아주머니 뒤를 따라갔다. 아직 귀여운 아이들이군, 하고 지켜보는데 세련된 셔츠 차림의 그 꼬맹이가 뒤돌아서 내게 작게 손을 흔들었다. 생각보다 의리 있는 녀석이다. 나는 "또 보자."라며 가볍게 고개를 끄덕여 답해 주고는 서둘러 뒷좌석으로 되돌아갔다. 다음은 '시로바네가오카고등학교 취주악부 연주'다. 이렇게나 앞에서 보고 있으면 가즈네가 놀라 자빠지겠는걸. 담당자 아저씨가 무대 위의 순서지를 넘기자 사회자 아주머니가 더듬더듬 소개했다.

"다음은 시로바네가오카고등학교의 취주악부 연주입니다. 자, 나와 주세요."

가즈네 혼자서 무대 한가운데로 나왔다. 본 무대에는 혹 여러 명이 나오지 않을까 싶었지만 더 나타날 것 같지는 않았다. 하얀 와이셔츠에 남색의 긴 플리츠스커트. 수수한 교복 차림에 머리를 길게 늘어뜨린 가즈네가 색소폰을 들고 아래를 내려다본 채로 무대 위에 서 있는 모습은 페스티벌과는 너무도 어울리지 않았다. 할머니 할아버지들은 그래도 즐거운지 박수를 보냈다.

나와 상관없는 일인데도 화가 치밀었다. 대체 담당 선생님은 무슨 생각인 거지? 이런 무대에 홀로 내보내다니, 고등학생을 우습게 여긴 거다. 당사자인 가즈네는 아무렇지도 않은지 객석을 보지도 않은 채 작게 고개를 숙이고는 전에 음악실에서 연주했을 때처럼 다짜고짜 색소폰을 불기 시작했다. 별안간 울려 퍼지는 커다란 악기 소리에 할아버지 할머니들은 "오오." 하고 환호성을 질렀다.

축제용 곡일까. 아쉽게도 음악실에서 들은 곡이 아니었다. 하지만 어디선가 들어 본 적 있는 귀에 익은 멜로디였다. 색소폰이라 느낌이 달라서 그런지 좀체 곡명이 기억나지 않더니, 앞의 할아버지가 연주에 맞춰 부르는 노랫소리에 겨우 생각났다. 중학교 때 배운 〈여름의 추억〉이었다.

"천남성 꽃이 피었네—."

할아버지의 노랫가락은 여유로운데 색소폰으로 연주되는 곡은 왜 이리 구슬픈지. 묵직하게 울리는 소리가 쇠퇴해 가는 산간 마을을 표현하는 것 같아 공연히 서글퍼졌다. 가즈네는 지금 어떤 기분으로 색소폰을 불고 있을까. 혼자 무대에 서 있는 게 부끄러울까. 빨리 끝내 버리고 싶은 마음일까. 아니다, 적어도 그렇지는 않은 것 같다. 긴 앞머리 때문에 여전히 가즈네의 표정은 알 수 없지만 음색으로 보건데 마지못해 연주하는 것 같지는 않다. 그 정도는 음악에 문외한인 나도 알 수 있다. 가즈네는 할아버지들이 바보같이 손장단을 맞춰도, "좋다~." 하고 소리 장단을 맞추는 데도 꿈쩍하지 않고 묵묵히 색소폰을 불고 있다.

"여학생, 최고!"

"브라보!"

할아버지 할머니들이 박수와 환호를 보내는 사이, 두 번째 곡까지 무사히 연주를 마친 가즈네는 다시금 조용히 인사를 하고는 아무 일도 없었던 듯이 무대를 내려갔다.

"이야, 역시 혼자 불더라."

무대 뒤에서 케이스에 색소폰을 넣고 있는 가즈네에게 다가가 말을 건네자, 평소의 웅얼거리는 목소리로 "으응."이라는 대답이 돌아왔다.

"것보다, 이런 축제 무대에 혼자 서고 말이야, 너 배짱 한번 두둑하다.”

“으응…….”

“저번에 음악실에서 불었던 곡, 그거 불…….”

“어? 오타?”

내 말을 가로막고 가즈네는 놀란 목소리를 냈다.

“맞는데?”

“으응……. 저, 오타?”

“맞다고. 그럼 누군 줄 알고 대답한 거냐.”

“으응……. 담당자 아저씬 줄.”

“말도 안 돼.”

어린이회 인솔자에 담당자 아저씨에, 오늘은 너무 동떨어진 인물로 오해를 받고 있다.

“근데 여긴 어떻게……?”

“아, 어쩌다 보니 오게 됐다. 것보다, 너 밥 먹을 거지? 다코야키 사 왔다.”

“으응…….”

“색소폰 불었으니 배고플 거 아냐. 윽, 벌써 1시가 다 됐네.”

“으응…….”

“아, 저기 앉아서 먹자. 할머니들 춤 시작되면 여기는 방해될 테니까, 저기서 보면서 먹으면 되겠다.”

“으응…….”

“으응은 됐고, 자 얼른.”

무대 위에서 노인회의 훌라 댄스 준비가 한창이어서 무대 옆은 여러 모로 불편했다. 나는 가즈네의 등을 밀고 객석 뒤쪽으로 갔다. 가즈네는 색소폰 케이스를 안고 내내 고개를 숙인 채로 걸었다. 이런 그림이면 마치 내가 위협하고 있는 거 같잖아.

"그렇게 음울한 모습으로 걷지 좀 마라. 암튼 앉아."

나는 맨 뒷자리에 앉아 옆자리를 두드리며 말했다. 가즈네는 고개를 숙인 채로 의자 끝에 살짝 걸터앉았다.

"자, 다코야키. 좀 식었지만."

나는 다코야키가 든 팩을 가즈네에게 내밀었다. 하지만 가즈네는 받으려고 하지 않고 아래를 본 채로 고개를 갸웃거렸다.

"저기 포장마차에서 샀어. 위험한 거 아냐."

"으응……."

"그놈의 으응 좀 그만 하고, 먹어. 나도 먹을 거니까."

나는 가즈네의 무릎 위에 다코야키 팩 하나를 올려 주고, 나도 다코야키 하나를 입에 던져 넣었다.

"먹을 만하네. 소스 맛으로 퉁치려고 한 거 같긴 하다만. 너 혹시 다코야키 싫어하냐?"

"아니, 으응……. 아 참, 돈, 돈 낼게."

"됐어."

"그래도……. 얻어먹는 건."

"고작 다코야키 열 개야. 사사건건 귀찮게 굴지 마라. 너 진짜 성가신 거 알아?"

"으응. 그래도, 그건."

지갑을 꺼내려는지 가즈네는 부스럭부스럭 가방을 뒤적였다.

"됐다고."

"아냐, 그게."

"아, 진짜 귀찮게 구네. 그럼 말이야, 나중에 그 곡 불어 주라. 음악실에서 불었던 거. 그걸로 퉁치자."

"으응……."

가즈네는 다시 고개를 조금 갸우뚱했다. 그때마다 머리카락이 묵직하게 흔들렸다.

"으응이 뭐야. 너한테 프린트 갖다 주러 갔을 때 불어 줬잖아?"

"어떤 곡인지……. 곡명을 알려 주면."

"그걸 내가 어떻게 아냐."

"으응……. 그럼 저어, 어떤 곡인데?"

"아, 그게 말이지……. 조용하다가 점점 고조되는 거."

"으응……."

가즈네는 골똘히 생각하는지 앞머리 사이로 살짝 보이는 눈썹에 주름이 잡혔다. 바로 얼마 전에 불었던 곡도 기억하지 못하다니 진짜 웃기는 짬뽕이네.

"왜 이런 거 있잖아. 랄랄랄랄―라."

"으응……."

"모르겠어? 라―라라라―, 라―라라라―. 라라라―에서 마지막은 라―라―라―라―."

스즈카와 매일같이 노래를 부르는 덕분인지 상가 한복판에서 흥얼거리는 것도 부끄럽지 않았다. 나는 듣고 싶은 곡의 하이라이트 부분을 흥얼거렸다.

"아아, 피에트로 마스카니의 오페라 카발레리아 루스티카나의 간주곡 말이야?"

"뭐, 뭐냐. 알아먹지도 못할 외래어를 단숨에 좔좔 읊어 대고."

으응이란 말밖에 하지 않던 가즈네가 별안간 그 긴 단어를 술술 말하자 나는 당황하고 말았다.

"으응, 아니, 미안해."

"카발레리인지 히스트로인지 모르지만 그걸 듣고 싶었는데 말이야. 먹고 나서 좀 불어 주라."

"으응."

"그럼 불어 주는 걸로 하고, 먹어."

가즈네는 체념했는지 가방을 발밑에 내려놓고 다코야키 팩을 열었다. 진득하니 의자에 앉아 있지도 않고, 게다가 처음에는 아무것도 먹으려 들지 않았던 스즈카에게 지금은 꼬박꼬박 점심을 먹이고 있다. 가즈네에게 다코야키를 먹게 하는 것 따위 내게는 식은 죽 먹기다.

"그럼……. 미안해."

"미안해가 아니라 잘 먹을게, 라고 해야 하는 거 아냐? 너 깍듯한 거야, 예의가 없는 거야. 진짜 모르겠네."

"으응……. 잘 먹을게."

가즈네는 그렇게 말하고는 머리칼을 살짝 쓸어 올려 어깨 뒤로 넘기고 쭈뼛쭈뼛 다코야키 하나를 입에 넣었다. 당연하지만 눈도 코도 입도 제대로 붙어 있었다. 늘 머리칼에 가려져 있어서 아주 귀한 모습을 본 기분이다. 가즈네는 나와 눈이 마주치자 흠칫흠칫 눈을 돌렸다. 그 모습에 나는 얼떨결에 웃고 말았다.

"색소폰은 혼자서도 아무렇지 않게 잘만 불더고만."

"으응."

가즈네는 다코야키를 또 하나 입에 넣고는 곧바로 고개를 수그렸다. 얼굴을 보인다고 사라지는 것도 아닐 텐데, 왜 저러고 먹는지.

"참 이해가 안 되네. 너 중학교 때 등교 거부했지?"

무대 위에서는 할머니들이 화려한 드레스를 입고 느릿느릿 훌라 댄스를 추고 있다. 너무도 평화로운 그 모습에 내 마음까지 느긋해져서 가즈네에게 이것저것 묻고 말았다.

"으응…… 뭐."

"근데 고등학교 와서는 잘 다닌다? 우리 학교, 질이 안 좋잖아?"

"으응……."

"안 불편해? 교실 말이야."

"그래도 중학교 때보다는 나아."

"중학교가 그렇게 거칠었어?"

우리 학교보다 심했다면 끔찍한 거다. 나는 엉겁결에 목소리가 커졌다.

"아니……. 그게 아니고."

"그게 아니고, 뭔데."

"으응……. 그냥……. 중학교 때보다 다양한 사람이 있고, 단체로 하는 일도 적고, 으응, 숨통이 트이는 거 같아서."

가즈네는 띄엄띄엄 말을 늘어놓았다.

"숨통?"

"으응……. 답답하지 않아서 좋은 것 같아."

"그런가."

나는 중학교 때가 더 마음이 편했다. 막상 틀에서 벗어나면 당황하는 나는 어린애인가.

"근데 말이야, 너 저런 무대에서 색소폰 불 정도로 당당한데, 중학교 땐 왜 학교에 안 나간 거야?"

"그러게……."

가즈네는 더듬더듬 말하면서도 또 다코야키 하나를 입에 넣었다. 수줍어하면서도 어딘지 마이페이스인 그 모습에 피식 웃음이 나왔다.

"그러게라니, 남 일처럼 말하지 마."

"으응……. 나는 아마도 너처럼 사람을 잘 못 사귄다고 해야 하나, 사람하고 관계 맺는 걸 좋아하지 않는다고 해야 하나……."

"나처럼?"

"으응……."

"네 눈엔 내가 남들이랑 잘 지내는 걸로 보였어?"

애는 앞머리가 너무 길어서 아무것도 보이지 않은 게 아닐까. 나는 늘 주위에서 겉돌거나, 애들이 나를 무서워하거나 둘 중 하나다. 사람들과 잘 지낸다는 말은 지금까지 한 번도 들어 본 적이 없고 스스로도 그렇게 느낀 적이 없다.

"넌, 항상 누군가와 함께 있잖아."

"그거야 구제불능인 자식들이랑 좀 어울리는 것뿐이고."

"또 나 같은 애하고도 아무렇지 않게 얘기하고……."

"아, 그건 그렇다."

단지 성적표를 잘못 받았을 뿐, 지금까지 가즈네와의 접점은 없었다. 그런 여자애와 나란히 다코야키를 먹다니, 이건 작은 사건이다. 하지만 가즈네 옆에 있어도 여자와 같이 있을 때 느끼는 설렘이나 가슴 한구석이 뻐근하게 죄어 오는 듯한 두근거림은 털끝만큼도 솟아나지 않았다. 그렇다고 즐겁지 않은 것도 아니지만.

"나는 어둡기도 하고……. 오타 너랑은 전혀 다르니까……. 다들 나 같은 애랑은 말하고 싶지 않을 거야."

"아냐, 아냐. 넌 굉장한 캐릭터야. 머리만 좀 산뜻하게 묶고 이미지 변신하면……."

나는 다코야키를 먹는 가즈네의 얼굴을 보고는 하려던 말을 삼켰다. 사실 가즈네는 드라마나 만화에 나오는 애처럼 예쁜 건 아니다. 굳이 말하자면 눈 코 입이 작고 아담한 얼굴이다.

"으음, 뭐 이미지 변신은 그렇다 쳐도, 너 재밌잖아."

"으응……."

"혼자서 색소폰도 불고 말이야. 숨은 매력이 있는 것 같거든."

"으응……. 그렇지만 너도 동아리에서 혼자 뛰었잖아."

"하긴."

"이젠 안 뛰어?"

"뛰는 거야 뭐, 가끔 뛰지."

"그럼, 저어, 나도 색소폰을 부는 것뿐이야."

"그래."

하지만 가즈네는 당당히 무대에 올랐다. 어엿한 장소에서 불었다. 단지 뛰기만 하는 나와는 결정적으로 뭔가가 다르다.

"저어……. 끝났으니까 집에 갈게."

"어?"

아까 들었던 연주를 떠올리던 나는 가즈네의 말에 화들짝 놀랐다.

"저어……. 끝났어."

"끝나다니, 뭐가?"

"으응……. 다코야키."

가즈네는 빈 다코야키 팩을 닫으면서 그렇게 대답했다. 나는 하마터면 의자에서 떨어질 뻔했다. 그런 식으로 말하면 마치 강요받은 작업을 종료한 것 같지 않은가. 얘는 사람들과 대화하는 기회를 늘리지 않으면 안 되겠군. 다코야키에게도 나에게도 실례라고 불만을 토로하고 싶었지만 생각을 바꾸었다.

"어, 그럼 불어 줘."

"으응……."

"그 곡, 먹고 나서 불어 주기로 했잖아?"

"으응, 그렇지만 여기선 좀……."

"무슨 소리야. 그럼 먹튀지."

"으응……. 색소폰은 소리가 커서 다른 사람한테 방해가……."

무대 위에서는 아직도 훌라 댄스가 느릿느릿 이어졌다. 하긴 여기서 색소폰을 불면 할머니들이 딱하긴 하겠다.

"그럼 딴 데로 가자."

"으응. 그렇지만 집에 가야……."

가즈네는 벌써 색소폰과 가방을 들고 일어나 있다. 이 애의 페이스에 비집고 들어가기는 불가능할 것 같았다.

"그래. 그럼 또 보자."

나는 "하아." 하고 한숨을 내쉬고 가볍게 손을 흔들었다.

"으응……. 안녕……."

"응, 또 보자."

"……. 저어, 넌 안 가?"

가즈네는 한 발짝 내딛고는 다시 돌아보고 물었다. 하긴 이딴 축제에 올라오는 공연을 계속 본다면 이상히 여길 만도 하다.

"조금만 더 있다 가려고."

노인들 무대야 더는 미련이 없지만 아까 그 꼬맹이들의 노래는 들어 보고 싶었다. 떠들어 대다가도 얌전해지고, 또 부루퉁한가 싶으면 이내 의욕에 넘치고. 아이들은 다양한 얼굴을 솔직하게 드러낸다. 녀석들이 어떤 얼굴로 노래를 부를지 궁금했다.

"저어……."

가즈네는 아직 할 말이 남았는지 내 쪽을 빤히 돌아본 채로 있다.

"뭔데?"

"저어, 2학기에는 수요일 빼고는, 그게, 동아리가 있어서……."

"그래서?"

"저어……. 그 곡."

아, 그렇지. 그거 말이구나.

"그럼 언제 음악실로 들으러 갈게."

"으응……. 그럼."

가즈네는 천천히 고개를 숙이고 등을 돌려 다시 고개를 숙인 채로 걷기 시작했다. 카발레리아 뭐라던가. 오늘은 못 들었지만 2학기가 되면 그 곡을 들을 수 있을 거다. 그렇게 생각하자 9월이 조금 기다려지는 것도 같았다.

17

8월 3일, 월요일. 왠지 아침부터 마음이 심란했다. 누나의 출산 예정일을 하루 앞둔 날. 내 알바도 종료 직전. 그런 이유에서일까. 스즈카와 놀면서도 가만히 있을 수가 없어서 몸을 쭉쭉 늘이거나 흔들어댔다.

스즈카는 내가 몸을 움직일 때마다 율동이라도 하는 줄 아는지 앞에 서서 "뿅―뿅―." 하고 소리치며 따라서 몸을 움직이고는 까르륵 까르륵 웃었다.

"스즈카, 넌 입으로만 뛰는구나. 자, 뿅 뛰어 봐."

안고 점프를 시켜 주자 스즈카는 재미있는지 계속 "뿅! 뿅!" 하고 내게 들어 올리라고 재촉했다.

"너 생각보다 무겁거든."

"뿅!"

"알았어, 알았어."

"뿅!"

"너 입으로는 정말 잘 뛴다."

스즈카는 소리만 크게 낼 뿐 실제로는 전혀 뛰지 않고 나에게 몸을 맡기고는 들어 올려 주기를 기다렸다.

"뿅—! 뿅—!"

"아, 너 진짜!"

스즈카와 놀면서 평안을 되찾은 마음은 점심때가 되자 다시금 들썽들썽 불안해졌다.

뭐지, 이 기분. 초등학교와 중학교 졸업을 앞두고 느꼈던 기분. 아니, 다르다. 나는 학교에 미련 따위 눈곱만큼도 없었기 때문에 졸업이 다가와도 아무런 느낌이 없었다. 그럼 입시 전이나 싸움에 불려 나갔을 때의 긴장감? 그것과도 다르다. 하기 싫은 일을 하기 전의 무거운 마음은 아니다. 마음의 안정을 잃은 듯한, 어딘가에 구멍이 뻥 뚫린 듯한…… . 그렇다. 릴레이 마라톤의 마지막 대회였던 현 대회. 그때 마지막 언덕을 뛸 때도 그랬다. 결승선이 보이자 안심이 되면서도 동시에 단 한 명에게도 추월당하면 안 된다는 팽팽한 긴장감이 내 안에 가득했다. 그리고 거기에는 이런 식으로 달리는 것은 이제 끝이구나 하는 짙은 아쉬움이 있었다. 그때의 기분과 약간 비슷하다.

"붐부!"

큰 소리로 부르는 스즈카의 입에 황급히 밥을 떠 넣어 줬다.

"마이찌?"

스즈카는 밥을 잔뜩 넣어 빵빵해진 볼을 제 손으로 어루만지면서 말했다.

"마이따마이따."라고만 하던 스즈카가 요즘은 "마이찌?"라고 동의를 구하는 표현도 한다. 나란히 앉아 같은 음식을 먹을 수 있는 것도 앞으로 몇 번 남지 않았다.

오늘 점심은 돼지고기 채소 덮밥이다. 작게 자른 돼지고기를 바삭하게 볶아 채소를 넣고 무쳐 밥에 얹었다. 나도 이제 담백한 맛에 완전히 길들여져 이런 음식이 맛있다.

"확실히 맛있네."

나도 입안 가득 밥을 넣었다. 스즈카는 내 기분 따위 아랑곳하지 않고 재빨리 손을 모으고 "잠머거슴다." 하고 아직 밥을 다 먹지도 않았는데 의자에서 일어나 어슬렁거리고 돌아다닌다. 누나의 퇴원 예정일은 일요일이다. 알바도 아직 5일이나 남았다. 울적해 있을 때가 아니다. 그 전에 꼭 해야 할 일이 있다.

"야, 마지막 한 입까지 앉아서 먹어야지."

나는 돌아다니는 스즈카를 무릎 위에 앉히고 밥을 떠 넣어 줬다.

"마이찌?"

"맛있으면 가만히 앉아서 먹어."

"마이따! 마이찌?"

"그래그래. 넌 말로만 그러냐. 어? 뭐야?"

맙소사, 하고 어깨를 으쓱하는데 휴대 전화가 울렸다. 갑작스런 벨 소리에 놀라 전화기를 귀에 가져가자 선배의 커다란 목소리가 들려왔다.

"어, 나. 오타?"

"예, 선배."

스즈카는 내 무릎 위에서 도망쳐 뒤뚱뒤뚱 걸어가면서도 휴대 전화에 관심을 기울였다.

"아, 나 있지."

"무슨 일인데요?"

"지금 사쓰키 수술 들어간댄다."

"수술?"

"어, 어어. 말이 수술이지 그거야 그거, 제왕절개."

"어? 내일 아니었어요?"

"애가 금방이라도 나올 것 같댄다. 아까 전화 왔는데, 그래, 이제 링거로는 더 이상 늦출 수 없는 모양이야. 그래서 오늘 아침에 수술 결정했다고."

초조할 것이다. 선배는 목소리도 우렁우렁하고 말도 아주 빨랐다.

"그랬군요."

"배 속 아기도 이제 내일이면 37주니까, 위험하지 않다고 판단해서 급히 수술을 결정한 모양이야. 하루 빨라졌을 뿐인데, 무슨 문제 있겠냐."

"으음, 아, 그렇지. 그럼 스즈카 데리고 바로 병원으로 갈까요?"

스즈카는 제 이름이 나오자 내 옆으로 왔다.

"아냐, 스즈카가 병원에 가 봐야 힘들기만 하지, 괜찮아. 수술은 30분도 안 걸릴 거고, 가 봐야 있을 곳도 없어. 이따 저녁때 집에 들

를 거니까, 스즈카는 그때 내가 병원에 데리고 갈게. 아무튼 지금은
나 혼자 가 볼게."

"그럼, 그래요."

"아, 맞다. 그래. 그럼 너한테 전화할 것도 없었는데. 괜히 전화했
다, 걱정되게."

"아니에요, 알게 돼서 다행인걸요."

나는 무릎 위에 올라온 스즈카의 머리를 쓰다듬으며 대답했다.

"아, 나 지금 운전 중이거든. 불쑥 전화해서 미안하다. 뭐, 그렇게
알고. 이만 끊는다. 스즈카 좀 부탁할게."

"알았어요. 선배, 조심⋯⋯."

내 말이 끝나기도 전에 전화가 끊겼다.

휴대 전화를 식탁 위에 놓자마자 심장이 뛰기 시작했다. 아침부터
느꼈던 불안함은 이 징조였단 말인가. 딱히 걱정할 것도 없다. 하루
일찍 아기를 낳는 것뿐이다. 머리로는 그렇게 이해하면서도 출산이
란 말에, 수술이란 단어에 나도 모르게 고동이 빨라졌다.

"붐부ㅡ."

무릎에 앉은 스즈카가 내 얼굴을 올려다보았다.

"아, 그렇지. 너한테도 알려 주어야지. 스즈카, 오늘 네 동생이 태
어날 거래."

"동, 생."

"그래그래, 동생. 아기 말이야."

"동, 생."

스즈카는 선배와 누나에게 배웠을 것이다. 요즘 들어 발음이 정확해진 '동생'을 되풀이했다.

"우린 여기서 기다리고 있으면 돼."

"동생!"

"그래. 이따 저녁때 동생을 만날 수 있어. 그때까진 그냥 평소처럼 지내자."

내가 할 수 있는 게 없다는 것도 알고 있고, 누나는 병원에서 다 알아서 해 줄 거다. 그래도 마음이 안정되지 않았다. 점심 먹은 걸 치우고 난 뒤, 이제 규칙이 돼 버린 그림책을 읽어 줄까 했지만 도무지 마음을 다잡을 수 없었다. 심장이 이렇게 널뛰는데, 이미 다 외워 버린 그림책을 가만히 앉아서 읽는 건 무리다. 스즈카에게도 내 긴장감이 전염됐는지, 동생이 태어나는 것을 아는지, 평소에는 점심 먹고 얼마 후면 꾸벅꾸벅 조는데 지금은 눈이 초롱초롱하다.

"가만히 있으니까 더 불안한데."

"붐부―!"

스즈카는 그 말이 맞다는 듯이 소리를 높였다.

"어디, 갈까?"

"빠―!"

"그래 밖에 나가자. 근데 왠지 놀이터에서 노는 건 안 될 것 같고……. 그래, 스즈카 신사에 가 봤어?"

"신―사―."

"그래 신사. 근처에 있으니까, 가 보자."

놀이터에 가다 보면 우체국 뒤쪽에 신사가 있다. 시골이라서 그런지, 농가 사람들이 풍작을 기원하는 때문인지 이 근처에는 신사가 많다. 릴레이 마라톤 대회 전날, 그날도 마음이 싱숭생숭해서 밤에 갑자기 신사에 갔다. 아무렴 그 덕분은 아닐 테지만, 현 대회까지 올라갔다. 어쨌거나 신이니까, 오늘도 역할을 해 줄 것이다.

우체국 뒤로 이어지는 비탈을 올라가서 울창한 숲속의 돌계단을 열 개쯤 오르면 신사가 나온다. 자그마한 신사지만 참배객이 더러 찾아오는지 깔끔하게 정돈돼 있었다.

"연차ー, 연차ー."

스즈카는 돌계단을 한 단 한 단 천천히 올라갔다. 불안정하긴 해도 이제는 계단도 혼자서 올라갈 수 있다. 내가 스즈카와 지낸 기간은 한 달도 채 안 된다. 그사이에 말이 늘고, 요령도 생기고, 팔다리도 튼튼해졌다. 스즈카에게 한 달은 나의 몇 년에 해당할까. 언제부턴지 나는 할 수 있는 게 하나도 늘지 않고 있다. 늘기는커녕 수학과 과학, 진지하게 도전하는 것, 그리고 또래와 함께 만들어 내는 것. 그런 것들을 할 수 없게 됐다. 오히려 할 수 없는 것들이 늘어날 뿐이다. 고작 열여덟 살짜리가, 무슨 기운 없이 비칠거리는 영감탱이 같은 소린가. 그렇게 스스로를 비웃는 사이에 돌계단을 다 올라간 스즈카가 번쩍 손을 치켜들고 소리쳤다.

"또차!"

"오오, 벌써 도착했어? 스즈카 제법인걸."

"성고ー, 성고ー."

스즈카는 신사에 들어가자마자 쭈그리고 앉더니 바닥에 깔린 자갈을 줍기 시작했다. 검은색과 하얀색과 갈색. 알록달록한 돌이 신기하기도 할 것이다. 자갈을 주워 빤히 보고 있다. 나는 그 옆에서 크게 심호흡을 했다.

나무숲이 햇볕을 가리고 있어서일까, 신이 머무는 곳이기 때문일까. 여기는 다른 곳의 더위와 소란스러움이 거짓말인 듯 서늘하고 맑은 공기로 가득 차 있다. 스즈카는 그런 것 따위는 아랑곳하지 않고 돌을 가지고 놀기 바쁘다.

"너는 어딜 가든 재미있게 노는구나. 앗, 야아."

두 손 가득 돌을 움켜쥐고 걸어가는 스즈카의 손을 잡았다.

"돌을 가져가면 안 돼."

"또ー?"

"그래 돌. 옛날에 할머니한테 들은 것 같은데. 함부로 장소를 옮기면 돌이 불안해한대."

"안대안대?"

스즈카는 돌을 잔뜩 든 손을 내게 보여 주며 그렇게 물었다.

"그래. 안 돼, 안 돼. 밑에 내려놔."

"안대안대ー."

스즈카는 돌을 살그머니 발밑에 놓고, "빠이빠이ー." 하고 손을 흔들었다.

"돌 대신에, 이거 휙 던지자."

나는 주머니에서 백 엔짜리 동전을 꺼내 아쉬운 듯 돌을 바라보는 스즈카에게 쥐어 줬다.

"힉?"

스즈카는 동전을 꼭 쥐고 이상하다는 듯이 고개를 갸웃거렸다.

"그래. 이걸, 저 상자에 휙 던져 넣고 기도하는 거야."

"힉—."

"그래. 스즈카, 이리 와 봐."

나는 스즈카를 안고 시주함 앞에 섰다. 참배를 올리는 배전은 아주 오래된 건물이어서 나무로 된 부분이 거무스름한 잿빛으로 변색됐다. 비바람과 더위와 추위를 견뎌 온 모습에서 중후함마저 느껴져 왠지 고마운 마음이 들었다.

"자, 이 안에 휙 던지는 거야."

내 품 안에 있는 스즈카의 손을 시주함 위로 끌어 주었다.

"힉힉—."

"그래. 안에 잘 넣어야 돼."

스즈카는 내 얼굴을 한 번 보고, 앞에 있는 상자에 동전을 살짝 떨어뜨렸다. 동전이 떨어지는 소리와 동시에 나는 마음속으로 기도했다.

'아기가 무사히 태어나게 해 주세요.'

스즈카는 내 팔 안에서 시주함을 들여다보려고 안간힘을 썼다.

"엇쩌엇쩌."

"그래, 네가 휙 던졌잖아."

"엇쩌—엇쩌—!"

"없어진 게 아니라 넣은 거야."

"붐부—!"

스즈카는 제가 던져 넣고는 손에 쥐고 있던 것이 보이지 않으니 당황스런 모양이었다.

"그 백 엔은 신에게 바친 거야."

"바—쩌?"

"그래. 바쳤어. 백 엔을 주고, 그 대신 스즈카 동생이 건강하게 잘 태어나게 해 달라고 부탁한 거야."

"동, 생."

"그래. 건강하고 귀여운 동생이 태어나게 해 달라고."

나는 스즈카에게 설명하면서 단 돈 백 엔으로 너무나 엄청난 소원을 빈 것 같아 미안했다. 좀 더 넣을까. 아니다, 그렇게 되면 억지로 돈을 더 내는 모양새라 오히려 불쾌하지 않을까. 그때 시주함 옆 선반에 있는 판매용 부적이 눈에 들어왔다.

"뭐야. 이렇게 쬐그만 신사에서도 부적을 파네."

몇 종류의 부적이 진열돼 있고, 옆에 돈을 넣는 저금통이 놓여 있었다. 사람이 없으니 멋대로 집어 가지 않을까 싶기도 하지만 설마 하니 부적을 훔치는 사람은 없을 것이다.

"하나 살까?"

내가 부적 앞으로 다가가자, 내 품에 안긴 스즈카는 신기했던지 진열된 부적을 만지려고 곧바로 손을 뻗었다.

"야아. 손대면 안 돼. 어느 걸로 할까. 이제야 순산 부적을 사기는 늦은 것 같고. 학업 성취, 재운 상승…… 하아, 부적을 살 만큼 중요한 일도 없네. 아, 이거 좋겠다. 스즈카, 이거 살까?"

천으로 된 아기 인형이 달린 분홍색 자그마한 주머니 모양. '아이 보호'라는 글귀가 쓰여 있다.

"붐부—!"

내가 가리키자 스즈카는 크게 고개를 끄덕였다.

"그럼 이걸로 하자. 헉, 600엔이나! 근데 동전도 그렇게는 없고. 이 돈 상자는 거스름돈도 안 나오는데. 아, 말도 안 돼!"

나는 스즈카를 내려놓고 마지못해 상자 안에 천 엔짜리 지폐 한 장을 쑤셔 넣었다. 소원을 이루는 데는 백 엔이면 됐지만 스즈카를 지키는 데에는 그 열 배나 들었다.

"자, 스즈카. 소중히 간직해야 돼."

부적을 건네자 스즈카는 "야호—!"라고 소리치며 번쩍 손을 들었다. 뭐든 새로운 것을 얻으면 금세 얼굴이 반짝반짝 빛난다. 스즈카는 "소주이, 소주이!" 하고 말하면서 부적을 들고 이리저리 쫄랑쫄랑 뛰어다녔다.

"벌써 낳았겠지."

선배는 30분 정도면 수술이 끝난다고 말했다. 지금쯤 아기랑 첫 대면을 하고 있으려나. 한여름에 태어난 아기. 분명 씩씩할 거다.

"자, 스즈카 그만 집에 가자."

큰 보폭으로 까드득까드득 소리를 내며 자갈길 위를 걸어가는 스즈카에게 말했다. 어디서나 재미있는 것을 발견하고 놀 수 있는 건 분명 아이의 재능이다.

"집에 가자니까. 자, 스즈카. 이리 온."

자갈을 밟는 데 정신이 팔려 있는 스즈카에게 "이리 온." 하고 손을 펼치자 스즈카는 얼굴 가득 웃음을 띠고 나를 보았다. '이리 온.' 하고 부르면 뭘 하고 있더라도 스즈카의 얼굴은 금세 활짝 펴진다. 온몸에서 넘쳐흐르는 억누를 수 없는 웃음을 띠고 쏜살같이 나를 향해 뛰어온다. 전신에서 넘쳐나는 그 기쁨의 표정이 보고 싶어서 나는 용건이 없어도 "이리 온." 하고 말하곤 한다. 아이에게는 '이리 온'이란 말이 더없이 기쁜 것이다. 아니, 몇 살이 되더라도 마찬가지일 거다.

"오타, 너도 마라톤 연습에 와라."

그 말을 들은 순간, 나도 지금의 스즈카처럼 마음이 뛰었던 것 같다. 중3, 아직 여름이 되기 전. 학급에서 겉돌기 시작한 나는 점심시간에 아무도 없는 테니스 코트에서 담배를 피우며 시간을 죽이고 있었다. 그때 그 말을 들었다. 누군가 "이리 온." 하고 불러 주면 얼마나 행복할까.

"게당."

"그래. 계단 조심해."

스즈카는 올라갈 때는 혼자서도 괜찮았지만 내려갈 때에는 당연한 듯이 내 손을 잡았다.

신사에서 기도한 덕분일까. 스즈카 손을 잡고 한 계단 한 계단 내려갈 때마다 들썽거리던 마음이 서서히 가라앉았다. 아무 일 없을 거다. 무사히 출산했을 거다. 그리고 작은 오른손에 꼭 쥐고 있는 부적이 스즈카의 앞날을 조용히 비춰 줄 것이다.

18

이튿날 화요일은 알바를 쉬었다. 선배가 스즈카를 데리고 아침부터 병원에 가겠다고 했다. 나도 같이 따라가고 싶었지만, 남편도 아닌 남자가 산부인과 병실에 가는 건 비상식적이라고 엄마에게 한 소리 듣고는 가지 않기로 했다. 아기를 낳은 직후의 산모는 완전히 지친 데다 신생아도 돌봐야 한다. 수유도 해야 하고, 수술한 몸으로 아기도 안아 줘야 한다. 그 상황에 가족도 아닌 남자가 찾아가는 건 결례가 되는 모양이다. 스즈카의 여동생을 보고 싶었지만 상식에서 벗어난 일은 하지 않는 게 좋을 것 같아서 그만뒀다.

어젯밤 선배는 전화로 무사히 여자아이가 태어난 소식을 알렸다. 예정일에 앞서 태어난 만큼 3킬로그램도 안 나가지만, 사쓰키를 꼭 닮은 귀여운 딸이라고 선배는 흥분을 감추지 못했다. 잠시 전화를 바꾼 누나도 내게 연신 고맙다고 말했다. 그리고 무사히 태어나서 다행이라고, 오랜 입원 생활을 한 만큼 아기가 더욱 사랑스럽다고 말하는 목소리는 가늘게 떨렸다.

잘됐다. 전화기에서 선배 부부의 행복함이 번져 나오는 것 같아서 나도 마음이 놓였다. 나는 "스즈카도 잘 부탁합니다."라고 말하려다 황급히 입을 막았다. 나는 남이다. 주제넘게 나서면 안 된다. 게다가 스즈카도 동생이 생겨서 엄청 기뻐할 테니까.

자, 그럼 오늘은 어쩌지. 병원에 갈 생각으로 신경 써서 차려 입었는데. 나는 엄마가 해 놓고 간 삼각 김밥을 한입 가득 넣고 우물거리면서 생각했다. 한 달이 순식간에 지나갔다. 이제 곧 아기와 누나가 그 집으로 돌아온다. 그 모습을 떠올리자 가슴이 쿵 내려앉았다. 병원에 못 간다면 선배 집에 청소라도 하러 갈까. 누나가 아기와 함께 퇴원해서 돌아오면 큰 파도와 같은 나날이 기다리고 있을 테다. 스즈카도 챙겨야 하고, 태어난 아기도 돌봐야 하고. 아이가 둘이 됐으니 아이들 뒤치다꺼리로 하루가 다 지나 버릴 것이다.

누나가 없는 동안, 가끔 선배가 청소기 정도는 돌리는 것 같았고, 나와 스즈카도 대충 정리는 하면서 지냈다. 하지만 한 달씩이나 구석구석 꼼꼼히 청소하지 않으면 집 안은 한없이 꾀죄죄해진다. 여벌 열쇠를 가지고 있으니 집에 사람이 없어도 들어갈 수는 있다. 남의 집 안을 멋대로 손대는 게 썩 내키지는 않지만 하다못해 눈에 띄는 부분만이라도 깨끗이 청소해 두고 싶었다. 집에 돌아온 누나가 조금이라도 여유를 가질 수 있도록 할 수 있는 일은 해 두기로 했다.

선배 집에 도착한 나는 먼저 창문을 활짝 열어 놓고 청소기를 돌렸다. 선배가 종종 돌렸을 텐데도 구석으로 밀려난 먼지가 의외로 많았다. 이런 데서 스즈카가 잠을 잤다고 생각하니 소름이 돋았다.

청소기를 돌린 다음은 물청소. 세면기를 스펀지로 문지르자 얇게 낀 때가 벗겨지고 윤기가 났다. 손을 씻는 곳이니 이 정도는 깨끗해야지. 나는 점점 신바람이 나서 화장실과 욕조도 정성껏 닦았다. 일단 시작하자 온갖 군데가 다 눈에 들어왔다. 때를 닦아 내지 않고는 직성이 풀릴 것 같지 않았다. 중학교 때는 청소 당번 한번 한 적 없지만 워낙에 나는 깔끔한 걸 좋아하는 편이다. 타일 사이에 낀 때는 이쑤시개로 제거하고, 물때 낀 수도꼭지는 반짝반짝해질 때까지 수건으로 박박 문질렀다.

스즈카가 있으면 이런 일은 절대 할 수 없다. 청소기라도 돌릴라치면 저도 해 보겠다고 난리를 치고, 내가 가는 곳이면 어디든 따라다니며 팔을 잡아끄니 세제 같은 건 쓸 수도 없다. 본격적으로 청소에 돌입하자 꽤 중노동이었다. 티셔츠도, 머리에 질끈 묶은 수건도 땀에 흠뻑 젖었다.

이영차. 마지막은 닦기다. 나는 물걸레를 꽉 짜서 옷장을 닦기 시작했다. 스즈카는 음식물이며 점토 따위가 묻은 손으로 아무 데나 만지고 다니기 때문에 가구고 텔레비전이고 창문 할 것 없이 스즈카의 손자국이 나지 않은 데가 없었다. 내 손의 삼 분의 일도 안 되는 작은 손. 그 손으로 궁금한 게 있으면 다 만져 봐야 하기 때문에 손자국이 무수히 나 있었다. 하아, 여기도야. 진짜 손이 안 닿은 데가 없네. 오래된 스즈카의 손자국을 닦아 내자 텔레비전이며 옷장이며 창문이 본래의 빛깔을 되찾았고 덩달아 방도 환해졌다.

이제 장식장만 닦으면 끝이다. 식탁 옆의 장식장 안에는 잡다한 물건들이 먼지를 뒤집어쓰고 있었다. 인형이며 유리 세공품이며 장식품. 많은 액자에는 갓 태어났을 때의 스즈카 사진과 선배와 누나가 나란히 있는 사진, 동복을 입고 쭈그리고 앉은 선배의 고등학교 시절 사진까지 있었다. 하나같이 귀한 사진인데 죄다 먼지를 뒤집어쓰고 있네. 언제 청소하고 여태 안 한 거야. 부드러운 천으로 액자를 닦던 나는 얼결에 웃음을 터뜨릴 뻔했다.

태어난 지 얼마 안 된 스즈카를 안고 있는 선배의 얼굴이 얼마나 평온하던지. 그 녹아내릴 듯한 표정에는 싸움꾼으로 이름을 날리던 흔적은 어디에서도 찾아볼 수 없었다. 사람은 변한다지만 얼굴까지 이렇게 변하다니.

선배는 예전에 알아주는 양아치였다. 몸집이 큰 데다 어릴 때부터 합기도를 해 왔기 때문에 주먹이 셌고, 그 때문인지 싸움을 일삼았다. 중고등학교 때는 거의 학교에 나가지 않았고 집에도 들어가지 않았다. 늘 오토바이를 타고 다니면서 친구 집을 전전했고, 우리 집에서 자고 가는 날도 많았다. 나와 세 살 차이가 나는데도 마음 맞는 구석이 있었던지 선배는 나를 귀여워했다.

고등학교를 1년 만에 때려치운 선배는 알바도 꾸준히 하지 않고 오랫동안 빈둥거렸던 모양이지만, 아이가 생겨 결혼하자마자 신기할 정도로 견실해졌다. 어차피 얼마 못 가 관둘 거라고 생각했던 지금 회사는 3년 가까이 계속 다니고 있다.

"뭐, 홀몸이 아니라 생활이 되게 빠듯하긴 한데, 의욕 하나는 펄펄

넘치지. 하긴 하고 싶은 것도 실컷 해 봤고, 미친놈처럼 날뛰고 사는 것도 질린 거지."

결혼하고 반년쯤 지났을 때, 선배는 그렇게 말하며 웃었다.

"내가 그동안 착실하게 살았던 적이 없었잖냐. 힘든 일도 해 보니까 의외로 재미있더라. 너도 그렇지?"

"예?"

"너, 즐거우니까 뛰는 거잖아?"

당시 중학교 3학년이었던 나는 어울리지 않게 머리를 빡빡 밀고, 육상부도 아닌데 반강제로 릴레이 마라톤 팀 멤버가 되어 현 대회를 앞두고 연습 중이었다.

"하긴, 그러네요."

"지금 너, 멋져. 진짜 빛이 나."

그때 선배는 진심으로 그렇게 말했다.

달릴 때의 나는 빛났다는 건가. 그럼 지금의 나는 어떤가. 객기 부릴 일이 없어져서 스즈카를 안은 선배처럼 온화한 얼굴을 하고 있을까. 아니면 소중한 것 따위 없어서 무서울 것 없었던 고등학교 시절의 선배처럼 혈기왕성한 얼굴을 하고 있을까. 나는 그 어느 쪽도 아니다. 양아치도 아니고, 한 가지 일에 전념하지도 못한다. 단지 아무것도 손에 쥔 것 없이 멍하니 막막한 미래를 향해 서 있을 뿐이다. 그게 나다. 지금의 나에 대해 생각하면 미칠 것 같다. 머리를 세차게 흔들어 생각을 떨쳐 버렸다.

나는 장식장에 있는 것들을 깨끗이 닦고는 사진 액자 뒤에 잡다하게 놓여 있던 책을 장식장 안에 도로 넣어 뒀다.

"아니, 이 안에도 앨범이 많잖아. 선배나 누나나, 둘 다 사진을 좋아하나 보네."

결혼 전 누나는 어떤 느낌이었을까. 앨범 정도는 봐도 되겠지. 그렇게 생각한 나는 〈사쓰키의 기록 1〉이라고 쓰인 앨범을 손에 들었다.

"어? 이건 앨범이 아닌데."

그것은 사진이 아니라 어린 시절 누나에 관한 다양한 기록을 묶어놓은 파일이었다. 유치원 출석 카드. 손도장에 운동회 상장에 단순한 이름표. 무엇을 그렸는지 알 수 없는 그림이며 종이접기. 우리 엄마는 그다지 꼼꼼한 성격이 아니어서 나는 앨범도 한 권밖에 없는데 〈사쓰키의 기록〉은 여섯 권이나 있었다.

정성스럽게 자세히 남겨진 기록은 어쩐지 답답하게도 느껴졌다. 아무리 그래도 이렇게 파일을 만들어 준 사람을 완전히 잘라 내도 되는 걸까. 아니다, 내가 할 수 있는 일은 없다. 나 자신을 과대평가하면 또 헛돌아 버릴 뿐이다. 나는 파일을 장식장 안에 도로 넣고 부엌으로 갔다.

조금 전, 선배 집에 오는 길에 슈퍼에 들러 식재료를 잔뜩 사 왔다. 누나는 요리가 젬병이라고 했고, 더구나 한동안은 갓난아기에게만 매달려 있어야 할 터이니 부엌에 서는 것도 힘들 것이다. 그리하여 스즈카가 다시금 인스턴트 유아식이나 편의점 도시락으로 배를 채우게 된다면 큰일이다. 누나도 그렇고 선배도 중요한 시기일수록 영양을 제대로 섭취하지 않으면 몸이 버텨 낼 수 없을 것이다. 그래서 스즈카가 좋아하는 반찬 정도는 며칠분이라도 냉동해 두자고 마음먹었다.

깨끗해진 부엌에서 요리할 생각을 하니 기분이 좋았다. 나는 곧바로 식칼을 꺼내 들었다. 먼저 당근과 시금치. 스즈카가 싫어하는 채소를 잘게 썰어 넣고 볶음밥을 할 것이다. 프라이팬에 밥을 볶고 있자니 스즈카가 옆에 앉아 '치이―치이―' 하며 참견하던 모습이 떠올랐다. 대구와 감자를 넣은 된장맛 그라탱. 스즈카가 찐 감자 으깨는 걸 자랑스레 거들어 줬는데. 전분을 묻힌 정어리를 달달하면서도 짭짤한 소스에 버무려 구운 정어리구이. 스즈카가 좋아하는 맛이지만 진한 맛에 길들여질까 봐 황급히 간장의 양을 줄인다. 당근과 연근을 잘게 채 썰어 참치 통조림과 함께 볶은 긴피라. 이 정도로 잘게 자르면 당근을 싫어하는 스즈카도 멋모르고 맛있게 먹는다. 돼지고기를 바삭하게 볶아 채소와 함께 무친 것. 참기름에 볶을 때면 그 고소한 냄새에 스즈카는 "빠이! 빠이!" 하고 재촉했었다. 그리고 뭐니 뭐니 해도 보들보들한 햄버그스테이크. 스즈카가 정말로 좋아하는 거니까 잔뜩 만들어 둬야지.

일단 음식을 다 만들자 그걸 식혀 집에서 가져온 보존 용기에 넣었다. 죄다 간단한 것뿐이지만 얼추 열흘분은 됐다. 이 정도면 한동안 먹는 걸로 어려움을 겪지는 않을 것이다. 당근도 남기지 않고 먹을까. 제대로 앉아서 먹을까. 꼭꼭 씹어서 먹을까. 차례차례 담아 가

면서 이런저런 걱정을 하는 내 자신이 우스워 피식 웃었다. 햄버그
스테이크는 하나씩 랩에 쌌다. 작은 사이즈의 햄버그스테이크를 손
에 올려놓자 아직도 조금 따뜻했다. "마이찌?"라고 볼을 우물거리며
먹는 스즈카의 모습이 눈에 선했다.

하지만 스즈카가 이 햄버그스테이크를 먹을 때면 나는 그 옆에 없
다. 그 생각을 하자 왠지 콧날이 시큰해지려고 한다. 나는 바보인가.
이 말도 안 되는 알바가 마침내 끝나 가고 있는데, 내가 왜 이러지.
나는 코를 문지르고 냉동고에 반찬을 계속 채워 넣었다.

19

수요일. 선배 집에 가자마자 스즈카는 다짜고짜 내 손을 잡아끌고 거실로 갔다. 장난감 자동차를 선물받았는지 방바닥에 "부부—." 하고 굴리면서 내게 보여 줬다.

"어제 병실에서 스즈카가 심심해하는 걸 보고, 맞은편 침대에 병문안 온 할아버지가 사 주시더라고. 할아버지 할머니란, 진짜 어이없을 정도로 쉽게 아이한테 물건을 안긴다니까."

선배가 옷을 갈아입으면서 말했다.

"할머니 할아버지들이 손주한테 약하다는 말은 많이 들었어요. 아……. 저는 뭐, 잘 모르지만요."

선배와 누나는 부모님과 연락을 끊고 살기 때문에 지금으로서는 스즈카에게 친척이 없는 거나 다름없다. 나는 엉겁결에 쓸데없는 말을 해 버리고는 아차 싶어 얼른 입을 다물었다.

"그런가 보더라. 선물 같은 거 받는 줄 알았다면, 진즉에 아버지 엄마랑 좀 잘 지낼걸 그랬어."

선배는 웃으면서 그렇게 말하고는 내게 고개 숙여 감사를 표했다.

"그나저나, 너 집을 깨끗이 청소해 났더라. 정말 고맙다."

"대충 한 건데요 뭘."

"대충이라니, 이 정도면 대청소지. 어제 병원에서 돌아와서 나랑 스즈카랑 되게 놀랐다야."

스즈카는 선배의 말을 듣고 장난감 자동차를 바닥에 굴리면서 "디게디게―." 하고 흉내를 낸다. 그 말을 듣고 새삼 둘러보니 생각보다 훨씬 더 열심히 청소했는지 집 안이 사뭇 달라 보였다.

"일단 시작하니까 열심히 하게 되던데요."

"토요일에 사쓰키가 돌아오면 감동할 거다."

"토요일?"

"아, 말 안 했나? 하루 일찍 출산해서 퇴원도 하루 빨라졌어. 병원에서는 하루라도 빨리 내보내려고 하거든."

"그랬군요."

"하루 빨리 와도 어차피 넌 금요일까지니까 달라질 건 없지만 말이야. 아, 금요일엔 나도 일찍 퇴근할 거야. 오타, 오랫동안 고마웠고, 미안했다."

"아, 아니에요."

"이제 사흘 후면 이 고생스런 생활에서 해방될 테니, 조그만 더 견뎌 줘라."

"해방이라뇨."

선배를 따라 웃긴 했지만, 사흘이라는 간단히 헤아릴 수 없는 일 수에 가슴이 두방망이질 쳤다. 이제 정말로 카운트다운이 시작된 것이다.

"오늘 퇴근하고 병원에 잠깐 들렀다 오려고. 미안하지만 좀 늦을 거 같다, 되도록 빨리 오도록 할게."

선배의 입이 헤 벌어졌다.

"미안하긴요, 정말 괜찮으니까 신경 쓰지 마요. 선배, 아기가 보고 싶은 거죠?"

"아 뭐. 이제 막 태어난 아기는 남다르거든. 아직 아무것도 모르는 작은 영혼은 순수함 그 자체니까……. 앗, 벌써 이렇게 됐네! 지금 이러고 있을 때가 아니지. 얼른 나가야겠다. 스즈카, 아빠 갔다 올게. 오타, 부탁한다."

"빠이빠이."

선배가 헐레벌떡 나가는데 스즈카는 재빨리 손을 흔들고는 자동차를 옆으로 밀어 놓고 구석의 장난감 상자로 향했다. 선배도 스즈카도 이 생활에 완전히 적응돼서 헤어지는 걸 아쉬워하지 않는다. 내가 여기에 온 이후로 보낸 시간의 길이를 새삼 실감하게 된다.

"오늘은 블록 놀이로 시작하는 거야?"

"연차ㅡ, 연차ㅡ."

스즈카는 나무 블록을 상자째 들고 거실 한가운데로 왔다.

"여어쭈ㅡ."

"아 그래, 열어 줄게."

내가 상자를 열어 주자 스즈카는 분홍색 블록을 집어 들었다.

"나이가 어려도 여자는 분홍색을 좋아하는구나."

"부옹─, 부역─, 키여─."

"블록? 키여─?"

손에 든 블록을 보여 주며 말하는 스즈카를 보며 나는 고개를 갸우뚱했다.

"키여─."

"키여─가 뭔데?"

키여─. 키가 크다는 말일까. 아니, 아직 블록을 한 단도 쌓지 않았으니 키가 크다는 말은 아닐 테고, 몸이 어디 꽉 끼어 답답하다는 말도 아닌 것 같다.

"키여─, 키여─, 키여─찌?"

스즈카는 신이 나는지 이제 막 배운 말을 연발했다. 요즘 스즈카의 말이 부쩍부쩍 늘어서 누나가 만든 공책의 '스즈카 말 사전'만으로는 도저히 해석이 안 된다.

"스즈카 너, 자꾸 새로운 말을 하니까, 내가 알아들을 수가 없잖아."

내가 그렇게 푸념을 하는데도 아랑곳하지 않고 스즈카는 "키여─찌?"라고 동의를 구하는 듯 어미를 강조했다.

"키여─가 뭔 말인지를 모르니, 대답을 할 수가 있어야지."

"키여─, 찌?"

스즈카는 왜 못 알아듣느냐는 듯이 내 얼굴을 들여다보며 같은 말을 반복했다. 되는 대로 말해도 통할 거라고 생각하니 참 난감할 노릇이다.

"키여ㅡ. 흐음, 무슨 말이지."

"부엌, 아가, 키여ㅡ, 찌?"

"아가? 아하, 그렇군. 아가, 귀여워. 맞지?"

"붐부ㅡ."

스즈카는 정답이라는 듯이 손뼉을 쳤다.

"아 참, 어제 스즈카도 보고 왔지. 동생이 귀여웠나 보네."

"키여ㅡ찌?"

"너 같은 어린애가 봐도 갓난아기는 귀여워 보이는구나."

"동, 생, 키여ㅡ찌?"

스즈카는 말이 통한 게 기뻤던지 몇 번이나 "키여ㅡ."를 되풀이했다.

"흐응. 좋겠네. 동생, 스즈카랑 많이 닮았어?"

"키여ㅡ, 키여ㅡ, 찌?"

"갓난아기라서 응애응애 울기만 하지?"

"동, 생, 키여ㅡ."

"그래, 귀여운 건 이제 알았고. 아가, 코 잤어? 손이랑 움직였어?"

"키여ㅡ, 찌?"

"언제까지 귀엽다는 말만 할래. 야아, 동생에 대해 다른 정보는 없는 거야?"

나는 그렇게 말하고 웃으면서도 가슴이 먹먹해졌다. 하루 종일 헤

아릴 수 없을 정도로 누나와 선배가 '귀엽다'는 말을 많이 했을 것
이다. 이제 막 태어난 아기가 귀여운 것은 당연하다. 하지만 문득 걱
정이 스쳤다. 아기에게만 집중하다 스즈카를 잊……을 일은 없겠지.
스즈카에 대한 나의 편애가 지나친 거다. 선배는 퇴근해서 돌아오면
제일 먼저 스즈카를 찾고, 누나는 날마다 전화로 스즈카의 상태를
물어 온다. 둘 다 스즈카를 끔찍이 소중히 여기고 있지 않은가.

"성고ー!"

그런 쓸데없는 걱정을 하고 있는데, 옆에서 스즈카가 크게 소리치
며 짝짝짝 손뼉을 쳤다.

"뭘 만들었는데? 우왓, 스즈카 되게 잘했네."

"디게ー, 디게ー."

"오오, 진짜 대단해 스즈카. 어느새 이렇게."

스즈카 앞에는 비록 3단이지만 위로 쌓아올려진 나무 블록이 서
있었다. 처음에는 내가 쌓아올린 블록을 무너뜨리며 재미있어 했고,
그 후로는 옆으로 나란히 늘어놓기만 하더니 이렇게 쌓아올릴 수 있
게 되다니.

"자해ー!"

"그래, 잘했어. 스즈카, 제법인걸."

"자해ー, 자해ー. 와아."

칭찬에 기분이 좋아진 스즈카는 커다란 블록을 네 번째 단에 올려
놓으려다 3단까지 쌓아올렸던 블록마저 무너지고 말았다.

"그렇게 큰 걸 올려놓으면 당연히 무너지지."

스즈카는 블록이 무너진 순간에는 놀라더니, 떽떼굴 구르는 나무 블록을 바라보면서 "하아." 하고 한숨을 쉬었다. 내가 만든 것을 자신이 무너뜨릴 때마다 한숨 쉬던 걸 흉내 내는 거다.

"하아가 뭐야, 하나도 아쉬워하지 않으면서. 블록이 무너졌다고 다 그렇게 한숨을 쉬지는 않아."

"하아ㅡ."

"아 참, 하아만 하지 말고. 자자, 다시 만들어 봐."

"다시."

스즈카는 다시금 같은 순서로 블록을 쌓아올리다가 네 번째 단에서 또 실패하고는 "하아ㅡ." 하고 큰 소리로 한숨을 내쉬었다.

"큰 걸 위에 놓으니까 무너지지. 이거 봐, 이번에는 이 작은 걸 올려 봐."

내가 작은 네모 블록을 건네주자, 스즈카는 네 번째 단에 척 올려놓고는 손뼉을 쳤다.

"성고ㅡ."

"제법인데."

"디게, 찌?"

"그래, 되게 잘해. 좋아, 그럼 함께 큰 걸 만들어 보자. 둘이서 하면 근사한 걸 만들 수 있겠다. 그럼 스즈카 먼저 이걸 봐."

나는 상자에서 가장 큰 네모 블록을 꺼내 스즈카에게 건넸다. 스즈카는 제게 맡겨 준 게 무척이나 기쁜지 받아 든 블록을 "연차!" 하고 큰 소리로 기합을 넣으면서 놓았다.

"좋아, 그럼 이번에는 이 노란 거."

"연차!"

스즈카는 손바닥을 크게 펼쳐 내게서 블록을 받아 들고는 잔뜩 힘줘 놓았다.

"좋아, 좋아. 스즈카, 그렇게까지 열심히 안 해도 돼. 살짝 놔 봐."

"샷짜 나."

"그래 조용히 놔. 자, 이번에는 이걸 위에 쌓아 줘."

"연차."

스즈카는 웃음 가득한 얼굴로 블록을 받아 들고 의기양양하게 쌓아 나갔다. 다만, 블록은 좌우로 삐뚤삐뚤 기울어져서 조금만 움직여도 쓰러질 것 같았다. 나는 스즈카가 눈치채지 못하도록 살짝살짝 블록을 반듯하게 맞춰 두곤 했다.

"이번엔 하늘색 네모. 스즈카, 한가운데에다 놔 봐."

"연차—."

"오오, 대단해. 벌써 일곱 단이나 올렸는걸. 조그만 더 올리면 집, 아니지 이 정도 크기면 이미 성이지. 성이 완성될 거야."

"썬—."

"썬이 아니라, 성. 크고 훌륭한 집 말이야. 자아, 스즈카, 이건 살짝 놔야 된다."

"샷짜."

"그래. 살짝 놓는 거야."

블록이 높아지자 스즈카도 딴에는 긴장이 되는지 작은 소리로

"싸싸싸짜." 하면서 신중하게 블록을 올려놓는다.

"좋아, 이제 열 번째 단이다! 마지막으로 세모."

"싸싸싸 싹짜."

집중하고 있는 거다. 스즈카는 입술을 삐쭉 빼물고, 눈도 깜빡거리지 않고 자신의 손가락을 바라본 채 맨 위에 살짝 블록을 올려놓았다.

"오오, 완전 잘했어!"

"성고―."

나와 스즈카는 함께 손뼉을 쳤다.

두 주쯤 전에 스즈카에게 처음 나무 블록을 안겨 줬을 때에는 너무 이른 게 아닌가 싶었는데, 지금 눈앞에서 성이 완성됐다. 어린아이는 한 달이면 새로운 것을 할 수 있게 되는 모양이다.

"멋진 성이네. 스즈카, 잘하는걸."

"자해! 부억, 부억."

"스즈카는 블록 선수구나."

"부억, 자해―찌?"

성을 완성한 스즈카는 우쭐해서 상자에 남아 있는 블록을 꺼내 들고 쌓기 시작했다. 블록에 푹 빠져 있는 거다. 좋아, 이때를 이용해서 먹을 걸 만들어 볼까. 나는 스즈카에게 "대단해, 대단해."라고 말하면서 부엌으로 향했다.

냉장고에는 어제 사 온 식재료가 아직 남아 있다. 즉석에서 만들어 먹을 수 있는 건 앞으로 세 번뿐이다. 맛있는 데다 영양가도 있고, 거기에 스즈카가 기뻐하는 얼굴을 볼 수 있는 것. 무슨 요리를 해 볼까.

역시 햄버그스테이크를 만들어 볼까. 이번에는 조금 색다르게 안에 치즈를 넣어 봤다. 햄버그스테이크를 살짝 베어 물었을 때 속에서 녹은 치즈가 나오면 깜짝 놀라겠지. 그리고 또 피망. 약간 매콤해서 먹지 않을 거라 생각하고 제쳐 뒀는데 이제 조심스레 도전해 볼까. 잘게 잘라 달달하고 매콤하게 볶은 피망을 만두피로 감쌌다. 속에 뭐가 들어 있는지 모르니 일단은 먹을 것이다. 피망이 든 걸 알면 얼굴을 찡그리겠지만 그 얼굴을 보는 것도 즐거울 테니, 일단 시도해 보자. 그리고 주먹밥 속에 달걀말이를 넣어 봐야겠다. 오늘은 겉모양보다 속에 뭐가 들었을까 기대하며 먹는 메뉴. 스즈카는 이것저것 먹어 보면서 법석을 떨겠지. 그 모습을 상상하는 것만으로도 미소가 번졌다.

"좋아, 거의 다 됐……어?"

햄버그스테이크와 만두가 거의 구워진 걸 확인하고는 상을 차리려고 거실로 가자, 스즈카는 블록을 늘어놓은 채로 아무렇게나 누워 새근새근 자고 있었다.

"맙소사. 너무 조용히 논다 했더니, 아직 11시밖에 안 됐고만 벌써 낮잠을 자는 거야."

부엌에서는 햄버그스테이크와 만두가 고소한 냄새를 풍기며 구워지고 있다. 지금 당장 점심을 먹어야 하지만 어쩔 수 없다. 나는 일단 가스 불을 껐다.

어제 병원에 가서 제 딴에는 꽤 신경을 썼을 것이다. 게다가 스즈카는 남의 기분에 쉽게 전이되는 타입이라 흥분한 선배 때문에 밤에도 푹 자지 못했을 수도 있다. 동생이 태어난 건 아주 큰 변화다. 평소처럼 떠들고 잘 놀긴 해도 그 변화에 적응하는 데 피로한 건 어찌 보면 당연한 거다. 일단 벽장에서 이불을 꺼내 깔아 놓고 스즈카를 안아다 그 위에 눕혔다. 옮겨 눕혀도 손에 세모 블록을 쥔 채로 세상 모르게 곤히 자고 있다.

"참 잘 자네."

보드라운 뺨은 발그스레했고, 살짝 벌어진 입술 사이로 작게 숨결이 새어 나왔다. 깨어 있을 때는 울거나 재잘재잘 떠들어 대며 쉴 새 없이 바뀌는 표정이 잠이 드니 한없이 평온하다. 괴로움이며 슬픔 따위는 전혀 모르는 건강한 얼굴. 블록을 꽉 쥔 자그마한 손. 그 모습을 보고 있자니, 가슴속 딱딱한 응어리가 풀리는 기분이다.

처음엔 선배의 간곡한 부탁으로 마지못해 여기에 온 내가 지금은 나무 블록을 가지고 놀고, 점심밥을 준비하고, 그림책을 읽어 주고, 놀이터에 다니고 있다. 기저귀 가는 것도, 스즈카를 안는 법도 완벽하게 익혔고, 아이들 노래도 부를 수 있게 됐다.

스즈카가 기뻐하는 얼굴만 볼 수 있다면, 스즈카의 불안과 외로움을 덜어 줄 수만 있다면. 그 생각만으로도 몸이 저절로 움직였다. 스즈카가 나를 필요로 할 때마다 구제 불능인 나에게 의미가 부여되는 것 같았다. 스즈카와 함께 있으면 못 견디게 맥 빠진 일상에 색깔이 입혀지는 듯했다. 나는 좋은 놈이 아니다. 남이야 어찌되든 상관하지 않는 싹수없는 놈이다. 하지만 과장이 아니라 스즈카가 웃는 얼굴을 볼 때마다 나의 시간이 쓰이고 있다는 실감이 들었다.

23개월짜리 스즈카. 지금이 가장 좋을 때란 말을 여러 번 들었다. 그동안은 어떤 날들이었는지, 앞으로 어떤 시기가 될지는 알 수 없다. 하지만 이렇게 생겨 먹은 나를 움직였다. 지금의 스즈카라면 할 수 있는 일이 있을 것이다. 앞으로 사흘. 남은 시간이란 단지 마지막이 오기만을 기다리는 시간은 아니다. 나와 스즈카가 함께한다면 다음으로 이어질 뭔가를 만들어 낼 수 있을지도 모른다.

20

━

　목요일. 알바 종료 전날은 구름 한 점 없이 맑은 하늘이 펼쳐졌다. 3시가 지난 지금도 투명한 햇살이 지면에 쏟아지고 있다. 사진 찍기에 좋은 최고의 날씨다. 사진은 역시 자연광 아래서 찍어야 예쁘게 나온다. 게다가 드넓은 곳에서 자유롭게 움직여야 생동감 있는 사진이 된다. 이왕이면 가장 스즈카다운 모습을 사진에 담아서 보내고 싶었다.

　중3, 릴레이 마라톤 대회에 참가하는 내게 엄마가 사 준 디지털 카메라. 마라톤 대회가 끝난 뒤로는 사진 찍을 기회가 없어서 그대로 서랍에 처박아 두고 있었다. 스즈카를 만나지 않았더라면 두 번 다시 세상 밖으로 나오지 못했을 수도 있는 카메라를 주머니에 넣고 놀이터로 향했다.

　"오오, 있다, 있어."

　남자아이들 몇 명이 잔디 위에서 공놀이를 하고 있었고, 아미와 유나는 모래 놀이터에서 뭔가를 만들고 있었다. 늘 보는 익숙한 광경. 스즈카와 헤어지고 나면 이 놀이터에서 함께 시간을 보낼 일도 없겠지. 그동안 별 관심도 없었던 놀이터의 경치마저 무척이나 소중히 여겨졌다.

"날이 이렇게 더워서 그런지, 오는 사람도 좀 줄었네요."

모래 놀이터 쪽으로 가자 아미 엄마가 땀을 닦으면서 말을 건넸다.

"그러게요."

곧바로 사진을 찍고 싶었지만 일단은 인사 대신 나누는 엄마들과의 대화에 끼어들었다.

"열대야로 잠도 설치니까요. 우리 어릴 땐 지금보단 좀 시원하지 않았어요?"

유나 엄마가 얼굴을 찡그리며 말한다.

"그럼요. 옛날엔 30도만 넘어도 야단이었는데, 요즘엔 기온이 체온만큼 올라갈 때도 있으니까요."

아미 엄마도 그렇게 맞장구를 쳤지만 내 기억으로는 어릴 때도 지금만큼 더웠다. 엄마들은 어느 모로 보나 자신들보다 어린 나를 늘 은근슬쩍 대화에 끌고 들어간다. 그게 왠지 고마워서 나도 동의하게 된다.

"그러게 말입니다. 해마다 더 더워지네요."

"아, 싫다. 근데 아이들은 더위를 못 느끼나 봐요. 그 둔감함이 부럽네."

유나 엄마가 모래밭 쪽을 보며 웃었다.

셋 다 땀이 줄줄 흐르는데도 아랑곳하지 않고 서벅서벅 모래를 밟으며 제자리걸음을 하고 있다. 스즈카는 아미와 유나에 맞춰 "하—두, 하—두." 하고 씩씩하게 소리치면서 발을 움직이고 있다. 아무래도 다 같이 행진을 하는 모양이었다.

나는 그런 스즈카에게 살그머니 다가가 셔터를 눌렀다. 언니들 사이에 끼어서 긴장하고 있는 얼굴이 사랑스러웠다.

"우아, 찍어 주세요!"

몇 장인가 찍었을 때 아미와 유나가 손가락으로 브이 자를 그리면서 다가왔다.

"알았어. 벌써 너희도 찍었어."

"우아, 신난다!"

"나도 찍었어요?"

"그럼 아미 너도 찍었지."

아미와 유나는 카메라 앞에서 스즈카를 사이에 두고 어깨동무를 하기도 하고, 손을 들어 올리기도 하면서 다양한 포즈를 취했다. 스즈카는 영문도 모르는 채 언니들을 따라하면서 까르르 웃는다.

"갑자기 웬 사진이에요?"

그렇게 묻는 아미 엄마에게 나는 변명하듯 말했다.

"아, 그게요, 집 정리하다 카메라를 찾았습니다. 종종 찍어 주려고요."

"아이를 보면 찍고 싶어지죠. 나도 유나 다섯 살 때쯤까지는 늘 찍었는데. 밥 먹는 모습도 찍고, 자는 얼굴도, 이 닦는 모습도."

"맞아요. 그냥 평범한 일상도 마구 찍게 되죠. 성장하는 장면을 남겨야지 싶어서 열심히. 우린 아미 낳고 바로 수동 카메라 샀는데, 무거워서 가지고 다니지도 못하고……. 아 참, 그 카메라 어디 뒀더라?"

아미 엄마가 어깨를 으쓱하며 웃었다.

"하하하. 카메라 같은 걸 사도, 처음에만 쓰게 되더라고요."

우리 집 카메라가 처박혀 있었던 건 무게 때문이 아니라 내가 사진에 남길 만한 일을 아무것도 하지 않은 탓이지만.

"아이 성장 속도가 점점 빨라지면서, 카메라까지 꺼내고 어쩌고 할 짬도 없어지더라고요. 스마트폰으로 마구 찍어도 되고, 또 이렇게 옆에서 보고 있으니까 그걸로 충분하다 싶기도 하고."

유나 엄마가 말했다.

스즈카가 자라는 모습을 볼 수 있는 것도 내일까지다. 앞으로 스즈카가 하나하나 할 수 있는 일을 늘려 나가는 모습을, 세계를 조금씩 확장해 나가는 모습을 이제 볼 수 없게 된다. 이렇게 아미와 유나 엄마와 함께 이야기하는 일도 없을 거고, 꼬맹이들을 어깨에 태우고 뛸 일도 없다. 알바 하나가 끝나는 것뿐인데, 그에 딸린 여러 가지 것들도 함께 멀어져 가 버린다.

아니다. 나는 추억을 남기기 위해 사진을 찍는 게 아니다. 지금의 스즈카의 모습을 찍어 보내면 누나 부모의 마음을 움직일 수 있다고 생각했기 때문이다. 스즈카의 미래가 열리는 계기가 되기를 바라는 마음으로 처박아 둔 디카를 꺼내 온 것이다.

스즈카의 모습을 연신 카메라에 담았다. 천진난만하게 떠들어 대는 스즈카. 그 얼굴을 보면 누구라도 마음이 뛸 것이다. 나는 여기저기 돌아다니는 스즈카를 쫓아다니면서 다양한 각도에서 쉴 새 없이 셔터를 눌렀다.

"야, 너 오타구나."

사진 찍는 데 정신이 팔려서 보지 못했다. 갑자기 들려온, 귀에 익은 높고 사근사근한 목소리에 고개를 들자 우에하라 선생님이 뒤에 서 있었다. 설마 하고 보니 운동장에서 여덟 명쯤 되는 중학생들이 가볍게 뛰고 있었다. 며칠 전에 봤을 때는 우연히 마주쳤다고 생각했는데, 또 마라톤 연습을 하러 운동장을 찾은 모양이다.

"졸업하고 처음이지? 이야, 이런 데서 만날 줄 몰랐네. 아, 안녕하세요."

우에하라 선생님은 엄마들에게도 가볍게 고개 숙여 인사했다.

나는 갑자기 입이 탔다. 우에하라 선생님은 마라톤 대회를 담당한 고문 교사였기 때문에 그때 죽기 살기로 뛰었던 나를 알고 있다. 지금의 내 모습을 보고 어떻게 생각할까. 아니, 그보다는 아이와 함께 놀이터에 있는 걸 보고 적잖이 놀랐을 것이다. 선생님이 이것저것 물어 오면 곤란하다. 이제 와서 엄마들이 내가 스즈카 아빠가 아니라고 알게 되는 것도 민망할 노릇이다. 나는 안절부절못하면서 간신히 입을 열었다.

"아, 아하. 릴레이 마라톤 연습 하나 보네요."

"그래, 마라톤 연습 중이야. 목요일엔 여기 운동장에서 뛸 때가 많거든. 학교에서 비탈을 내려왔다가 다시 완만한 비탈을 오르면 여기로 나오잖아? 위치도 딱 좋고, 여기 운동장은 뛰기에도 좋거든."

"그렇구나……. 멤버 구성은 됐어요?"

"그럭저럭. 여덟 명뿐이지만."

선생님의 시선을 따라 나도 운동장 쪽을 살폈다. 체격도, 뛰는 스타일도 제각각인 학생들이 묵묵히 달리고 있었다.

"올해는 범생이 같은 녀석들뿐이네."

"지금은 학교 분위기 자체가 차분해졌거든. 양아치들 중에 발 빠른 애들이 많으니까, 릴레이 마라톤 대회 때는 좀 있어도 좋은데 말이야."

선생님은 그렇게 말하고 웃었다.

"붐부—."

스즈카는 내가 이야기하는 걸 보고 궁금했던지 다가왔다. 내 반바지 자락을 잡아끌면서 저도 끼어 달라고 주장한다.

"우와, 귀엽다. 안녕?"

선생님이 스즈카에게 시선을 떨어뜨리고 웃어 주자, 귀엽다는 말에 기분이 좋았는지 스즈카는 모래 떡을 내밀었다.

"그거 주는 거야?"

"드세어."

"우아. 고마워."

선생님은 스즈카 앞에 웅크리고 앉아 "맛있는걸." 하고 모래 떡 먹는 시늉을 했다.

"마이찌?"

스즈카가 기쁜 듯이 대꾸하자, 아미가 달려와 마찬가지로 선생님에게 모래 떡을 건네며 물었다.

"언니, 아저씨 친구예요?"

"고마워. 다들 떡 요리사 같은걸. 히야, 근데 오타는 아저씬데, 나는 언니로 보이나 보네. 헤헤헤, 기분 좋은데. 근데 있지, 나는 친구가 아니고 이 아저씨 중학교 때 동아리 담당 선생님이야. 저기 봐, 저기서 뛰는 사람들 보이지? 이 아저씨도 저렇게 뛰었단다."

우에하라 선생님은 미덥지 못할 뿐더러 못 말리는 사람이었다. 문제아인 내가 학교에서 껌만 씹어도 귀찮게 잔소리를 해 대는가 하면, 수업 시간에 몰래 도망치려고 하면 "난 뒤쫓아 갈 체력 없으니까, 알아서 돌아와라." 하고 태연하게 보내 주는 덜떨어진 사람이었다. 불필요한 일에는 미주알고주알 간섭하지 않았다. 내가 스즈카와 무슨 관계인지도, 어울리지 않게 아이들과 놀이터에 있는 것도 전혀 궁금하지 않은지 생글생글 웃으며 모래 떡을 우적우적 먹는 시늉을 하고 있다.

"우리도 알아요. 그치?"

"응. 아저씨, 엄청 빨리 뛰어요. 놀이터를 쌩쌩 뛰는 걸요."

아미와 유나가 자랑스레 말하자 선생님이 나를 보았다.

"역시, 아직 뛰고 있었구나."

"아니에요, 딱히 뛰는 건 아니고……."

"어? 육상부에 들어갔다고 들었는데."

"진즉에 그만뒀고요. 것보다, 고등학교 생활도 착실하게 안 하니까."

"그래?"

선생님은 내 얼굴을 보고 눈을 휘둥그레 떴다.

"아아아니에요. 절 좀 보라고요. 귀에 구멍 뚫고, 머리도 노랗잖아요."

"그거야 뭐, 티피오(TPO)에 맞게 하려고 그랬겠지."

"티피오는 또 뭔데요?"

"때와 장소, 경우에 맞는 차림을 한다는 말. 그런 양아치 소굴 같은 고등학교에 가서, 검은 머리에 단정히 교복을 입고 다닌다면 오히려 더 튀지 않겠니? 이제 2학년이 됐으니까 후배한테 우습게 보일 수도 없을 테고 말이지. 너 의외로 눈치 빠르잖아."

여전하네. 실례되는 말을 아무렇지도 않게 해 버리는 이 무신경함.

"범생이도 많거든요."

나는 가즈네를 떠올리며 일단 반론해 봤다.

"그야 뭐 그럴 테지. 근데 오타, 담배도 끊은 뒤로는 다시 안 피우는 거 같은데? 몸이랑 얼굴도 건강이 철철 넘치고 말이야."

"그건 그래요."

냄새와 낯빛만으로 알아봤단 말인가. 아무튼 나는 담배나 몸에 해로운 건 멀리하고 있다.

"선생님!"

운동장 쪽에서 학생들이 부르는 소리가 들리자 선생님은 가볍게 손을 들어 대답하고 나에게 말했다.

"아, 그래! 오타, 달려 보지 않을래?"

"예?"

"오랜만에 같이 달려 보자. 응?"

"우아! 아저씨, 또 달릴 거예요?"

"우아, 신난다! 또 태워 주세요!"

내가 대답하기도 전에 유나와 아미가 환호성을 질렀다.

"아니, 달리지 않을 거야. 목말도 안 태워 줄 거고."

"피이ㅡ. 재미없어."

둘이 입을 삐죽이는 옆에서 스즈카도 덩달아 "하아ㅡ." 하고 한숨을 내쉬었다.

"그러게 말이야, 재미없다, 그치? 이 아저씨랑 저 중학생들이 경주할 건데, 어때 재밌겠지?"

"우아, 보고 싶어요!"

유나와 아미가 "보고 싶어! 보고 싶어!" 하며 손뼉 쳤고, 스즈카도 옆에서 "시뻐! 시뻐!" 하고 소리치기 시작했다. 정말이지 어린애들은 무슨 일에든 금세 흥분해 버려서 난감하다.

"무슨 일인지는 몰라도 재미있을 거 같은데, 달려 봐요. 스즈카는 우리가 봐 줄게요."

"그래요. 그리고 다 같이 응원할게요."

유나와 아미 엄마도 벤치에서 그렇게 거들었다.

"정말요? 고맙습니다, 덕분에 살았네요. 그럼 메뉴는."

"됐어요, 됐다고요. 왜 선생님 맘대로 정하고 그래요?"

내가 따지고 들었지만 선생님은 거들떠보지도 않고 멋대로 이렇게 제안해 왔다.

"타임 트라이얼(육상이나 수영 등에서 컨디션과 능력을 조율하는 연습 경주—옮긴이) 3,000. 아니 느닷없이 3,000미터는 너무 빡센가. 오타, 아무리 뛰고 있다지만 3,000미터는 무리겠지? 1,000미터 타임 트라이얼. 그럼 되지?"

"아, 그게 그러니까."

"어? 못해? 1,000미터 정도는 무난히 뛸 수 있을 줄 알았더니."

"무슨 말이에요. 3,000미터는 거뜬히 뛸 수 있거든요."

그렇게 발끈하고 나서야 선생님에게 감쪽같이 넘어갔다는 걸 깨달았다.

중3 때도 그랬다. 마라톤 연습에 참가한 첫날 "처음부터 따라갈 수 없을 테니까 오타만 별도 메뉴로."라고 말하는 선생님에게 반발하여 나는 휘청휘청하면서 육상부 애들과 똑같은 메뉴를 소화했던 것이다.

"그럼 3,000미터 뛰는 걸로. 20분 정도면 끝날 것 같은데, 괜찮을까요?"

선생님이 묻자 엄마들은 힘껏 고개를 끄덕였다.

"걱정 마세요."

감쪽같이 자신의 페이스로 끌고 들어가는구나. 갑자기 중학생들과 3킬로미터를 뛸 신세가 되다니 이게 뭐냐고. 다행히 운동화는 신고 나왔지만 러닝화도 아니고, 놀이터에 그냥 놀러 온 것뿐인데 왜 이런 일이 벌어지는 거냐고. 나는 땅이 꺼져라 한숨을 내쉬었다.

하지만 한번 해 보고 싶었다. 달리는 것과 진지하게 대면하고 있는 아이들, 성실한 하루하루를 보내는 아이들, 그들과 어느 만큼이나 나란히 설 수 있는지 시험해 보고 싶었다.

"그럼 결정된 걸로 하고. 자, 오타 가자."

"아, 예에."

반강제로 참가했던 중학생 릴레이 마라톤 대회 연습 때처럼 나는 떨떠름한 표정을 지으려고 했지만, 엄마들과 아이들이 "파이팅!", "스즈카랑 같이 응원할게요."라고 격려해 주는 통에 순순히 "네." 하고 대답할 수밖에 없었다.

"다들 모여 봐!"

우에하라 선생님이 큰 소리로 부르자 학생들이 하나둘 모여들었다.

"지금부터 타임 트라이얼 할 건데, 오늘은 특별히 오타 선배한테도 같이하자고 부탁했다."

선생님이 옆에 있는 나를 가리켰다.

여덟 명의 학생들은 일제히 나를 흘끔 한 번 쳐다봤을 뿐, 아무도 달가운 얼굴을 하지 않았다. 그야 당연하다. 이 애들이 1학년일 때 나는 3학년이었다. 직접 마주친 적은 없어도 나에 대한 좋지 않은 소문은 들었을 테고, 이렇게 껄렁하게 생긴 자식과 함께 달리고 싶은 마음이 들 리가 있겠는가.

"오타 선배야. 몰라? 부장, 넌 알지?"

별 반응이 없는 아이들을 둘러보며 선생님이 말했다.

"네, 알아요. 저도 1학년 때 대회에 참가했었어요."

사키야마였다. 내가 연습에 합류했을 때는 아직 1학년에, 후보 선수였다. 녀석이 부장이 됐구나. 그때는 작았는데 지금은 나보다 키도 크고 쭉 뻗은 다리에 근육이 멋지게 붙었다.

"아, 들은 적 있어요. 머리 빡빡 밀고 뛰었던 선배잖아요?"

사키야마 옆에서 가만히 있지 못하고 두리번거리던 녀석이 나서서 말했다. 이 녀석은 아직 2학년일 테지. 다른 녀석들보다 얼굴이 좀 앳돼 보였다.

"맞아, 대회 때는 머리를 빡빡 밀고 뛰었지. 너희, 저번에 연습 삼아 달려 봤잖아? 오르막이 많았던 그 2구간 코스 말이야. 오타 선배는 거길 첫 연습 때 딱 10분 만에 뛰었어. 더구나 몸도 제대로 풀리지 않았을 때 말이야."

선생님이 말하는데, "와아, 대박!"이라는 소리가 새어 나왔다.

"맞아, 대박이었어. 그리고 지역 대회에서는 9분 48초로 구간 2위. 현 대회에서는 사사야마 코스를 9분 46초 만에 뛰었지."

선생님의 입에서 나오는 기록에 아이들의 눈빛이 달라졌다. 숫자는 설득력이 있구나. 방금 전까지 우습게 보던 녀석들이 지금은 나를 우러러보고 있다. 예전에 남긴 기록이 나를 구원해 주는 듯했다.

"그런 선배랑 뛸 수 있다는 게 영광이지? 이런 기회, 별로 없어. 10분 후에 스타트할 테니까, 각자 준비운동 해."

선생님이 그렇게 알리자 학생들은 나에게 지지 않겠다고 다짐했는지 곧바로 몸을 움직이기 시작했다.

"어떻게 내 기록을 다 외우고 있어요?"

"기록?"

아이들이 흩어진 뒤에 내가 묻자 선생님은 고개를 갸우뚱했다.

"연습 때 제 기록 말이에요."

"다 외우긴. 첫 연습이랑 대회 때뿐인데."

선생님은 당연하다는 얼굴이었다.

"히야……."

우에하라 선생님한테도 대단한 구석이 있구나. 나 같은 녀석의 기록까지 외우고 있다니.

"오타, 너도 스트레칭 안 하면 나중에 근육이 기절한다."

선생님은 그렇게 말하고 트랙 안에 나뒹구는 돌멩이를 치우기 시작했다.

"그 정도는 알거든요."

운동장 구석 쪽으로 눈을 돌리자 모래 놀이터로 이동한 스즈카 무리가 그늘 밑 벤치에 앉아 이쪽을 향해 손을 흔들고 있었다. 모교의 마라톤 연습에 합류하는 것뿐인데 무슨 대회에라도 나가는 것 같다. 나는 손을 들어 응답하고는, 몸을 구부렸다 폈다 한 다음 가볍게 조깅을 시작했다.

오늘 달릴 거리도 대회 때와 같은 3,000미터. 예전 기록과 너무 크게 차이 나지 않으면 좋겠다. "오랜만에 뛰어서……." 따위의 변명을 늘어놓아야 하는 결과를 남기고 싶지 않다. 확인하듯 400미터 트랙을 가볍게 뛰는 동안 서서히 몸이 깨어나기 시작했다. 트랙에 접어들자 손끝과 발끝까지 고양되는 느낌이었다. 누군가와 함께 운동장을 달린다는 사실에 내 몸은 완전히 흥분 상태였다.

"1분 전이야!"

선생님의 그 말에 모두 출발 지점으로 모였다. 녀석들이야 연습의 일환이니 태연할 테지만 내 심장은 심하게 고동쳤다. 3,000미터 타임 트라이얼. 중학생들과의 레이스가 시작되는 거다.

"준비, 출발!"

선생님의 신호에 맞춰 일제히 출발했다. 내 몸도 힘차게 앞으로 튀어 나갔다. 이 트랙을 일곱 바퀴 반 도는 거다. 전에는 9분대에 뛰었다. 그로부터 2년. 헛되이 보낸 시간들이 나를 얼마나 무디게 만들어 놨을까. 나는 내 몸을 확인하면서 앞으로 나아갔다.

200미터쯤까지는 모두가 나란히 달렸으나 한 바퀴 지나자 거리가 쑥쑥 벌어지기 시작했다. 연습 시작한 지 한 달이나 지났을까. 녀석들의 달리는 폼도 제법 틀이 잡혔다. 하지만 아직은 대회를 한참 앞둔 여름방학 시점. 대부분 장거리에 익숙지 않은지 나보다 앞서 달리는 녀석은 두 명뿐이었다.

맨 앞에서 뛰는 건 사키야마. 일정한 리듬을 새기면서 나아가고 있다. 달리는 데에 완전히 익숙한 녀석은 몸에 부담이 가지 않을 정도로 안정된 자세로 뛰고 있다. 또 한 명은 볕에 새까맣게 그을린 다부지게 생긴 녀석, 아마도 대회를 앞두고 영입한 멤버일 거다. 녀석은 장거리가 익숙지 않은 탓에 불필요하게 몸이 통통 뛰어올랐지만 속도는 빨랐다. 제 페이스를 찾아 몸에 익히면 힘이 붙을 것 같다.

"두 바퀴 종료, 이번에는 78, 79……."

출발 지점을 통과하자 랩 타임(육상 경기나 스피드 스케이트에서 트랙을 한 바퀴 도는 데 걸리는 시간—옮긴이)을 알리는 선생님의 목소리가 들렸다. 한 바퀴 돌았을 때와 거의 같은 타임이다. 이 페이스로 가면 3,000미터를 10분 안에 뛸 수 있다. 썩 만족스러운 속도다. 게다가 내 몸은 아직 어느 한군데도 지친 데가 없다. 날마다 스즈카 집을 오갈 때 뛰었고, 쇼핑몰이나 역에도 거의 뛰어서 다녔다. 항상 조깅하는 정도의 속도로 뛰었는데도 심폐 기능이 좋아졌는지 아직 숨도 차지 않았다. 숨이 차기는커녕 이제는 팔다리에 시동이 걸려 힘도 더 솟았다. 아싸. 내 몸에 반응이 오는 걸 느꼈다.

"세 바퀴, 통과. 이번에는 76, 77, 78……."

1,200미터를 지나도 아직 속도는 떨어지지 않았다. 계속 연습해 온 중학생들과 대등하게 뛸 수 있다니 기대 이상이다. 사키야마가 3미터 정도 앞서서 뛰고 있고, 내 바로 앞에 까만 녀석이 발소리를 울리며 뛰고 있다. 이렇게 파워풀하게 뛰면 완주나 할 수 있을까. 내가 오히려 더 걱정이 됐다. 나머지 여섯 명은 점점 뒤처지기 시작하더니 반 바퀴 가까이 차가 벌어진 녀석도 나왔다.

"네 바퀴 종료, 이번엔 77, 78."

1,600미터를 통과할 때 나는 선생님이 말해 주는 타임에 놀랐다. 맨 앞에서 달리는 훤칠한 등. 사키야마의 페이스는 전혀 흐트러짐이

없다. 빈틈없이 정확한 폼으로 달리고 있다. 그에 반해 나는 점점 숨이 차올랐다. 앞서 가는 시커먼 녀석도 나와 마찬가지로 호흡이 흐트러졌다. 예상대로 이 속도로 3,000미터를 달리는 건 무리다. 하지만 9분대로 완주하려면 사키야마와의 거리가 벌어져서는 안 된다. 나는 팔을 가볍게 흔들어 호흡을 정돈하고 다시 한번 다리에 힘을 주었다. 여기서 좀 더 속도를 내야 한다. 힘이 있을 때 추격해 둬야 한다. 미안하다. 나는 마음속으로 중얼거리면서 바로 앞에서 달리고 있는 등을 앞질렀다.

"다섯 바퀴, 76, 77, 78……. 앞으로 두 바퀴 반."

2,000미터 경과. 하지만 사키야마는 빨라지지도 느려지지도 않고 같은 간격으로 보폭을 유지하고 있다. 1학년 때는 허약해서 금세 지쳤던 녀석인데. 지난 2년 동안 얼마나 연습을 계속해 온 것일까. 나와는 전혀 다른 하루하루를 쌓아 왔겠지. 잠시 긴장을 늦추자 단번에 거리가 벌어졌다. 나는 녀석의 등을 뚫어져라 바라보며 앞으로 앞으로 나아갔다.

"여섯 바퀴 종료, 이번에는 79, 80……. 앞으로 한 바퀴 반."

선생님의 목소리가 울린다. 이제 600미터 남았다. 일곱 바퀴째에 들어섰을 때, 나는 한 바퀴 뒤처진 녀석 두 명을 앞질러 갔다. 그때마다 페이스가 무너지면서 숨이 차올랐다. 앞서 달리는 사키야마는 누군가를 앞질러도 페이스에 변화가 없었다. 여전히 리듬을 새기듯 뛰고 있다. 몸이 호리호리한데도 잘 단련된 것일까. 몸의 중심이 전혀 흔들림이 없다. 대단한 페이스메이커다. 이 페이스로 사키야마를 따라간다면 나도 3,000미터를 9분대에 완주할 수 있을 거다.

아니, 그 정도로는 안 된다. 그걸로 만족할 수 없다. 이 레이스는 내가 뛰는 방식과는 다르다. 몸이 텅 비어 가는 그 쾌감은 아직 느끼지 못하고 있다. 여기서 전속력을 내자니 너무 이르고, 이미 몸도 지치기 시작했다. 하지만 몸은 이 페이스를 벗어나고 싶다고, 도약하고 싶다고 말하고 있다. 나중이야 어찌 되든 상관없다. 무모하더라도 온몸을 통통 튕기며 앞으로 향해 가는 레이스. 그것이 내가 뛰는 방식이다. 그렇게 하지 않는다면 뛰는 의미가 없다. 나는 팔을 크게 휘두르며, 몸통을 앞으로 내밀었다. 다리도 그 기세를 확실하게 따라왔다. 좋아, 할 수 있어. 나는 크게 숨을 내쉬고는 그대로 사키야마를 앞질렀다.

"앞으로 두 바퀴, 400미터."

선생님의 목소리가 들리자마자 사키야마도 페이스를 올리며 나를 쫓아왔다. 과연 부장은 달랐다. 아직 힘이 남아 있구나. 미안하다만 질 수 없다. 몸이 그 여름을 기억해 내고 몇 번이고 몇 번이고 전속력을 내 주었다. 그때의 나는 계속 총알처럼 달렸다. 레이스 전개 방식 같은 건 머릿속에 없었다. 단지 결승선을 향해서, 단지 다음 주자에게 배턴을 건네줄 생각으로 죽을힘을 다했다.

"마지막 200, 힘내!"

여기서부터는 단거리다. 이대로 결승선까지 단숨에 가 버리자. 하지만 별수 없이 몸은 무거워지고, 다리 회전도 늦어지기 시작했다. 무턱대고 전력 질주한 탓에 호흡도 완전히 흐트러지고 말았다. 그런 나와 반대로 자신의 페이스를 되찾은 사키야마는 내 뒤에 딱 붙어서 따라왔다. 그리고 '역시 올바른 방식으로 뛰는 게 제일이야.'라고 생각한 순간, 맥없이 사키야마에게 선두를 빼앗기고 말았다.

당연하다. 우연히 컨디션이 좋아서 달렸을 뿐, 성실하게 훈련을 다져 온 녀석을 당해 낼 리 없다. 고등학교 육상부도 금세 관두고, 뭣 하나 끝까지 해내는 게 없는 내가 1위를 할 정도로 레이스는 만만치 않은 것이다. 점점 사키야마의 등이 멀어져 간다. 이렇게 된 이상, 2위만은 유지해야 한다. 적어도 9분대로 마치기라도 해야 한다. 그렇게 호흡을 가다듬고 팔을 가볍게 흔들었을 때 목소리가 날아왔다.

"아저씨, 파이팅!"

아미와 유나의 목소리다.

"힘내요! 거리가 벌어졌어요!"

엄마들도 큰 소리로 응원하고 있다.

"빠—띵!"

그리고 가장 잘 들리는 건 언니들을 따라 소리치는 스즈카의 그 서툰 한마디였다.

릴레이 마라톤 지역 대회 때, 경주 구간은 6구간이나 됐다. 때문에 일부러 내가 달리는 2구간에 응원하러 오는 애들은 아무도 없었다. 다른 학교 선수를 향해 날아드는 응원 소리를 들으며 고독하게 오로지 뛰기만 했다. 그렇게 마지막 오르막길까지 왔다. 성원에 힘입은 다른 선수가 전속력으로 나를 앞지르려는 순간, 담임 오노다의 목소리가 들렸다.

"뛰어! 너라면 할 수 있어!"

그 목소리에 힘이 불끈 솟았었지.

"앞질러 버려요!"

"조금만 더 힘내요!"

엄마들의 성원 사이사이로 아미와 유나가 깍깍 소리 질렀고, 그 옆에서 스즈카는 "붐부―."와 "빠―땅!"을 되풀이했다.

고작 타임 트라이얼. 하지만 응원 소리를 듣자 힘이 불끈 치솟았다. 아직도 힘이 남아 있었나? 스스로도 놀랄 정도로 팔에도 다리에도 힘이 가득 차올랐다. 손을 뻗으면 닿을 만큼 사키야마의 등이 가까워졌다. 앞으로 50미터. 여기서 온몸의 힘을 다 쥐어짜야 한다. 매일 뛰고 있는 녀석들에게는 미안하지만 나는 할 수 있다. 나는 뛰고 싶었어. 너희 못지않게 내내 이렇게 뛰고 싶었어.

"라스트, 파이팅! 골인!"

나는 쓰러지듯 결승선 안으로 들어갔다. 앞뒤 생각하지 않고 그저 앞으로 돌진한 것이다. 그리고 쓰러지듯 치고 들어간 딱 그만큼 사키야마를 앞섰다.

결승선을 통과한 나는 그대로 풀썩 주저앉은 채 꼼짝도 못했지만 사키야마는 말짱한 얼굴로 땀을 닦고 있었다.

"너, 대단하다."

나는 엉겁결에 사키야마를 올려다보고 말을 건넸다.

"이길 줄 알았는데…… 과연 대단한데요."

사키야마는 나에게 조용히 미소 지어 보였다.

"아냐, 레이스는 완전히 네 승리야. 10미터만 더 남았어도 난 완패했어."

솔직하게 말했다. 마지막 순간에, 나는 단지 성원에 힘입어 몸이 나아갔을 뿐이다.

"대회에 나가면 저도 쓰러질 때까지 뛸게요."

"그렇게 뛴다면야 넌 단연코 1등이지."

"고맙습니다."

사키야마는 가볍게 고개 숙여 인사하고는 트랙을 달리는 녀석들에게 "팔 흔들어!", "앞으로 200!" 하고 소리쳤다. 완주에 지쳤을 법도 한데, 나에게 져서 분하기도 할 텐데. 곧바로 누군가에게 코치를 해 줄 수 있다니, 중학생은 참 대단하구나.

나는 그런 녀석을 보면서 선생님이 건네준 스포츠 음료를 단숨에 비워 버렸다. 이미 고등학생이 돼 버린 나는 고작 3,000미터 레이스로 몸속이 텅 비어 버려서 일어설 수도, 말을 할 수도 없을 정도로 기진맥진해 버렸다.

"너 아직도 달릴 수 있구나."

간신히 일어선 나에게 선생님이 말했다.

"그런 것 같네요."

나는 트랙을 바라보며 대답했다. 타임 트라이얼을 마친 중학생들이 조깅을 시작했다. 녀석들의 얼굴은 완주한 게 뿌듯한지 편안하고 기분 좋아 보였다.

"오타, 너도 몸을 좀 풀어 주는 게 좋을 거야."

"아뇨, 됐어요."

"그래? 물불 안 가리고 달려서 내일 근육통이 심할 텐데."

내일까지 기다리지 않아도 벌써 허벅지와 종아리가 땅겨 왔다. 하지만 아무리 그래도 중학생들과 나란히 조깅하는 건 쪽팔려서 못 한다.

"나, 달리고 싶었구나……."

함께 달리는 여덟 명의 등을 보면서 내가 말했다. 그들 안에 들어가고 싶은 것은 아니다. 하지만 나도 저렇게 달리고 싶다는 생각이 들었다.

"또 달리면 되잖아."

선생님이 그게 뭐 어렵냐는 듯이 툭 내뱉었다.

"그렇게 쉬운 문제가 아니거든요. 우리 학교 육상부는 활동하지 않는 거나 다름없다고요. 하긴 뭐, 그 고등학교에 들어갔을 때 이미 끝났다고 생각했어요."

"오타, 너 트랙 전문으로 바꾼 거니?"

선생님이 고개를 갸웃거렸다.

"전문 같은 거 없걸랑요."

"그럼 꼭 운동장이 아니면 어때, 다른 데서 달려도 되잖아. 고등학교 육상부는 학교 운동장에서만 뛰지는 않을 거 아냐. 릴레이 마라

톤 대회 때는 교외에서도 뛰었잖아? 논두렁에서도 뛰고, 산길에서도
아스팔트에서도 뛰었어."

선생님 말이 맞다. 하지만 그건 아니다. 나는 그냥 뛰고 싶은 게
아니다. 아무 데나 뛰어도 되는 게 아니다. 뛰는 걸로 치면, 나는 이
미 매일 뛰고 있다. 그런 게 아니다. 방금 3킬로미터처럼 동료가 아
니어도 좋다, 친구가 아니어도 좋다. 누구든 상관없다. 누군가와 같
은 곳을 향해 몸을, 그리고 마음을 움직이고 싶은 거다. 고통스럽고
힘들어도 좋다. 가만히 있을 수 없는, 저절로 몸이 움직이는 그 충동.
그것에 따라 보고 싶은 거다.

"하긴, 그러네요."

어떻게 말해야 좋을지 몰라 애매하게 대답하자 선생님이 말했다.

"레이스는 어디서든 펼쳐지고 있어."

"그래요?"

"그럼. 언제든, 어디서든, 대개 누군가는 달리고 있지. 게다가 오
타 너를 뛰게 할 수 있는 건 여기저기 널려 있어."

선생님은 그렇게 분명하게 말했다.

그렇지만 그 장소를 어떻게 찾아야 한단 말인가. 어떻게 하면 거
기에 다다를 수 있단 말인가. 나는 이미 중학생이 아니다. 의무 교육
을 마친 나를 일부러 이끌어 줄 사람은 없다. 스스로 이 손을 내밀고,
이 발로 나아가지 않으면 안 된다. 그것은 여간 어려운 일이 아니다.

"이제 어린애도 아닌데. 누가 손 내밀어 끌어 주기를 기다리면 안
되겠지⋯⋯."

내가 중얼거리는데 선생님이 웃었다.

"그렇지도 않을걸. 저기서 너한테 애타게 손 내밀어 주는 아이가 있는데."

"아, 아아. 스즈카다."

벤치 쪽으로 얼굴을 돌리자 스즈카가 "붐부ー." 하면서 내 쪽으로 손을 내밀었다. 내가 뛰는 데 방해되지 않도록 엄마들이 붙잡고 있는데도 스즈카는 손을 흔들어 댔다. 녹초가 될 때까지 흔들었던 그 작은 손이 나를 뛰게 했다. 아무래도 지금은 스즈카에게 가는 게 내가 해야 할 일인 듯했다.

"저, 그만 가 볼게요. 아, 그렇지. 2학기 시작되면 가끔 연습하는 거 보러 갈까요?"

내 말에 선생님은 즉각 고개를 가로저었다.

"오지 마."

내가 중학교에 다닐 때도 종종 졸업생이 찾아왔었고, 마라톤 팀에도 좋은 자극이 될 것 같은데. 고개를 갸웃하는 내게 선생님이 말했다.

"중학교엔 네가 뛸 곳이 없거든."

"그게 뭔 말이에요?"

"네가 뛸 곳은 그동안 지나온 곳이 아니라 앞에 있다는 말이야. 이제 겨우 열여덟이야. 굳이 뒤돌아보지 않아도 앞에 많은 필드가 널 기다리고 있어."

"그런, 가요."

어쩐지 진짜 교사 같은 말에 내가 순순히 고개를 끄덕이자, 선생님도 어깨를 으쓱했다.

"솔직히 말하면, 네가 오면 다들 쫄아서 연습이 안 될 것 같아서 그래. 그리고 그 노랑머리로 학교에 오면 교감 선생님께 한 소리 들을 것도 같고."

"아 진짜, 졸라 무례하시네요."

"미안하다. 교감 선생님한테 야단맞는 거 싫거든."

우에하라 선생님은 우헤헤헤 하고 웃었다. 이 사람과 이야기하다 보면 진심으로 맥이 빠진다.

"그럼 다른 장소 찾아보죠, 뭐. 올해도 현 대회까지 나가길 바랄게요."

내 말에 선생님은 가볍게 손을 흔들었다.

"그래. 알았어. 너도 파이팅!"

파이팅이라⋯⋯. 이미 노력하고 있는 상대에게 실례되는 말이라느니, 압력을 주는 말이라느니 하며 듣기 싫어하는 사람도 있을 거다. 하지만 심플하고 좋은 말이다. "파이팅." 그런 말을 해 주는 사람이 있다는 것만으로 나도 쓸모없는 존재는 아니구나, 하고 생각하게 된다.

"붐부―, 빠―띵!"

"아가야, 이제 다 끝났어."

아미와 유나가 웃으며 그렇게 말했지만, 스즈카는 이제 막 배운 말이 재미있는지 몇 번이고 나에게 그렇게 소리쳤다.

좋아. 아까 마신 스포츠 음료 덕분에 몸도 회복됐으니, 자, 그럼 최종 목적지까지 쏜살같이 가 볼까. 나는 남아 있는 힘을 다 끌어 모아 아낌없이 성원을 보내 준 스즈카와 응원단이 있는 곳으로 뛰기 시작했다.

21

8월 7일 금요일. 막 7시가 넘은 시간. 구름 한 점 없는 하늘에서 햇살이 쏟아져 내린다. 아직 새로운 햇살. 여름이라도 오전의 태양은 기분 좋다.

일기예보는 빗나갔다. 어젯밤 뉴스에서 내일은 온종일 궂은 날씨가 되겠다고 예보했고, 별이 없는 밤하늘을 올려다보며 나도 비가 올 거라고 예측했다. 초등학교와 중학교, 두 번의 졸업식 날에 큰비가 내렸다. 릴레이 마라톤 대회 날은 그나마 가랑비여서 다행이었지만 뭔가가 끝나는 날은 확률적으로 비가 많이 왔다. 오늘도 분명 비가 올 거라고 생각했다.

그런데 오늘은 구름 한 점 없는 맑디맑은 하늘이 펼쳐졌다. 이만큼 과학이 진보했음에도 하루 뒤 날씨조차 맞히지 못한다. 하물며 고작 열여덟 해를 살아온 내 경험으로 예측하고 단정할 수 있는 것이 있을까. 내일 일도 미래도 전혀 예측할 수 없다. 내가 어린애들을 상대하며 뛰어다니게 될 줄 누가 상상이나 했을까. 마지막 날에 이렇게 마음이 아플 줄 생각이나 했을까.

날이 맑든 비가 오든 상관없이 오늘은 왔다. 구시렁구시렁 투덜대고 있을 수만은 없다. 이제 슬슬 준비해 볼까, 하고 몸을 일으키려다 그제야 생각났다. 참, 어제 달렸지. 다리가 땅기고 허리가 뻐근했다. 평소에도 뛰긴 했지만 혼자서 뛰었을 때와는 사뭇 달랐다. 죽기 살기로 앞뒤 생각하지 않고 오로지 달리는 데만 집중했던 게 몇 년 만이었던가. 이튿날까지 풀리지 않을 정도로 피로를 느낀 건 오랜만이었다.

"내일 퇴원이구나."

거실로 나가자 엄마가 말을 건네 왔다.

"어, 응."

"무사히 퇴원한다니 정말 다행이다."

"어."

"그럼 알바도 오늘로 끝이지?"

"응."

나는 유리잔에 따른 우유를 들고 자리에 앉았다. 알바 마지막 날이라 그런지, 식탁에 엄마가 만든 샌드위치가 있었지만 식욕이 일지 않았다.

"한 달쯤 됐나. 긴 거 같았는데 금방이네."

"그러게."

울고 떼쓰던 스즈카를 보며 어쩔 줄 모르고 허둥댔던 게 바로 엊그제 같다. 이제야 스즈카가 내게 다가왔는데, 둘만의 리듬도 생겼는데 더는 함께 지낼 일이 없다. 시간은 어째서 언제나 공평하고 정확하게 지나는 건가. 앞으로도 스즈카와 함께하고 싶은 일이 있다. 좀 더 스즈카를 지켜보고 싶다. 그런 생각을 해 보지만 시곗바늘은 어김없이 앞으로 나아갔다.

"설마 2년이고 3년이고 돌봐 줄 생각은 아니었지?"

"당연하지."

나는 우유를 꿀꺽 삼켰다.

"그럼 그렇게 풀 죽은 얼굴 하지 마. 스즈카한테 안부 전해 주고."

엄마가 현관으로 향하며 말했다.

평소에는 스즈카네 집까지 뛰어갔지만 오늘은 걸어갔다. 천천히 걷는다고 시간이 기다려 줄 리 없다. 내가 붙들어 놓으려고 안간힘을 써도 시간은 앞으로 나아간다. 그래도 되도록 서두르고 싶지 않았다.

귀찮은 알바가 끝나는 것뿐이다. 내일부터는 늘어지게 늦잠도 잘 수 있다. 일부러 그런 생각을 해 보지만 단지 머리를 스쳐 지나갈 뿐이었다. 스즈카 집에 가서 스즈카와 함께 놀고 밥을 먹는다. 놀이터를 뛰어다니고, 엄마들과 이야기하고, 해질 녘의 거리를 스즈카와 노래를 부르며 돌아온다. 지금의 내게는 그런 생활이 전부다.

'붐부ー'라며 기뻐하는 스즈카의 얼굴. 하나씩 늘어 가는 말. 내 손을 꼭 잡는 자그마한 손. 제대로 알지도 못하면서 자신만만하게 부르는 노래. '이리 온' 하고 팔을 벌리면 곧장 달려오는 모습. 여름은 아직 끝나지도 않았는데, 그것들을 몽땅 떼어 놓아야 하는 것이다.

서운하다. 슬프다. 그런 말들은 마음에 와 닿지 않지만 몸의, 생활의, 마음의 한복판에 있던 것들을 가차 없이 빼앗기는 기분이다.

지금과 같은 하루하루를 대신할 것이 있을까. 나는 그것을 찾을 수 있을까.

"이야, 드디어 마지막 날이다! 그동안 진짜 고마웠다. 오늘은 일찍 들어올게. 알바비 두둑이 줄 테니까 기대해."

선배는 그렇게 말하고 의기양양하게 출근했다.

알바비는 두둑이 주지 않아도 되니까 천천히 오면 좋은데. 하지만 선배도 오늘에야 마음이 놓일 것이다. 내일이면 누나가 돌아온다. 귀여운 아기와 함께. 마음이 들뜨는 것도 당연하다.

"부억―."

선배가 나가자 스즈카는 곧장 나무 블록 상자를 들고 왔다.

"오, 블록 가져왔구나. 그래, 이제 아주 잘하지. 근데 먼저 이거 좀 볼래."

나는 블록 상자를 여는 대신, 어제 찍은 사진을 식탁 위에 펼쳐놓았다. 어제 놀이터에서 돌아오는 길에 프린트를 맡기고, 밤에 나가서 찾아왔다. 혼자만 먼저 보는 게 미안해서 아직 사진을 보지 않았다.

"사진이야. 봐, 스즈카가 있지?"

"사징."

"그래. 사진이야. 오, 스즈카 귀여운걸."

내가 찍었지만 잘 찍었다. 모래 놀이터에서 무심히 모래 떡을 만드는 스즈카. 아미와 유나 사이에서 발돋움하는 스즈카. 하나같이 표정이 좋았다.

"노오터—."

"그래, 놀이터."

"모애."

"그래 모래. 아미랑 유나도 있지?"

스즈카는 사진이 신기했던지 찍힌 것들의 이름을 하나하나 말하며 한 장씩 찬찬히 들여다보았다.

"스즈카. 이거 좀 봐. 네 얼굴, 코 밑에 묻은 흙이 꼭 수염 같다."

아마도 흙 묻은 손으로 얼굴을 문질렀을 것이다. 나는 사진 속 스즈카를 보고 웃었다.

"꼬마 아저씨 같다."

"아—찌."

"그래. 스즈카 아저씨."

스즈카는 무슨 말인지 아는지 사진을 보고는 까르르 웃었다.

"그렇게 많이 찍은 거 같지 않은데 마흔 장이나 되네. 다짜고짜 이렇게 많이 보내면 기절하겠지.. 많아야 세 장 정도가 좋겠다. 자, 스즈카 어떤 게 좋아?"

나는 사진을 한 장씩 늘어놓았다.

"아—찌."

"아냐, 아냐, 아냐. 그건 안 돼. 더 귀여운 게 많은데."

"모애."

"그래. 모래 놀이……. 으음, 눈이 부셨나 보네. 이건 실눈을 뜨고 있어서 별로다. 스즈카의 귀여움이 제대로 안 나왔어."

"모애, 드세어."

"먹으라고? 고마워."

"노오터."

스즈카는 사진을 집어 건네주고는 내게, 고맙습니다, 라는 말을 받아 내고 좋아한다.

"고맘―다―."

"그래, 고맙습니다. 아, 이 사진 좋다. 스즈카가 방글방글 웃고 있 잖아."

"방구방구?"

"그래. 귀엽다."

"키여―."

"그래, 스즈카 귀여워."

나는 모래 떡을 들고 방그레 웃고 있는 사진을 집어 들었다. 이거 라면 스즈카의 얼굴을 잘 알아볼 수 있다.

"그리고 또, 그렇지. 스즈카, 이건 어때?"

아미와 유나 사이에 끼어서 그 애들과 같이 손을 쭉 뻗치고 있는 사진을 보여 주자, 스즈카는 "함께― 찌?" 하고 손뼉을 쳤다.

"그래. 아미랑 유나랑 함께 있어. 이 사진을 보면 스즈카가 밝고 유쾌한 아이란 걸 알 수 있을 거야."

누군가와 함께 있는 모습은 보는 사람으로 하여금 안심하게 만든다. 나는 엄마의 얼굴을 떠올렸다. 내가 릴레이 마라톤 대회에 참가한다는 걸 알았을 때 마음이 푹 놓인 듯했던 그 얼굴을.

"또 한 장은 아무래도 몸 전체가 다 나온 게 좋겠지. 으음, 이건 역광이라 얼굴이 어둡고……. 이 사진은 다리가 좀 짧아 보이고. 아니지, 원래 스즈카 다리가 짧은 거지."

이왕이면 가장 좋은 사진을 세 장 고르려니 어려운 거다. 내가 사진을 보며 음미하는데, 슬슬 싫증이 난 스즈카는 옆에서 "사징, 사징." 하고 식탁 주위를 혼자서 행진하고 있다.

"스즈카, 넌 정말 한시도 가만히 있질 못하냐. 그렇지, 이건 어때?"

전봇대 옆에 서서 만세를 부르는 사진. 놀이터에서 돌아오는 길에 찍은 거다. 나는 그걸 집어 들었다. 실컷 놀고 난 뒤인데도 여전히 흥분이 가라앉지 않은 스즈카. 이런 건강함은 어린아이에게서만 볼 수 있는 것이다.

"망세ー."

스즈카는 걸어 다니면서 사진 속의 자신을 흉내 내며 손을 번쩍 들어 올렸다.

"스즈카, 이렇게 보니까 처음 만났을 때보다 키가 컸는걸."

"망세ー."

"만세. 좋았어, 바로 이거야."

세 장의 사진을 나란히 놓고 다시 보았다. 하나같이 지금의 스즈카를 잘 보여 주는 사진이다. 아무리 소식이 끊기고 왕래가 없다 해도 이런 사진을 보고 연락하지 않을 수 없겠지.

"자 그럼. 이젠 편지를 써야지."

"뻔지?"

"그래. 스즈카네 할아버지랑 할머니한테 사진이랑 함께 보낼 거야."

"하찌?"

"할아버지랑 할머니. 너희 엄마의 아빠 엄마야."

"엄마, 아빠빠엄마빠엄마빠?"

스즈카는 말이 꼬이자 혼자서 까르르 웃었다.

"말이 잘 안 되지, 스즈카네 친척. 친척이란 말을 모르겠구나. 어떻게 설명해 줄까, 아 그래, 스즈카를 예뻐해 줄 사람."

"에뻐."

"그래. 예뻐해 줄 거야. 응, 틀림없이 예뻐해 줄 거야. 그러니까 넌 말이야, 그렇지, 글씨는 아직 못 쓰니까. 으응, 그림, 그림을 그려 줘."

"구임구임—!"

내가 도화지를 펼치고 크레파스를 건네자마자 스즈카는 삐뚤빼뚤하게 원을 그리기 시작했다. 그림의 정체는 도무지 알 길이 없지만 기분 좋게 그리고 있다.

"오오, 스즈카 잘 그리는데."

"자해자해—, 구임—."

"그래, 잘해잘해. 힘차고 좋은 그림이야. 그럼 나도……."

스즈카 옆에서 나는 편지지를 꺼냈다.

뭐라고 써야 하나. 불쑥 보내는 편지다. 놀라지 않도록 이쪽 정보를 전하려면 어떻게 하면 좋을까. 불신감과 불쾌감을 주지 않으면서도 스즈카의 사진을 받아들이게 하려면 뭐라고 써야 좋을까.

> 안녕하세요. 저는 따님의 남편 후배인데, 지금 따님의 아이인 스즈카를 돌보고 있습니다.

첫 문장을 쓰고 나서 나는 머리를 감싸 쥐었다. 무슨 말인지 알아먹을 수 없는 데다, 혹시라도 선배와 누나가 귀한 아이를 남에게 맡기는 무책임한 사람들로 오해받기 쉽다. 나는 편지지 한 장을 구겨 쓰레기통에 버리고 다시 펜을 들었다.

> 안녕하세요. 갑작스레 편지를 보내서 죄송합니다. 제가 왜 편지를 썼는가 하면, 따님의 결혼에 반대하신다는 말을 들었는데, 그건 좋지 않다고 생각했기 때문입니다.

아니, 이건 너무 건방지다. 쓸데없이 남의 일에 참견한다고 불쾌해 할 것 같다. 편지를 어떻게 쓰는 거지? 적어도 국어 수업만이라도 제대로 받을 걸 그랬다.

"구임. 자해—!"

그런 내 옆에서 스즈카는 종이 가득히 영문을 알 수 없는 삐뚤삐
뚤한 동그라미를 여러 가지 색으로 그리고 있다. 거침없는 그 모습
이 부러울 따름이다.

"스즈카, 뭘 그린 거야?"

"붐부—."

"붐부—라니, 이게 뭔데?"

내가 커다랗게 색칠된 노란 덩어리를 가리키자 스즈카가 대답
했다.

"씬—씬—."

"씬—씬—이 뭔데?"

"씬—씬—, 빠—띵—."

스즈카는 그렇게 말하면서 다리를 바동바동 움직여 보였다. 아무
래도 달리는 모습을 표현한 모양이다.

"설마 이게, 나?"

"붐부—!"

스즈카는 손뼉을 쳤다. 크고 삐뚤삐뚤한 노란 동그라미. 아무런
형태로도 보이지 않는 그것은 달리고 있는 나를 그린 모양이었다.

"빠아—, 빠아—지?"

"그래, 빨라, 빨라."

"빠아—, 자해, 응?"

"빠르고, 잘해. 하긴 난 뛰는 거 하나는 자신 있지."

어젯밤에 사진관을 나와 큰길을 뛰어가는데 나카다이가 나를 불

렀다.

"오타, 조깅하는 거냐. 설마?"

경적을 울리며 나를 불러 세운 나카다이가 오토바이를 탄 채로 말을 던졌다.

"아, 그냥 뭐."

"야, 안탈래? 지금부터 애들이랑 뭉쳐서 아침까지 기분 좀 낼 건데, 너도 같이 가자. 시미즈랑 야마네도 올 거야."

나카다이는 아주 유쾌한 일이 시작될 거라는 얼굴로 말했다. 아침까지 잠을 자지 않아도 피곤하거나 알바에 지장을 주는 일은 없을 것이다. 하지만 술과 담배를 돌리며 시시껄렁한 이야기로 흥분하고 법석을 떨다가 누군가에게 싸움을 걸 거다. 재미라고는 눈곱만큼도 없는 모임일 건 안 봐도 뻔했다.

"난 좀 급한 일이 있다."

"아, 그래. 그럼 태워 줄게. 뒤에 타."

나카다이는 오토바이를 가리켰다.

"아냐, 됐어."

"왜? 사양하지 말고 타."

"사양하는 건 아니고, 내 발이 더 빨라서."

내가 그렇게 말하자 나카다이는 농지거리라고 생각했는지 낄낄거리며 웃었다.

농담한 거 아닌데.

"또 보자."

나는 나카다이에게 손을 흔들어 주고 발에 힘을 주었다. 나카다이는 모인 애들에게 예전에 내가 달렸던 얘기를 하며 같이 낄낄거릴 거다. 하지만 오토바이를 탈 생각은 없었다. 내 발이 개조한 오토바이보다 빠르고 정확하게 목적지에 데려다 줄 테니까.

"빠아, 디게ー."

"빠르다고, 되게. 땡큐. 스즈카가 칭찬해 주니까 기분 좋은걸. 그럼 이건?"

옆에 파란색으로 짙게 색칠된 동그라미를 가리키며 물었다.

"꼬."

"이건 꽃이구나. 나랑 크기가 같다면 얼마나 거대한 꽃인 거야. 아무리 열심히 그려도 보기엔 그냥 낙서 같은데, 나름 확실하게 생각하고 그리는구나."

"붐부ー."

스즈카는 신이 나서 노란 덩어리를 다시 칠하기 시작했다.

"근데 스즈카, 잠깐만. 생판 모르는 사람이 달리는 그림을 받으면, 할아버지랑 할머니가 어리둥절하지 않겠냐. 스즈카, 미안해. 한 장 더 그려 줘."

"한자더?"

"그래. 다시 새로 그려 봐."

"붐부ー."

내가 새 도화지를 앞에 놓아 주자 스즈카는 크레파스를 꽉 쥐고 다시 뭔가를 그리기 시작했다.

"부탁해. 그렇다면 난 편지를……."

나는 다시 펜을 들었다. 아, 뭐라고 쓰지. 대체 무슨 말을 쓰면 좋을까. 내가 무슨 말을 하고 싶었더라. 나는 편지지를 앞에 두고 연신 고개를 갸웃거렸다.

결혼을 인정해 주시길 바랍니다. 아니다, 그건 아니다. 선배 부부는 좋은 부부다. 부모가 결혼을 인정하든 안 하든 상관없다. 딸에게 이렇게 귀여운 아이가 있다는 걸 알리고 싶을 뿐이다. 스즈카의 존재를 알려 주고 싶은 것뿐이다. 그렇다면 아무리 머리를 쥐어짜 봐야 졸렬한 문장밖에 나오지 않을 내 편지는 필요 없다. 주인공은 스즈카다. 놀이터와 마찬가지다. 나에 대한 소개 따위는 필요 없는 거다. 스즈카의 사진과 스즈카가 그린 그림, 그것만으로 충분하다.

불쑥 편지를 드리게 되어 죄송하게 생각합니다. 따님이 결혼하여 아이를 낳았습니다. 아이의 이름은 스즈카라고 합니다. 23개월 됐습니다. 지금이 가장 귀여울 때입니다. 스즈카의 사진과 스즈카가 그린 그림을 동봉합니다.

"좋았어. 훌륭해."

단 몇 문장뿐이었지만 되도록 정성스럽게 또박또박 쓰다 보니 시간이 꽤 걸렸다.

"스즈카, 너도 그림 새로 그렸어?"

"성고ㅡ."

"오, 이게 뭐야?"

나는 세로로 길쭉한 빨간 덩어리를 가리켰다.

"붐부ㅡ."

"붐부ㅡ?"

"연차, 씬ㅡ씬ㅡ."

스즈카는 또 다리를 바동바동했다.

"아니, 이게 또 나라고?"

"성고ㅡ."

스즈카는 손뼉을 짝짝짝 쳤다.

"아 진짜, 왜 나만 그리고 그래. 할아버지랑 할머니가 '이게 누구 야?' 그럴 거 아냐. 아, 하긴 무슨 그림인지 모를 테니까 괜찮겠다."

처음에 그린 노란 동그라미 그림과 두 번째로 그린 세로로 긴 빨 간 덩어리 그림은 닮은 구석이 하나도 없었다. 그런데도 둘 다 나란 다. 스즈카의 말과 제스처가 없으면 이 그림이 무엇인지 알아맞힐 수 있는 사람은 없을 것이다.

"기운 찬 그림이라고 생각해 주면 그걸로 되지 뭐. 좋아, 두 장 다 보내자."

내가 봉투에 편지와 그림과 사진을 넣고 있는데, 옆에서 스즈카는 "구잉ㅡ." 하고 다시 새로운 종이에 덩어리로 된 나를 그리고 있다.

"후우ㅡ우우ㅡ."

"와아, 잘 그리네."

"씬—씬—."

스즈카는 그림이 움직인다고 생각하는지 자신이 그린 그림을 향해 자꾸 말을 건넸다.

"스즈카, 이거 그림이야. 아무리 말해 봐야 달리지 못해."

"씬—씬—."

"참 나, 아무리 말을 해도 꼼짝하지 않는대도."

"씬—씬—."

"할 수 없지. 언제 또 달려 줄게."

나는 그렇게 말하고 나서, 그 언제는 이제 오지 않는다는 것을 깨달았다. 그런 구질구질한 생각을 해 봐야 변하는 건 없다. 편지 쓰는 데 시간을 너무 많이 들인 탓에 벌써 11시가 다 됐다.

"아 참, 스즈카. 오늘은 같이 점심밥 만들자."

나는 그렇게 말하고 일어났다.

마지막 식사. 어젯밤부터 메뉴를 생각했다. 스즈카가 좋아하는 것은 벌써 냉동실에 만들어 뒀으니 내가 오지 않아도 한동안은 먹을 수 있다. 몸에 좋은 것. 알록달록 색깔이 예쁜 것. 맛있는 것. 이런저런 고민을 해 봤지만 마지막 날 요리에 시간을 허비하는 것도 아깝다는 결론에 다다랐다. 간단히 요리할 수 있으면서도 함께 먹으면 즐거운 것.

나는 스즈카를 데리고 부엌으로 가서, 오자마자 밥을 지어 둔 전기밥솥을 열었다. 다른 때는 냉동 밥을 해동해서 썼지만, 오늘은 밥이 주재료이기 때문에 미리 지어 두었다. 갓 지은 밥은 어딘지 모르게 스즈카 냄새와 닮은 데가 있다. 주걱으로 밥을 뒤적이는데 달큼한 냄새가 후욱 퍼졌다.

"좋아. 스즈카, 주먹밥 많이 만들자."

조리대에 손이 닿도록 의자에 앉혀 주자 스즈카는 신이 나는지 찰싹찰싹 여기저기 만지기 시작했다.

"줌─빠, 줌─빠."

"그래 주먹밥. 지난번 비 오는 날에도 먹었지?"

"줌─빠?"

"스즈카가 만들 수 있을까 모르겠다. 이렇게 밥을 조금 식혀서 안에 소를 넣는 거야."

내가 랩 위에 밥을 펴 놓고 한가운데에 간장과 설탕을 섞은 가쓰오부시를 얹자 스즈카의 입에서 "우아─."라는 말이 새어 나왔다.

"대단하지? 자 그럼, 이걸 꾹 뭉쳐 봐."

나는 랩에 싼 밥을 스즈카에게 건넸다.

"꾸─?"

"그래. 손으로 꾹 쥐는 거야. 봐, 이렇게 동그랗게 만들어."

나는 스즈카 앞에서 주먹밥 하나를 꾹꾹 뭉쳐 보였다.

"우아─."

"스즈카도 해 봐."

스즈카는 "꾸─." 하고 소리를 내면서 랩 위에서 밥을 뭉치기 시작했다. 스즈카의 악력이 의외로 강한지 밥이 납작하게 찌그러졌다.

"앗, 밥이 납작이가 돼 버리겠다. 스즈카, 이제 그만."

"더더—."

"아냐, 아냐. 스톱, 스톱!"

나는 "꾸—." 하며 계속 밥을 뭉치는 스즈카를 제지했다. 그대로 두면 밥이 김처럼 완전히 납작이가 돼 버릴 거다.

"그럼 이거. 다음 거 만들어."

나는 아직도 꾹꾹 쥐고 싶어 하는 스즈카에게 다시마 소를 넣은 밥을 건넸다.

"꾸—."

"스즈카, 살살 꾸 해야지."

"꾸—꾸—! 줌—빠."

스즈카는 자그마한 두 손으로 주먹밥을 꼭꼭 뭉쳤다. 모래밭에서 아미와 유나에게 모래 떡 만드는 법을 배운 덕분에 모양은 제법 그럴듯했다. 하지만 힘을 적당히 주지 못하고 너무 열심히 뭉치는 바람에 밥이 딴딴하게 굳어져 버렸다.

"스즈카, 살살, 살살 해야지. 아, 이제 이건 다 됐다. 다음은."

"줌—빠, 꾸—."

있는 힘껏 꽉꽉 누르는 스즈카를 도무지 제지할 수가 없었다.

"좋아, 이제 그 정도면 됐어."

"꾸꾸—."

"그럼 이거. 연어 주먹밥 만들어 봐."

내가 밥 속에 소를 넣어 모양을 만든 것을 건네면 스즈카가 그것을 꽉꽉 뭉친다. 우리의 주먹밥 만들기 솜씨도 점점 좋아졌다.

"모래 떡보다 재밌지?"

"줌―빠, 따아해."

"갓 지은 밥이니까 따뜻하지. 얼른 만들어서 식기 전에 먹자."

말랑한 밥알의 감촉이 손에 닿는 게 기분 좋은 모양이었다. 스즈
카는 나무 블록이나 그림 그리는 것과 마찬가지로 주먹밥 만드는 데
푹 빠졌다.

"더―, 더―,"

"아냐, 이제 됐어. 스즈카."

"더―더―, 꾸―."

"그렇게 많이 못 먹잖아? 배가 빵빵해진다고."

스즈카의 손바닥 크기이긴 하지만 이미 서른 개도 넘게 만들었다.
스즈카는 아직도 더 만들고 싶어 했지만 둘이서 그렇게 많이는 못
먹는다. 다른 것도 먹어야 하니까.

"그럼, 다른 거 만들자. 응?"

나는 손을 펼치고 더 만들겠다고 호소하는 스즈카에게 양푼을 건
네줬다.

"붐부―?"

"이번엔 달걀말이를 해 볼까? 자, 스즈카, 빙글빙글 해 봐."

나는 양푼에 달걀을 깨 넣고, 스즈카에게 숟가락을 쥐어 줬다.

"이렇게, 빙글빙글 섞어 줘."

"빙구우우―."

내가 하는 것을 본 스즈카는 숟가락을 천천히 움직이기 시작했다. 골똘한 표정으로 주먹밥을 만들 때와는 달리 진중하게 섞고 있다.

"오오, 좋아. 점점 노래지고 있어."

"빙구우우ㅡ."

"그럼, 육수랑 설탕이랑 간장이랑 미림을 넣자."

"빙구빙구."

"그래. 빙글빙글. 스즈카, 좀 제대로 섞어."

조미료를 넣자 달걀물 색이 바뀌는 것이 재미있는지 스즈카는 양푼에 얼굴을 딱 붙이고 안을 빤히 보면서 섞고 있다.

"오, 잘 섞었어. 그걸 불에 익히면 완성이야."

"치이ㅡ치이ㅡ."

"그래. 불에 굽는 건 내가 할게."

"붐부."

"스즈카, 아뜨뜨야."

내가 재빨리 끝내 버리려는데 스즈카는 달걀말이 만드는 걸 보여 달라고 "치이ㅡ치이ㅡ." 하고 소리쳤다. 설렁설렁해도 되는 볶음밥이라면 몰라도 달걀물을 부어 가며 세심하게 말아야 하는 달걀말이를 한 손으로 할 수 있을까. 하지만 스즈카가 포기할 리가 없었다. 나는 여느 때처럼 왼팔로 스즈카를 훌쩍 안아 올렸다.

"치이ㅡ치이ㅡ."

"달걀물을 조금씩 넣고, 그리고 이렇게 돌돌 마는 거야."

"우아ㅡ."

"재미있지?"

스즈카를 안은 채 오른손으로 달걀을 얇게 돌돌 말아 나갔다. 제대로 되려나 걱정했지만 의외로 잘됐다. 항상 왼팔로 스즈카를 앉았고, 스즈카도 내 팔에 쏙 안기는 법을 알고 있어서 이제 한 손으로도 웬만한 일은 할 수 있다.

"치이―치이―."

"오오, 느낌 좋은데. 마지막에 휙, 좋아, 됐다!"

"성고―."

살짝 타긴 했지만 달걀말이는 부드럽게 부풀어 올랐고 윤기가 좌르르 흘렀다. 주먹밥에 달걀말이. 이 정도면 둘이 먹기에는 충분하다.

"자, 먹자!"

우리는 창문 앞에 깔아 둔 야외용 돗자리에 점심을 차렸다. 제 손으로 만들어서 그런지 스즈카도 주먹밥이 든 도시락 통을 소중한 듯이 안고 날랐다.

"물도 있고 젓가락도 놨고. 이제 다 됐다."

"자머겠슴다―."

"스즈카, 빠른데."

스즈카는 두 손을 모으고 인사하고는 혼자서 냉큼 주먹밥 하나를 집어 먹었다.

"어때? 네가 만들어서 더 맛있지?"

내가 묻자 스즈카는 입안에 밥을 가득 넣은 채 "마이쪄."라고 대답했다.

"나도 스즈카 거 먹어 봐야지."

주먹밥 하나를 입에 넣어 봤다. 자그마한 손으로 얼마나 조몰락거렸던지 밥은 납작해졌지만 다시마 주먹밥은 담백하고 맛있었다.

"밥을 꽉꽉 뭉쳐서 보기보다 양이 많네."

"마이따—마이따—."

"그래, 진짜 맛있다."

"마이찌—?"

스즈카는 작은 주먹밥을 연신 입에 넣었다. 내가 처음 왔을 때, 아무것도 먹지 않았던 게 의아할 정도로 식욕이 왕성하다.

"야 스즈카, 네가 만든 건 왜 안 먹는 거야?"

스즈카는 두 개째부터 내가 만든 주먹밥만 집어 들었다.

"난생처음 만들었잖아, 네가 만든 거 먹어. 자 이거, 다시마 주먹밥이야."

제가 만든 주먹밥을 건네주자 스즈카는 그걸 내 쪽으로 밀었다.

"드세어."

"애써 만든 건데, 내가 먹어도 돼?"

"드세어."

스즈카는 그렇게 말하면서 다시금 내가 만든 주먹밥에 손을 뻗었다. 미안하게도 모양은 내가 만든 게 보기 좋았다.

"스즈카, 너 진짜 약았구나."

"드세어."

스즈카는 시치미 뚝 떼고 자신이 만든 주먹밥은 내게 주었다.

"그래도 스즈카 주먹밥은 맛있으니까 괜찮아."

"마이찌?"

"그래, 맛있어."

주먹밥은 엄마가 만든 게 제일 맛있지만, 스즈카가 꼭꼭 쥐어 만든 주먹밥도 엄청 맛있다. 모양이 일그러진 데다 밥알이 끈적끈적 묻긴 해도 맛에는 변함이 없다. 스즈카의 "마이찌?"에 맞장구를 치면서 둘이서 주먹밥을 엄청 많이 먹었다. 배가 불러서 젓가락을 놓을 때쯤에는 스즈카는 이미 졸린 얼굴이었다. 그런데도 스즈카는 밥을 다 먹자마자 그림책을 들고 내 앞에 와서 오도카니 앉았다.

"그림책 안 읽고 바로 자도 되는데."

"붐부—."

"스즈카, 넌 의외로 하루의 흐름을 지키는 타입이구나."

"붐부."

점심을 먹고 나면 스즈카는 언제나 그림책을 들고 내 앞으로 온다. 응석꾸러기 스즈카가 가만히 앉아 책에 빠져드는 모습은 매일 보는데도 절로 미소가 지어진다.

이제 이렇게 그림책을 읽어 줄 일도 없겠구나. 책을 보지 않고도 말할 수 있게 된 이 이야기. 이 단순하고 쉬운 이야기를 그동안 몇 번이나 읽었을까.

첫 번째는 또박또박 읽고, 다음은 스즈카와 함께 읽는다. 다섯 번째부터는 목소리가 점점 작아지다가 마지막에는 천천히. 그리고 스즈카는 잠에 빠진다. 반쯤 눈이 감긴 스즈카를 보면서 마지막 페이지까지 읽었다. 거의 잠이 든 상태에서도 읽는 걸 멈추면 눈을 번쩍 떠 버리기 때문이다.

"싹싹싹. 잘 먹었습니다."

마지막 한 문장을 읽으면 스즈카는 기분 좋은 얼굴로 앉은 채로 스르르 잠에 빠진다.

"그래. 잘 자라."

나는 잠든 스즈카를 안아 거실 구석에 깔려 있는 이불 위에 눕혔다. 깨어 있을 때와는 달리 묵직한 무게감에, 희미하게 들리는 숨소리. 이 건강한 모습을 보고 있노라면 내 몸에서 불필요한 힘이 싹 빠져나간다. 단지 잠자는 얼굴일 뿐인데 넋 놓고 한없이 보게 된다. 하지만 다음 순서로 놀이터가 기다리고 있다. 스즈카와 함께 마지막으로 가는 놀이터다. 실컷 즐기기 위해서라도 자는 동안에 설거지를 끝내야 한다. 나는 스즈카가 깨지 않도록 살금살금 부엌으로 갔다.

낮잠을 자고 난 스즈카와 함께 비스코를 먹고, 그간 수없이 불러온 노래를 부르면서 놀이터를 향해 걸어갔다. 오후 3시 반의 태양. 여전히 현기증이 날 정도로 이글이글 내리쬔다. 그 이글거리는 태양도 놀이터를 나올 때쯤이면 서서히 힘이 약해지기 시작한다. 스즈카와 함께 밖에 나가면서 여름의 태양을 제대로 맛보게 되었다. 체력을 앗아 갈 정도로 푹푹 찌는 더위를 헤치고 걷는 것도 스즈카와 함께라면 나쁘지 않다.

놀이터에 도착하자마자 나는 빙그르 주위를 한 바퀴 둘러보았다.

더위 따위 아랑곳하지 않고 뛰어노는 아이들, 그 옆에 서 있는 엄마들. 미끄럼틀에 그네에 모래 놀이터. 나무에 에워싸여 널따란 그늘을 만드는 잔디밭. 열흘 정도 다녔을 뿐인데 아주 친숙한 광경이다. 여기저기 둘러보는 나를 흉내 내며 스즈카는 "빙구우우—." 하면서 잔디밭 위를 빙글빙글 돌더니 그대로 모래 놀이터 쪽으로 뛰어갔다.

"어, 스즈카. 기다려, 기다라니까."

내가 쫓아가자 스즈카는 꺄아꺄아 웃으면서 더 빨리 뛰었다. 그러고는 모래 놀이터에 도착하자 도망갔다는 사실은 잊어버리고 곧장 아미와 유나 틈에 끼어 놀기 시작했다. 나는 닭 쫓던 개 지붕 쳐다보는 격으로 맥이 탁 풀렸다.

"덥죠?"

"네, 덥네요. 참, 이거."

나는 인사를 마치고 엄마들에게 사진을 건넸다. 유나와 아미만 찍힌 사진도 꽤 있어서 내가 말없이 가지고 있는 것도 좋지 않을 것 같았다. 사진을 받아 든 아미 엄마가 이상하다는 얼굴을 했다.

"고마워요……. 근데 혹시 스즈카네 이사 가요?"

"아뇨, 왜요?"

"어제는 사진을 찍나 싶었는데 달리기를 하고, 바로 다음 날 사진을 뽑아 오고 말이에요. 왠지 이상한 생각이 들어서요."

아미 엄마의 말에 유나 엄마가 웃었다.

"왠지 서두르는 거 같긴 한데, 에이 설마."

"이사라뇨, 안 갑니다."

"그렇담 다행이지만. 이렇게 놀이터에서만 만나는 사이지만, 어디 갈 때는 말해 줘요. 아무리 친해져도 소리 소문 없이 안 보이는 사람이 더러 있거든요. 그럼 왜 안 나오나 궁금하잖아요."

"그러고 보니까, 요즘 사에도 안 보이네."

아미 엄마의 말에 유나 엄마도 맞장구치며 고개를 끄덕였다. 놀이터에서 만나는 사람들은 주소나 연락처는 물론이고 이름도 모른다. 날마다 함께 놀긴 해도 여기에 오지 않으면 그걸로 끝. 쉽게 친해지는 만큼 멀어지는 것도 순식간이다. 산뜻한 관계란 쉽게 끊어지는 부분까지도 포함되는 걸까.

스즈카는 오늘도 아미와 유나 사이에 자리 잡고 앉아 모래 떡을 만들고 있다.

"우아, 아가가 잘 만드네."

아미의 말에 스즈카는 생글생글 웃으며 더욱 열심히 모래를 손으로 꼭꼭 뭉쳤다. 그 모습을 본 유나가 "대단해."라고 칭찬하자 스즈카는 좋아 죽겠다는 얼굴이다. 간단히 끊어 버려선 안 된다. 이 놀이터에 관한 이야기는 누나에게 꼭 말해 두자. 아미와 유나. 그리고 유와 이따금 보는 여자아이들과 남자아이들. 이런 사람들을 단번에 만나지 못하게 된다면 아무리 씩씩한 스즈카라도 마음이 허전해질 것이다.

"스즈카는 아무 데도 안 가니까, 계속 놀러 나오세요."

나는 가볍게 고개를 숙였다.

"물론이죠. 아미랑 유나가 스즈카랑 노는 걸 더 좋아하는 걸요. 아

참, 오봉(우리나라의 추석에 해당하는 일본의 명절로 양력 8월 15일—옮긴이) 때 어디 가요?"

아미 엄마가 들뜬 목소리로 물어 왔다.

"오봉?"

"다음 주부터 오봉 연휴잖아요. 유나는 날마다 수족관에 가고 싶다고 난리예요. 진즉부터 아빠한테 말해 뒀거든요."

유나 엄마는 웃으며 덧붙였다.

"저 앤, 그런 건 잘 챙긴다니까요."

"수족관 좋죠! 동물원과 달리 시원해서 우리도 좋고요. 스즈카는 가 봤나요?"

아미 엄마가 묻는 말에 나는 확실히 알지도 못하면서 고개를 가로로 저었다.

"아뇨, 아직."

"좋아요, 수족관. 아이들은 의외로 물고기에 푹 빠지거든요. 그 커다란 수조만 봐도 마음을 빼앗기더라고요."

그럴 거다. 수조에 이마를 딱 붙이고 있는 스즈카의 모습은 쉽게 상상이 됐다. 펭귄과 강치를 보면 분명 좋아서 펄쩍펄쩍 뛸 것이다.

"더워서 그렇지, 여름엔 어쨌거나 이벤트가 많아서 좋죠. 일요일엔 야마다강에서 불꽃놀이도 하고."

"아아, 그렇군요."

"스즈카는 아직은 소리를 무서워하지 않을까요? 우리 유나는 얼마 전까지만 해도 불꽃놀이에 데려가면 무서워하더라고요."

"그러게요. 좋아할 것 같은데, 아 밤이라 무서워하려나."

하늘에 펼쳐지는 반짝반짝 빛나는 빛. 불꽃이 터지는 걸 보면, 그 크기에, 순간적으로 나타났다 사라지는 모습에 스즈카도 놀랄 것이다. 무슨 일에든 호기심이 많기 때문에 그 커다란 저음에 귀를 막으면서도 한편으로는 손을 뻗어 불꽃을 만져 보려고 하지 않을까. 불꽃놀이와 수족관. 눈빛을 반짝거릴 스즈카의 얼굴이 곧바로 머릿속에 떠올랐다. 스즈카는 아직 보지 못한 것이 많다.

"우린 모레부터 큰맘 먹고 오키나와에 가요. 가족이 함께 멀리 가는 첫 여행이에요."

아미 엄마가 말하자 유나 엄마가 눈을 가늘게 떴다.

"우아, 좋겠다. 부럽네요."

"선물 사 올게요. 말이 선물이지, 아미가 고르는 거라 보잘것없는 것일 테지만. 아저씨한테는 좋은 거 선물하고 또 말 태워 달라고 하겠다면서 벼르고 있던데요."

"하하하. 고맙습니다."

아미는 나를 위해 무슨 선물을 고를까. 또 목말을 태워 주고 싶을 정도로 근사한 선물을 사 올까. 무척이나 궁금해진다. 이 알바가 좀 더 길어진다면 아미의 선물을 받을 수도 있다. 하지만 걱정하지 않아도 된다. 스즈카가 확실하게 내 몫의 선물을 챙길 것이다.

"근데 말이에요, 요즘에야 겨우 기억하지, 더 어릴 땐 여기저기 데리고 다녀 봐야 금방 잊어버리더라고요."

아미 엄마가 미간을 찡그리며 말하자 유나 엄마도 크게 동의했다.

"맞아요, 시간 들죠, 돈 들죠. 어디 그뿐인가요, 머리 싸매고 이것 저것 따져 보고 좋아하겠다 싶어서 데려가잖아요. 근데 아이가 기억 하지 못하니까 아쉽더라고요. 딱 그때뿐이잖아요. 만 세 살 이전의 기억은 아무것도 안 남는 것 같아요."

"생각해 보면 나도 유치원 입학식에서 굴러 넘어진 게 첫 기억이 에요."

"나는 뭐였더라…… . 남동생한테 아이스크림 뺏기고 울었던 일인 가? 아니지, 그건 이미 초등학교 때 얘긴가, 더 이전 기억은…… ."

옛날 기억에 대한 이야기로 꽃을 피우는 엄마들 옆에서 나는 스즈 카를 바라보고 있었다.

스즈카는 이따금 내 쪽을 살펴 가면서 방글방글 웃으며 모래 떡 을 만들고 있다. 어디에 있든 스즈카는 내가 있는 곳을 흘끔흘끔 보 며 확인한다. 그런데도 스즈카는 나를 완벽하게 잊어버릴까. 내가 세 살 때의 기억을 전혀 못하는 것처럼 스즈카 안에 나에 대한 기억 따위 하나도 남지 않을 것이다. 앞으로 스즈카에게는 지금보다 훨씬 넓고 커다란 세계가 기다리고 있으니 당연하다.

기억나지 않는 시간. 하지만 확실하게 겹겹이 쌓여 있는 시간. 그 것은 추억이나 기억과는 다른 어떤 곳에 새겨지는 것일까.

"이것 좀 보세요."

"우리 셋이 만들었어요."

스즈카와 유나와 아미는 스무 개 가까운 모래 떡을 내 앞에 늘어 놓았다.

"아저씨, 많이 드세요."

"아, 난 떡 싫어하는데."

"이거 떡 아니에요. 그치?"

셋이서 얼굴을 마주보았다.

"그럼 뭔데? 다른 때랑 똑같고만."

"줌—빠, 꾸—."

스즈카가 두 손을 포개며 말하자 아미와 유나도 "주먹밥, 주먹밥." 하고 재미있는 듯이 웃었다.

"그렇구나. 꼭 떡 같은데."

"잘 보세요. 이 하얀 건 다시마고, 돌이 붙어 있는 건 연어고, 으응, 이건 매실 장아찌. 아저씨, 주먹밥 좋아하잖아. 다 안다고요."

유나가 으스대며 설명한다.

"아, 그래. 근데 점심때 잔뜩 먹었거든."

나는 그렇게 말하면서도 모래 떡 앞에 웅크리고 앉아 하나를 집어 들었다.

"드세어."

"고마워. 잘 먹겠습니다."

모래 떡을 자르자 안에서 나뭇가지가 나왔다.

"어, 이거 뭐야?"

"그건…… 초코!"

아미가 손을 들고 말하자 유나와 스즈카도 "초코!"라고 소리쳤다. 이 셋의 표정으로 보아 초코 주먹밥에 당첨됐다는 것 같은데, 밥에 초콜릿이 어울릴 리 만무하다. 나는 모래 떡을 집어 들면서 얼굴을 찡그렸다.

"헉. 초콜릿이란 말이지."

"초코 맛은 하나뿐인데 단번에 그걸 집었으니까, 아저씨는 운이 좋은 거예요. 축하합니다!"

아미는 그렇게 말하고 박수를 쳤다.

"말도 안 돼. 밥에 초콜릿이라니, 웩 속이 니글거려!"

"뭐예요. 아저씨 이상해요. 밥도 먹고 초코도 먹고, 얼마나 좋은데 그래요."

"최악의 조합이잖아."

아무리 모래라지만 초콜릿 주먹밥을 먹을 순 없다. 하지만 유나가 팔짱을 끼고 "불평하지 마세요."라고 말하고, "마이따— 찌?"라며 스즈카가 내 얼굴을 들여다보는 통에 나는 마지못해 "맛있는걸." 하고 초콜릿 맛 모래 떡을 우적우적 먹는 시늉을 했다.

모래 떡을 배불리 먹고 난 뒤에 잔디밭을 달리고, 그리고 유나와 아미가 "바이, 바이." 하고 손을 흔들자 같이 손을 흔들어 주었다.

"그럼 집에 갈까."

스즈카의 손을 잡고 놀이터에서 한발 나오자 드디어 끝이라는 실감이 훅 밀려왔다. 선배도 곧 돌아온다. 이제 나와 스즈카의 시간은 끝을 향해 갈 뿐이다.

기우는 햇살을 받으며 집으로 돌아오는 길에 우체통에 편지를 넣었다. 갈 때는 놀이터에 조금이라도 빨리 가려는 스즈카에게 끌려가 다시피 하느라 부치지 못했다. 사진과 그림을 동봉한 묵직한 봉투가 텅 하는 소리와 함께 안으로 떨어졌다. 이제 다음으로 건네졌다. 사진과 편지와 함께 내 일과 역할도. 내 역할은 여기서 끝이다. 그렇게 생각하자 견딜 수 없는 허무함과 끝을 맞이한 안도감이 한꺼번에 확 퍼져 나갔다. 그때와 같은 기분이었다.

릴레이 마라톤 현 대회에서 우리 이치노중학교 릴레이 마라톤 팀은 창설된 이후로 최고 성적인 12위에 올랐다.

훌륭한 기록이었다. 현 대회 출전권도 간신히 따낸 우리로서는 기적적인 레이스를 펼친 것이다. 그 결과에 기뻐하면서도 오늘이 끝이라는 사실에, 내일부터는 이렇게 달릴 일이 없다는 생각에 모두가 허전한 마음을 안고 있었다. 그런 우리에게 우에하라 선생님이 말했다.

"좀 더, 조금만 더 이렇게 있을 수 있다면. 그런 마음으로 보낼 수 있어서 정말 행복했다."

그리고 밝게 웃으면서 덧붙였다.

"전국 대회까지 올라갔더라면, 난 아마 속으로 이랬을걸. 이 멤버들과 또다시 뛰라고? 아, 이제 됐거든!"

전국 대회까지 올라갈 수 없다는 건 모두가 알고 있었다. 포기했던 게 아니라 아무리 날고 뛰어 봐도 달성할 수 없는 목표였기 때문이다. 그래서 현 대회를 목표로 잡았던 것이다. 그럼에도 좀 더, 조금만 더 이대로 계속 달리고 싶었다. 그 바람은 좀처럼 사그라지지 않았다.

지금도 마찬가지다. 설마 스즈카가 어른이 될 때까지 계속 옆에 있을 수는 없을 것이다. 그건 알고 있다. 하지만 좀 더 스즈카가 펼쳐 나가는 그 세계를 곁에서 지켜보고 싶은 거다. 조금만 더 스즈카와 함께 가슴 뛰는 나날을 보내고 싶은 거다. 그 생각이 도무지 사그라질 것 같지 않았다. 하지만 '좀 더, 조금만 더'라는 고통스러운 그 바람을 가질 수 있다는 것은 분명 행복한 일이다.

"좋아, 스즈카, 슈―웅 해 줄까?"

그렇게 말하고 우체통 앞에 웅크리고 앉자 스즈카는 즉각 "슈―웅―, 슈―웅―." 하고 내 어깨에 발을 척 걸쳤다.

"잠깐 기다려. 서두르다 떨어지면 어쩌려고 그래. 참 성질도 급하네. 자, 영차."

나는 스즈카를 어깨에 태우고는 넓적다리를 꽉 잡았다. 탄력 있는 따뜻한 다리. 처음에는 스즈카의 높은 체온에 놀랐지만 지금은 이 체온에 마음이 푹 놓인다.

"좋아, 스즈카. 내 머리 잘 잡아."

"붐부―!"

어깨에 태우고 일어나자마자 스즈카는 "꺄아꺄아―." 하고 환호성을 질렀다. 높은 곳에서 바라보는 경치에 완전히 신이 난 것이다.

"히야―. 조라―조라―."

"그래. 졸라 좋지?"

"하느―."

"오오, 하늘에 손이 닿을 것 같지?"

"꼬."

"꽃이 거기에 있는 거야?"

"씬―씬―."

얼굴은 보이지 않지만 머리 위에서 들리는 들뜬 목소리만으로도 스즈카가 넘쳐날 듯이 웃고 있는 걸 알 수 있었다. 나를 움직이게 하는, 더 바랄 게 없는 그 웃는 얼굴.

"난 말이야, 놀이터에 나오는 어떤 부모보다도, 네 엄마보다 아빠보다 빨리 달릴 수 있어. 실은 이대로 어디론가 도망갈 수 있을 정도로 달릴 수 있는 힘이 있지."

"슈―웅―, 슈―웅―."

"근데 도망가지 않을 거야. 누구한테도 좋은 일이 아니니까. 다만, 스즈카. 귀여운 동생이 집에 와도, 혹시 앞으로 남동생이 생기더라도, 스즈카 네가 졸라 소중한 녀석이란 건 변함없어."

"붐부―."

스즈카는 여기저기를 둘러보고 있을 것이다. 움직이는 진동이 어깨에 전해져 왔다.

"너한테 말해 봐야 모르겠지. 뭐, 아무튼 넌 계속 그렇게 즐거워하면서 웃어 주라."

"씬―씬―."

"하긴, 내가 걱정하지 않아도 넌 항상 즐겁지."

스즈카와 지내면서 알게 된 것이 있다. 나는 별 볼일 없는 사람이란 것. 그러니 뭘 하고 싶은지도 모르는 거다. 아무리 머리 터지게 생각해 봐도 나란 인간은 하찮은 놈이다. 그런 나도 누군가가 먹을 밥이라면 시간과 노력을 아끼지 않고 만들었다. 그렇다, 남을 위해 할 수 있는 일이 몇 가지 있다. 나 따위가 남의 기분을 어찌 알까. 하지만 옆에 있는 사람을 웃음 짓게 하는 건 그리 어려운 일이 아닌 듯하다. 이렇게 달리는 것만으로도 진심으로 기뻐하는 녀석이 있으니 말이다.

"좋아, 이제 슬슬 속도를 내 볼까."

"슈—웅!"

"그래, 좋아. 여기서부터는 차도 안 다니니까."

"슈—웅—슈—웅."

"꽉 잡아."

"꺄아—."

스즈카가 내 머리를 꽉 눌렀다. 그 작은 손에 떠밀리듯 내 발이 조금 빨라졌다. 머리 위에서 스즈카가 소리칠 때마다 내 몸에 진동이 전해져 왔다. 이 무게를 느끼는 것도 오늘이 마지막이다. 불편한데도 혼자서 달리는 것보다 훨씬 빨리 달릴 수 있을 것 같은 기분이 드는 야들야들한 무게감. 그 무게를 느끼며 다세대 주택 계단을 힘차게 올라갔다. 여기가 결승점이다.

스즈카와 단숨에 보리차를 들이키자 때마침 선배가 돌아왔다.

"자, 이거. 그동안 진심 고마웠다."

선배가 건네준 은행 봉투에는 15만 엔이 들어 있었다.

"그렇게 애써 줬는데, 많이는 못 넣었다."

21일이란 시간이 15만 엔이구나. 돈으로 환산되자 오늘까지 보낸 시간의 무게가 느껴졌다. 하지만 열여덟 살인 내가 받기에는 너무 큰 액수였다.

"이렇게나 많이 못 받아요."

"받아 둬. 돈이란, 어떻게 해 볼 도리가 없는 걸 하게 해 주니까."

"대단한 일을 한 것도 아닌데요."

귀찮은 건 처음 사흘뿐이었고, 그 후로는 시간이 후딱 지나갔다. 나는 솔직한 심정을 얘기했다.

"대단한 일, 엄청 많이 했지. 너 아니었으면 절대 못했어."

"무슨 소리예요. 그리고 누나랑 아기가 돌아오면 선배도 돈 들어갈 일이 많을 텐데. 쓸데없이 저한테 돈 쓰지 마세요."

"걱정 마. 온 가족이 절약하고 있으니까. 우리가 날마다 손가락만 빨고 살아도 다 못 갚을 만큼 네가 가치 있는 일을 해 줬어. 그러니까, 받아 주라."

나도 마찬가지다. 도무지 나와는 어울리지 않는 시간을 여기서 보냈다. 돈으로 환산할 수 없는 시간이었다. 하지만 못 받겠다고, 필요 없다고 아무리 거절해도 선배는 돈을 거둬들일 생각이 없는 듯했다. 이 돈을 어디에 쓸지는 떠오르지 않았지만 실랑이하다 날 샐 것 같아서 감사히 받기로 했다.

"좀 죄송하네요. 고맙습니다."

"고맙다는 인사는 우리가 해야지. 아 참, 스즈카한테는 이거."

퇴근길에 사 온 모양이다. 선배는 아기 인형을 스즈카에게 건넸다. 젖병과 턱받이가 달린 아주 리얼한 인형이다. 스즈카는 곧바로 "키여—."라며 안고 놀았다. 저도 아직 어린 주제에 완전히 언니처럼 군다.

"그럼……. 이만 가 볼게요."

나는 인형 입에 젖병을 억지로 찔러 넣는 스즈카를 보고 웃으면서 일어났다. 선배가 돌아왔으니 내 임무는 끝. 스즈카가 딴 데 정신이 팔려 있을 때라야 편하게 갈 수 있다.

"왜? 마지막 날인데 저녁이라도 먹고 가지. 초밥 먹자, 초밥."

"초밥은 내일 누나랑 드세요."

"되게 서두르네. 한시라도 빨리 벗어나고 싶다 이거지."

선배의 농담에 나는 웃으며 고개를 절레절레 흔들었다.

"에이, 설마요."

좀 더, 조금만 더. 여기에 머무를 수 있다면 얼마나 좋을까. 하지만 미련을 두면 안 된다. 이미 종료를 알린 시간에 더는 머물러 있어선 안 된다.

"스즈카, 마지막으로 오빠한테……."

"됐어요. 마지막이란 말은 오버예요."

"그런가. 하긴 그렇다."

"그래요."

"언제든 또 와라."

"네."

나는 고개를 끄덕이면서 다시는 올 일이 없을 집 안을 마지막으로 둘러보았다. 여기에 오게 되면 또 스즈카와 함께 있고 싶어질 거다. 함께 보내게 되면 또 계속 스즈카를 지켜보고 싶을 거다. 이제 중학교 운동장에서는 뛰지 않는 것처럼 앞으로 누군가를 위해 시간을 쓰게 된다면 그 상대는 스즈카가 아닐 것이다.

"진짜, 고맙다. 너한테 어려운 일 생기면, 언제든 내가 발 벗고 나설 거다."

보일 듯 말 듯 눈시울이 붉어지는 선배 때문에 나는 몇 가지 할 말이 있었지만 아무 말도 할 수 없었다.

"잘 있어, 스즈카."

내가 말을 건네자 오늘이 마지막이란 걸 모르는 스즈카는 놀면서 잠깐 손을 흔들었다.

"참 냉정한 녀석일세."

"스즈카답고 좋은데요, 뭘."

선배는 얼굴을 찡그렸지만 나는 웃었다.

이걸로 됐다. 스즈카는 나를 금세 잊어버릴 테니까. 이렇게 농밀했던 날들도 스즈카 안에서 흔적도 없이 사라져 버릴 테니까. 이별이란 아쉬운 것이 아니다. 단지 일상에 존재할 뿐이다. 스즈카는 다시금 새로운 뭔가에 손을 뻗어 나갈 거다. 그것은 나도 마찬가지다. 나의 필드가 오직 앞에만 있다면 여기서 보낸 나날을 부여잡고 있을 수만도 없다.

"그럼, 갈게요."

"그래, 또 보자. 진짜 고마웠다."

"안녕히 계세요."

나는 선배에게 고개 숙여 인사하고 현관문을 열었다.

찌르는 듯이 내리비치던 햇살도 이제는 누그러졌다. 부드럽게 퍼지는 저녁햇살을 받으며 다세대 주택 계단을 내려갔다. 스즈카의 손을 잡고 수없이 오르내렸던 계단. 혼자서 한 발 한 발 내려갈 때마다 완전히 끝났다는 것을 마음도 몸도 서서히 알아차렸다. 이별이구나. 정들었던 크림색 건물을 등지고 걸어가는데 목소리가 들려왔다.

올려다보니 베란다에 선배와 스즈카가 나와 있었다.

"어, 스즈카. 바이 바이."

내가 말하자 선배에게 안긴 스즈카가 큰 소리로 뭐라고 소리쳤다.

"스즈카, 뭐라고? 왜?"

집 쪽으로 한 발 다가가자 스즈카는 손을 흔들면서 다시 소리쳤다.

"빠—띵—."

짙은 붉은 빛깔의 저녁 해가 스즈카의 얼굴을 비추었다. 눈부신 햇살에도 똑바로 뜨고 있는 눈동자. 볕에 그을어 조금은 야무져 보이는 통통한 볼. 되똑한 코에 엷은 분홍빛 입술. 이 여름, 내내 가까이서 보아 온 그 얼굴을 향해 나도 손을 들어 응답했다.

"그래, 스즈카도 파이팅."

"빠—띵—."

"그래, 알았어. 잘 알았어."

내가 손을 흔들자 스즈카는 만족스러운 얼굴로 "붐부—." 하고 손을 높이 들었다. 저녁노을이 스즈카의 손가락까지 물들여 놓았다.

기억의 어디에도 남아 있지 않지만 나에게도 스즈카와 마찬가지로 모든 것이 눈부시게 빛나 보일 때가 있었다. 물론 지금도 모든 것이 빛을 잃은 건 아니다. 이렇게 나에게 '파이팅'을 외치며 응원을 보내 주는 녀석이 있으니까.

나는 아직 열여덟 살이다. '이제 충분하다'고 말할 때가 아니다. 하늘에는 아직 태양이 빛을 발하고 있다. 레이스는 여기저기서 계속되고 있다. 좋아, 달려 볼까. 여름은 아직 끝나지 않았다.

"안녕. 스즈카."

나는 한 번 더 손을 흔들고 힘차게 한 발짝 내딛었다.

역자 후기를 쓰려고 생각하니 문득 떠오르는 말이 있다.

"강아지를 돌보니까 엄마 마음을 알 것 같아요!"

오래전에 반려견을 돌보던 초등학생 아들이 했던 말이다. 그 한마디에 가슴이 뭉클했음은 물론 생명을 돌보는 일이 아이의 마음을 자라게 한다는 것을 실감했다. 당시 아이는 이런 말도 했다. 강아지 똥을 치우는 게 그다지 더럽지 않다고. 제 용돈으로 강아지 옷을 사 줘도 하나도 아깝지 않다고, 오히려 뭔가를 더 해 주고 싶다고. 강아지가 조금만 낑낑거려도 어디 아픈 건 아닌지 걱정된다고.

제 깜냥으로는 강아지를 돌보면서 엄마 마음도 이러려니 생각한 모양이다. 그 정도로 일일이 열거할 수 없을 만큼 많은 수고와 깊이를 가늠할 수 없는 감정을 아이가 어찌 다 헤아릴 수 있을까마는 내심 흐뭇했더랬다.

아들의 말과 함께 이 책을 번역하면서 새삼스레 떠오른 것이 하나 더 있다. 나이를 불문하고 누군가를, 뭔가를 보살피고 돌보면 어른이 된다는 말이었다.

주인공 오타는 초등학교 때부터 일찌감치 문제아가 돼 버렸지만, 중3 때 릴레이 마라톤 대회를 성공적으로 뛴 경험을 한 후로 더는 예전의 자신으로 돌아갈 수가 없다. 그렇다고 뭔가에 몰입해서 하지도 못하고 이도 저도 아닌 어정쩡한 상태다. 그런 무기력한 자신을 혐오하며 미래에 대한 막막한 불안감을 안고 있을 때, 세 살짜리 여자아이를 돌보는 알바를 하게 된다.

두세 살쯤 되는 아이들은 처음 보는 이에게 쉽게 마음을 열지 않는다. 심하게 낯을 가리는 아이들은 심지어 엄마 이외의 다른 가족에게도 잘 안기지도 않을 정도다. 게다가 자신이 세상의 중심인 줄 알고 살아가기 때문에 어른의 논리와 이성으로는 도저히 받아들이기 어려운 요구를 하고, 그 요구가 받아들여지지 않을 때는 막무가내로 떼를 쓰며 혼을 쏙 빼놓기 일쑤다. 물론 까르륵까르륵 웃거나 새근새근 자는 모습을 보면 이런 천사가 또 있을까 싶기도 하지만.

아무튼 그런 세 살짜리 아이를 돌보는 일은 엄마도 비명을 지를 만큼 만만치 않을 터. 하물며 아이에 대해서는 전혀 아는 것도 없고, 좋아하지도 않는다던 이 열여덟 불량소년은 어떨까. 과연 이 알바를 무사히 마칠 수나 있을지, 왠지 불안 불안한 마음으로 지켜보게 되지만……

오타는 그런 세 살짜리 아이와 함께 소꿉놀이와 블록 놀이를 하고, 인스턴트 밥을 먹이지 않기 위해 손수 요리를 하고, 그림책을 읽어 주고, 놀이터에 나가는 일상을 거뜬히 소화해 나간다. 어디 그뿐인가, 의미 불명의 '붐부'라는 '스즈카어'도 상황에 따라 다양한 말로 통역이 가능할 정도다.

오타는 한 달 만에 스즈카의 말이 늘고, 키가 조금 자라고, 할 수 있는 것이 늘어난 것이 얼마나 대견했을까. 누군가의 성장에 보탬이 된다는 것만큼 사람을 으쓱하게 만드는 일도 없을 텐데, 오타에게 그런 스즈카를 통해서 느끼는 뿌듯함, 전념해서 뭔가를 해냈다는 성취감은 중3 때의 마라톤 대회를 성공적으로 마친 경험과 더불어 다시금 새로운 도전에 발걸음 내딛을 수 있는 밑거름이 될 것이다.

이 작품을 우리말로 옮기는 내내 스즈카 덕분에 행복했다. 스즈카는 커 가면서 오타와 보낸 시간을 잊을 테지만, 스즈카의 깊은 곳에는 겹겹이 쌓인 세 살 적 여름이 예쁘게 자리 잡고 있으리라.

고향옥

불량소년 육아 일기

초판 1쇄 2018년 9월 27일
초판 3쇄 2020년 9월 21일

지은이 세오 마이코
옮긴이 고향옥

책임편집 신정선
마케팅 강백산, 강지연
디자인 이정화

펴낸이 이재일
펴낸곳 토토북
주소 04034 서울시 마포구 양화로11길 18, 3층 (서교동, 원오빌딩)
전화 02-332-6255
팩스 02-332-6286
홈페이지 www.totobook.com
전자우편 totobooks@hanmail.net
출판등록 2002년 5월 30일 제10-2394호
ISBN 978-89-6496-385-2 43830

· 잘못된 책은 바꾸어 드립니다.
· '탐'은 토토북의 청소년 출판 전문 브랜드입니다.
· 이 책의 사용 연령은 14세 이상입니다.